キンダーガーテン・アーミー
Kindergarten Army
蘇之一行
イラスト スコッティ

「逮捕しよ。
うん、今すぐ逮捕しよ」
鷲尾ひなた
かおるの幼馴染で卒園生。
夢を叶えて地域課の婦警さんになった。
力也の目に余る奇行から、
いつか逮捕しようと意気込んでいる。

「実戦で何か
起こってから
では遅いのだ」
黒柳力也
元特殊部隊の伝説の英雄。
専門は潜入と破壊工作。
新たな戦場『七光幼稚園』に
再就職し、先生となる。
「力也先生！
やめて下さい！」
とうきょう
お 234
鷹宮かおる
七光幼稚園『こぶたさん組』の担任で
力也の教育（ツッコミ）担当。
見た目年齢は高校生、
力也に振り回されるとても不憫な人。

『助けてくれ、大佐！
モンスターだ！
やつらはモンスターだ！』

モニカ・ケネシス
力也が所属していた特殊部隊【テンペスト】司令官。別名〝氷の女王〟。
階級は大佐。昔のよしみで幼稚園への再就職を斡旋する。

「な、なんだあああああああ!?」

けたたましい音と振動と共に。
見知らぬ大型の車両が壁を突き破って現れた。
車体はヤケにカラフルで、
先端部分に猫の耳を思わせるでっぱりがある。
見覚えのある日本語が書かれているのも確認出来た。
それは『七光幼稚園』という文字だった。
白雪マリア
力也の担当する七光幼稚園
『こぶたさん組』の園児。
西洋人形のような愛らしい少女。
幼稚園は不登園気味

CONTENTS

デザイン／木村デザイン・ラボ

キンダーガーテン・アーミー

蘇之一行
ill. スコッティ

「大佐《たいさ》、指示を頼《たの》む」

黒柳《くろやなぎ》力也《りきや》は兵士だ。上官から与《あた》えられた任務をこなす兵士だ。

簡単に彼《かれ》の生《お》い立《た》ちを説明すると、黒柳《くろやなぎ》力也《りきや》は日本で生まれた。父は生粋《きっすい》の日本人で母親はアメリカ人と日本人のハーフ。つまり力也《りきや》自身はクオーターだ。5歳《さい》まで日本で暮らしていたが父親が他界したため、母親の実家のあるアメリカへと移り住んだ。

母方の祖父は軍人だった。祖父の影響《えいきょう》から力也《りきや》は18歳《さい》の時にアメリカ陸軍に入隊した。血統なのか、あるいは彼自身《かれじしん》の持つ運命なのか、兵士としての才能をすぐに開花させた。同期たちなど目ではなく、部隊内で大きく頭角を現し、新兵でありながら多くの重要な作戦に参加。入隊後、2年足らずでいくつもの勲章《くんしょう》を得ていた。

その功績が評価され、20歳《さい》の時に選《え》りすぐりの人材を集めた新設の特殊《とくしゅ》部隊【テンペスト】にスカウトされたのも自然なことだった。そして【テンペスト】内で力也《りきや》は、長年の恩人となるモニカ・ケネシス大佐《たいさ》と出会うこととなった。

モニカは女性にして【テンペスト】の総司令官であり、力也《りきや》にとって直属の上官だった。少数精鋭《せいえい》部隊である【テンペスト】の指揮は全て彼女《かのじょ》が執《と》り、司令室から戦場にいる部下たちに作戦行動を与《あた》えていた。他の隊員たちがそうであるように、戦闘《せんとう》中の力也《りきや》はモニカからの的確な指示で何度も危機的状況《じょうきょう》を切《き》り抜《ぬ》けて来た。

「頼《たの》む、大佐《たいさ》。応答してくれ、大佐《たいさ》」

『──力也《りきや》、どうした』

緊迫感《きんぱくかん》の漂《ただよ》う力也《りきや》からの声を聞きながら、モニカが通信機越《ご》しに答えて来た。どんなに差《さ》し迫《せま》った状況《じょうきょう》下においても、落ち着いた物腰《ものごし》の彼女《かのじょ》の声を聞いているだけで、力也《りきや》はいつも冷静になることが出来た。今もそうだ。

「緊急《きんきゅう》事態だ、大佐《たいさ》」

作戦中には予期せぬイレギュラーなどいくらでも起こる。どんなに有能な指揮官でも完全無欠なプランを立てることなど不可能だ。真《まこと》に有能な指揮官とはいかなるイレギュラーにも対応出来る能力を持った者のことだ。それに当てはめればモニカは最高の指揮官だと言える。これまでの経験上、力也《りきや》が不測の事態に直面した時、彼女《かのじょ》は確実に救いの道へと導いてくれた。アフガンでの決死作戦の時も、1000人のゲリラに囲まれ孤立《こりつ》した時も、モニカのアドバイス一つで不利な戦況《せんきょう》を大きく変えることが出来た。

だから今回も、我《わ》が身《み》に降り注いだこの危機的状況《じょうきょう》から救ってくれる。

そう思いながら、あるいは願いながら、力也《りきや》は切り出した。

「うんこを漏《も》らした」

モニカからの応答はすぐにはなかった。

「聞こえているのか、大佐《たいさ》？　うんこを漏《も》らしたと言っているんだ」

『ちゃんと聞こえているぞ、力也《りきや》。だが、お前、正気か』

「おっと、勘違《かんちが》いするなよ、大佐《たいさ》。漏《も》らしたのは俺《おれ》じゃない。子どもの一人だ。目の前でやりやがったんだ」

『……ドアホ。そんなことでいちいち通信をしてくるな』

モニカは分かりやすいほどに呆《あき》れた声だった。力也《りきや》の今いる場所とは10時間の時差がある。向こうからすれば時刻は夜。緊急《きんきゅう》のコールをされたかと思えば、子どもがうんこを漏《も》らしたという報告。声を荒《あら》げて怒《おこ》らなかっただけマシな反応ともいえよう。

「そんなこととはなんだ。俺《おれ》からすれば緊急《きんきゅう》事態に他ならない。子どもが目の前で糞《くそ》を漏《も》らした時の対処などグリーンベレーでも演習したことがないぞ」

力也《りきや》の言葉は嘘《うそ》ではない。こんな状況《じょうきょう》、軍の演習でも実戦でも体験したことがない。もちろん、兵士ならば様々な未知の状況《じょうきょう》に対し、自ら判断して対処しなければならないことなどいくらでもある。黒柳力也《くろやなぎりきや》という男はマニュアル人間という訳でもないし、むしろモニカが知る中でも機転がきく兵士としては最高の人材である。

しかし、世の中には適材適所というものがある。力也《りきや》は戦闘《せんとう》においては天才でも、小さな子どもを前にすればその限りではなかったのだ。

たった今、力也《りきや》の目線の先では、イガグリ頭の小さな男の子がベソをかいている。

『忘れるなよ、力也《りきや》。お前はもう兵士ではない。これからは、お前がお前の判断で考え、子どものために行動しなければならないんだ』

「分かっている、大佐《たいさ》。そんなことくらい分かっている。しかし、しかしだ……」

さっきから男の子は鼻水を垂らしながら泣いている。その姿を目の当《まあ》たりにしていると、こっちまで泣きたくなって来る。

「どうすればいいんだ、こんなこと……！」

不可能とされる作戦を幾度《いくど》となくこなし、伝説の英雄《えいゆう》とまで呼ばれた男、黒柳力也《くろやなぎりきや》。

今、彼《かれ》のいる場所は戦場ではない。

それは血と硝煙《しょうえん》の匂《にお》いの漂《ただよ》う戦場とは対極に位置するような場所だった。通信機の向こうにいるモニカにとっても、戦いしか知らないこの男に、この仕事が簡単に務まると思えてはいなかったのが本音だった。

ここは日本の幼稚園《ようちえん》だ。

軍人を辞《や》めた伝説の英雄《えいゆう》は今、幼稚園《ようちえん》の先生をやっている。

第一章　伝説の英雄《えいゆう》、幼稚園《ようちえん》の先生になる

奇《く》しくも日付はクリスマスの日だった。英雄《えいゆう》・黒柳力也《くろやなぎりきや》が、特殊《とくしゅ》部隊【テンペスト】からの退役《たいえき》を果たしたのは。

雪の舞《ま》う廃《はい》ビルの屋上。二人の軍服姿の人間が対峙《たいじ》していた。周囲に他の人影《ひとかげ》はない。二人を囲うのは凍《い》て付く息吹《いぶき》だけ。

「今日からお前は兵士でも英雄《えいゆう》でもない。ただの黒柳力也《くろやなぎりきや》だ」

きっちりと着こなした軍服にベレー帽《ぼう》から覗《のぞ》く金の髪《かみ》。美しさと気高さを兼《か》ね備《そな》えた端整《たんせい》で精悍《せいかん》な顔立ちの女性は、特殊《とくしゅ》部隊【テンペスト】の総司令官、モニカ・ケネシス大佐《たいさ》だ。

彼女《かのじょ》の前に立つ隊員の名は、黒柳力也《くろやなぎりきや》。父親は日本人だが、母親は日本人とアメリカ人のハーフで白人の血が混じっており、ほんの少しだがその要素を持ち合わせていた。茶色がかった黒髪《くろかみ》。着痩《きや》せするタイプで軍服越《ご》しではそれほど目立たないが、他の隊員たちにも劣《おと》らない鍛《きた》え上《あ》げられた肉体を持っている。

「ああ。今まで世話になったな、大佐《たいさ》」

——これが最後だ。

そんな思いと最高の敬意を込《こ》め、雪空の下、力也《りきや》はモニカに向けて敬礼をする。

長年同じチームを組んでいる彼《かれ》らだが、こうして面と向かう機会はほとんどない。力也《りきや》は常に現場で動き、モニカは作戦室から通信で指示を送るのが主だった役割。作戦によっては、力《り》也《や》は本土を離《はな》れ、何ヶ月も現地で活動することがあるし、声は毎日聞いても顔を合わせるのは半年ぶりなんてこともある。

これで彼女《かのじょ》と顔を合わせるのも最後になるだろう。力也《りきや》は敬礼しながらしっかりと恩人の姿を目に焼き付ける。

力也《りきや》がモニカと共に【テンペスト】の兵士として戦い約10年。これまでいくつもの戦場を渡《わた》り歩《ある》いて来た。彼《かれ》の専門は潜入《せんにゅう》と破壊工作《サボタージュ》。敵の重要な施設《しせつ》や兵器の破壊《はかい》だ。常に不可能と言われるような死と隣《とな》り合《あ》わせの任務ばかりだったが、その全てを成功に導き生き残って来た。その働きを大統領も認め、同じ軍人たちの中には『鬼《おに》』だとか『軍神』だとか呼び称《たた》える者さえいた。

皆《みな》が力也《りきや》の功績を称《たた》え、彼《かれ》と関わった人間の全てが軍人こそ彼《かれ》の天職だと思っていた。

しかし、力也《りきや》はこれからそんな軍人を辞《や》めることになる。

とある『失敗』のせいで——。

「後の処理は全て私がやっておく。お前は手筈《てはず》通りに日本へ渡《わた》れ」

モニカに送り出され、これから力也《りきや》が向かうのは、彼《かれ》がこの世に生を受けた日本の地だ。5歳《さい》の時に離《はな》れたので、日本での記憶《きおく》はほとんど残っていない。

「私も昔、滞在《たいざい》していた時期があったが、日本はいいぞ。飯も美味《うま》いし、銃弾《じゅうだん》が飛《と》び交《か》うようなこともない」

モニカの手によって既《すで》に新しい身分と戸籍《こせき》が用意されている。力也《りきや》はこれまでの経歴を真白に作り変え、日本で新たな人生を送ることになる。

家族はもちろん、友人も知人もいない場所。一から何かも築き上げていかなければならない。新しい職探しも簡単なものではないだろう。

「どうした？　これからの生活が不安か、力也《りきや》？」

「いや、俺《おれ》には【テンペスト】で培《つちか》って来た技術《スキル》と精神《メンタル》がある。どんな場所だろうと順応して行けるさ。そういう意味では不安はない。だが――」

力也《りきや》は不満げな顔を作る。

「退屈《たいくつ》だろうな、日本での生活は。戦場の様な緊張《きんちょう》感もなければ、俺《おれ》の心をざわつかせるようなスリリングな出来事もない。きっとすぐに恋《こい》しくなるだろうさ。銃弾《じゅうだん》の雨あられが」

「……フン。言ってろ」

モニカは苦笑いを浮《う》かべる。

彼女《かのじょ》は誰《だれ》よりも力也《りきや》の理解者だった。力也《りきや》は口数の多い方ではない。部隊の仲間たちと必要最低限の会話しかしないし、仲のいい友人と言えるような人間は部隊内にはいない。どちらかが死ねば関係の切れる間柄《あいだがら》。そんなドライな気持ちで共に戦って来た。

その中でも、モニカは数少ない心を開ける相手だ。上官でありながら、友人のような、姉のような、あるいは母のような、力也《りきや》にとって特別な存在だった。ほとんどの人間はモニカ・ケネシスという女性のことを誤解している。確かに戦闘中の彼女《しごと》は冷静で冷酷《れいこく》だ。必要あれば表情も変えずに淡々《たんたん》と対象の殺害を命じる。勝つためなら非人道的な作戦を打つこともあるし、モニカのことを『氷の女王』などと揶揄《やゆ》する隊員もいる。しかし、本当の彼女《かのじょ》は思いやりがあって優《やさ》しいイイ女なのだ。そのことを力也《りきや》は知っている。

こうして『危険』を冒《おか》してまで、自分のために動いてくれているのだから。

「昔、日本で世話になった御仁《ごじん》がいてね。彼女《かのじょ》の職場に一つ、空席があるというのを聞いている。向こう1年はそこで働くんだ。忘れるなよ、力也《りきや》。お前は身を隠《かく》さなければならない。もしも〝やつら〟にお前が生きていることがバレるようなことがあれば……分かっているな？」

力也《りきや》は黙《だま》って頷《うなず》く。

「これを渡《わた》しておこう。通信機だ。お前もよく知っているとは思うが、【テンペスト】が独自に開発した小型無線だ。傍受《ぼうじゅ》される恐《おそ》れはない。何かあればこいつで連絡《れんらく》をして来い。いつでも力になってやる」

最後になるであろうモニカからの贈《おく》り物《もの》をしっかりと握《にぎ》り締《し》める力也《りきや》。もう二度と部隊に戻《もど》ることは出来ない。この先これが恩人《モニカ》との唯一《ゆいいつ》の繋《つな》がりとなるのだ。

「……何から何まですまないな」

「フン、構わんさ。何かのかたちでいつか恩返しをしてくれ。——さあ、行け。今日、ここで、たった今、お前は死んだのだ」

「ああ。——さらばだ、大佐《たいさ》」

力也《りきや》は長年愛用して来た軍服をその場に脱《ぬ》ぎ捨《す》て、吹《ふ》き荒《あ》れる氷雪の中に姿を消した。

※

力也《りきや》は目の前に座《すわ》る白髪《しらが》交じりの女性を注意深く観察していた。

「園長の白雪《しらゆき》です。本日はどうぞよろしくお願いいたしますね、黒柳力也《くろやなぎりきや》さん」

彼女《かのじょ》はモニカや部隊にいた者たちとは全く違《ちが》う種類《タイプ》の人間だった。高齢《こうれい》だということを差し引いても身体《からだ》は随分《ずいぶん》小さく腕《うで》なんか簡単に折れてしまいそうだ。隙《すき》だらけだし不意を突《つ》くのは容易だろう。

その半面、滲《にじ》み出《で》る温かさを感じた。

初めて顔を合わせた瞬間《しゅんかん》からずっと笑顔《えがお》を絶やさないでいる。それは決して【テンペスト】にいた者たちが持たない空気感だった。

「モニカちゃんから一通り話は聞いていますよ。黒柳《くろやなぎ》さんは随分《ずいぶん》長くアメリカで暮らしてらっしゃったんですよね」

手元にある履歴書《りれき》と力也《りきや》の顔を見比べながら、女性はニコニコと楽しそうに言う。

モニカの計らいで無事に日本へと渡《わた》ることが出来た力也《りきや》。たった今いる場所は、日本で新たな人生を送る力也《りきや》のためにモニカが用意してくれた『就職先』だ。

七光幼稚園《ななひかりようちえん》。

それが力也《りきや》の新たな『戦場』だ。

力也《りきや》の目の前にいる女性は、この幼稚園《ようちえん》の白雪《しらゆき》園長。昔、身分を隠《かく》して日本に滞在《たいざい》していたモニカが世話になった相手で、園長自身はあくまで一般人《いっぱんじん》。モニカは彼女《かのじょ》に特殊《とくしゅ》部隊の隊長であることを隠《かく》しているが、今でも手紙《エアーメール》でやり取りをしている仲だそうだ。その伝《つて》でこうして力也《りきや》は職場《ここ》を紹介《しょうかい》して貰《もら》えたわけだ。

それにしてもモニカちゃんとは。他の将校たちがふざけてそんな呼び方をすれば即座《そくざ》に眉間《みけん》に銃弾《じゅうだん》が飛ぶだろう。力也《りきや》ですらそんな風に呼ぶ勇気はない。その呼称《こしょう》を許しているのだとしたら、二人が間違《まちが》いなく近しい関係であることが伺《うかが》える。

今は冬休み。園長は力也《りきや》の面接のためにわざわざ幼稚園《ようちえん》を開けてくれた。面接場所であるこの園長室に来る途中《とちゅう》、園児や他の先生とすれ違《ちが》うことはなかった。

「教員の資格もありますし、健康も申し分ない。断る理由はありませんよ。それでは、この春から働いていただきますね。ようこそ、七光幼稚園《ななひかりようちえん》へ」

鍛《きた》え上《あ》げられた力也《りきや》の身体《からだ》を見ながら、園長は相変わらずニコニコしている。

園長に渡《わた》した履歴《りれき》書に記された内容も含《ふく》め、力也《りきや》の経歴は全て偽装《ぎそう》されたものだ。彼《かれ》の属していた【テンペスト】自体が一般《いっぱん》に公表されていない秘密部隊。現役《げんえき》の間も、モニカによって隊員の身分も身元も偽装《ぎそう》されていた。『黒柳力也《くろやなぎりきや》』という名前も【テンペスト】での活動中は別の名前を名乗っていた。除隊と同時に新たな身分を与《あた》えられたが、モニカの計らいで黒柳《くろやなぎ》力也《りきや》という名前だけは取《と》り戻《もど》すことが出来たのだ。

名前以外は全て偽《いつわ》りの経歴。その中には幼稚園《ようちえん》の教員の資格も含《ふく》まれていた。滞《とどこお》りなくここで雇《やと》って貰《もら》えるようモニカがわざわざ仕込《しこ》んでくれたのだ。何から何まで抜《ぬ》かりのない人だ。

【テンペスト】時代の潜入《せんにゅう》任務の時もいつもこうだった。

「女性ばかりの職場ですからね。男手は本当に助かりますよ」

園長は歓迎《かんげい》ムード全開だった。まるで新しい家族《ファミリー》を迎《むか》えるような、そんな親しさすらあった。

まさか目の前にいる男が元特殊《とくしゅ》部隊の伝説の兵士だったとは思いもしていないだろう。

どうやら上手《うま》くこの場所に入《はい》り込《こ》めそうだ。ひとまずはホッとする。これで無事『普通《ふつう》の人間』としての生活を送ることが出来る。

そう、英雄《えいゆう》としての黒柳力也《くろやなぎりきや》は死んだのだ――。

それにしても。

まさか〝幼稚園《ようちえん》〟とは。

身を隠《かく》すには持って来いかもしれないが、さすがに前職とかけ離《はな》れ過ぎている。

抵抗《ていこう》は少なからずあった。力也《りきや》は子どもはおろか結婚《けっこん》もしたことがないし、弟や妹もいないので、小さな子どもの世話など未経験だからだ。

しかし、そんなことは恩人からの紹介《しょうかい》を断る理由にはならなかった。それに、他に当てがあるわけでもない。

「採用ありがとうございます。それではここで全身全霊《ぜんしんぜんれい》働かせていただきます。これからよろしくお願いします。園長《ボス》」

そう言って力也《りきや》は園長に対して深々と頭を下げた。

「ボス？」

園長は初めて笑顔《えがお》を崩《くず》しきょとんとした顔になったが、すぐに声を上げて笑い出した。

「……何かおかしかったですか？」

「ふふふ、ごめんなさいね。そんな風に呼ばれたのは初めてだったもので、少し驚《おどろ》いてしまいました」

「そうでしたか……。では何とお呼びするのが正しいのでしょうか？」

「いえいえ、それで大丈夫《だいじょうぶ》ですよ。むしろ気に入りました。いいですね、ボス。カッコイイじゃないですか。それじゃあこれから1年、よろしくお願いしますね。力也先生」

不安は杞憂《きゆう》だったようだ。やはり彼女《かのじょ》は人当たりのいいニコニコ顔のままだった。

力也《りきや》の常識では『仕事中』にこんな表情をする人は存在しなかった。前職ではいつも生きるか死ぬかの場所で過ごして来たからだ。

戦いしか知らない自分も果たしてこんな表情《かお》が出来る日が来るのだろうか。

「……すみません、園長《ボス》。一つお話しておきたいことが――」

そんな園長の笑顔《えがお》を見ながら、力也《りきや》はあることを決心した。

面接を終えた力也《りきや》は、園長と共に園長室の外に出る。

「ありがとうございます、力也《りきや》先生。大事なことをお話していただいて」

「いえ、こちらこそ、聞いていただいて感謝しております」

面接を通し、大きな気掛《きが》かりを解消出来た力也《りきや》は、胸の内がスッキリしていた。これで思う存分この場所で手腕《しゅわん》を振《ふ》るうことが出来る。

しかし。

「……？　どうかされましたか？」

廊下《ろうか》に出ると、突然力也《とつぜんりきや》が立ち止まったので、園長は怪訝《けげん》そうに尋《たず》ねる。

「まだ何か気になることでも？」

「――何者だ。何故《なぜ》、隠《かく》れている」

「はい？」

力也《りきや》が発した一言に園長が驚《おどろ》くのと同時に、廊下《ろうか》の陰《かげ》からひょっこりと小さな顔が出て来た。

ここの園児だろうか。小さな女の子だった。

力也《りきや》は思わず息を呑《の》む。

戦場で鍛《きた》え上《あ》げた鋭《するど》い感覚を持つ力也《りきや》は、自分たち以外にこの建物の中に人がいることには端《はな》から気付いていた。それが子どもであることも察していた。しかし、今日は冬休みで園長以外は不在のはずなのに、何故《なぜ》園児がここにいるのだろうか。それも力也《りきや》が驚《おどろ》いた理由ではあるが、何より驚《おどろ》かされたのはその女の子の外見だった。

その小さな女の子はモニカを思い出す金の髪《かみ》と蒼《あお》い瞳《ひとみ》をしていたのだ。

どう見てもヨーロッパ系《けい》の幼女だ。およそ日本の幼稚園《ようちえん》には不釣《ふつ》り合《あ》いな存在に思えた。誰《だれ》もいない幼稚園《ようちえん》の中に妖精《ようせい》が迷《まよ》い込《こ》んだかのようでもあった。

「あらあら、マリアちゃん。そんなところでかくれんぼしてたの？」

園長はその女の子に近寄って頭を撫《な》でる。

透《す》き通《とお》るような白い肌《はだ》に蒼《あお》い瞳《ひとみ》。

動いていなければ西洋人形と見紛《みまが》うような愛らしい容姿の女の子だ。

「よくこの子が隠《かく》れているのが分かりましたね、力也《りきや》先生」

マリアと呼ばれたその少女は、力也《りきや》の顔を見ながら驚《おどろ》いた顔をしている。見付からない自信があったのだろうか。この程度、ネズミ一匹《びき》見逃《みのが》さない知覚を持つ力也《りきや》にとっては朝飯前であった。

「ほうら、マリアちゃん。この人はマリアちゃんの新しい先生ですよ。ご挨拶《あいさつ》をしてね」

どうやらこのマリアという少女、ここの園児で間違《まちが》いないようだ。どうして冬休みの幼稚園《ようちえん》にいるのかという疑問もあったが、今はどうでも良かった。

そんなことよりも力也《りきや》は、マリアが園長の後ろに隠《かく》れたまま、園長に優《やさ》しく促《うなが》されても、挨《あい》拶《さつ》をしようとしないことに苛立《いらだ》ちを覚えていた。

「それが君の挨拶《あいさつ》か？　違《ちが》うだろ。園長《ボス》の言う通りきちんと挨拶《あいさつ》をしなさい」

園児であろうと容赦《ようしゃ》はしない。これから自分はこの子たちの指導者《せんせい》になるのだ。間違《まちが》ったことは間違《まちが》ったことだとはっきり言ってやるのも務めである。

「……うるさい」

しかし、マリアはぼそりとそれだけ言って、廊下《ろうか》の向こうへと走っていた。可愛《かわい》らしい容姿とは裏腹に気の強い女の子のようだ。

「あっ、マリアちゃん！　……すみませんね、力也《りきや》先生」

「なあに、あれくらい鼻っ柱の強い新兵の方が鍛《きた》え甲斐《がい》があるってもんですよ」

「新兵？」

退屈《たいくつ》な職場かと思っていたが少しは歯応えがありそうだ。力也《りきや》は表情には出さなかったが、内心ほくそ笑《え》む。

　こうして伝説の英雄《えいゆう》・黒柳力也《くろやなぎりきや》は七光幼稚園《ななひかりようちえん》に1年契約《ねんけいやく》であるが就職を果たしたのであった。

※

　春。それは新しい季節。枯《か》れ果てた木々が新たな命を芽生えさせ、学校や企業《きぎょう》には新しい顔ぶれが足並みを揃《そろ》える。

　ここ、日本の七光幼稚園《ななひかりようちえん》でも、多くのニューフェイスが集まっていた。今日は入園式の日だ。少子化の進む日本。この町でも年々子どもの数が減っているが、それでも二十人の新しい仲間が今日からこの幼稚園《ようちえん》に加わる。

　私立七光幼稚園《ななひかりようちえん》は、園児一人ひとりの個性を重んじ育むことをモットーとし、終業時間後の延長保育も行っていて保護者からの人気は上々。子育ての相談にも親身になって答え、親も親としての成長を得られると専《もっぱ》らの評判だ。近場の幼稚園《ようちえん》や保育園ではなく、わざわざここを選ぶ保護者も多い。全ては白雪《しらゆき》園長の人望あってのものである。

　目新しい空間にはしゃぎ回る園児もいれば、不安そうに母親の腕《うで》にしがみ付いたままの園児もいる。これほど幼い年齢《ねんれい》でも既《すで》に個性というものが色付き始めている。

　桜舞《ま》う木々の下。そんな色とりどりの園児たちに温かい視線を送るエプロン姿の若い女性は、この幼稚園《ようちえん》の教職員の一人だ。

名前は鷹宮《たかみや》かおる。

かおるは今年が2年目の若手の教員である。20歳《さい》にはなるはずなのだが見た目は高校生くらいにしか見えない。癖《くせ》っ気のある髪《かみ》をポニーテールにまとめている小柄《こがら》な女性で、動きやすい服装の上にエプロンをしている。エプロンに描《えが》かれているのは、子豚《こぶた》をデフォルメした可愛《かわい》らしいキャラクターだ。

暖かい春の陽気の中、保護者と並んで次々と園児たちが門をくぐって入って来る。かおるは春の陽気にも負けない笑顔《えがお》で手を振《ふ》り子《こ》どもたちを迎《むか》える。元気よく挨拶《あいさつ》を返す子もいれば、恥《は》ずかしそうにそっぽを向いてしまう子もいる。やはり十人十色。

「先生！　大変です、先生！」

と、何かあったのだろうか。先ほど門を通って舎内の方に向かった女性が一人、慌《あわ》てた様子でかおるに駆《か》け寄《よ》って来た。これから入園式を迎《むか》える園児の保護者だ。ただならぬ様子をしている。

「どうかされましたか、お母さん？」

「大変なんです！　園内に変質者がいます！」

「えっ⁉　変質者ですか⁉」

そんな馬鹿《ばか》な。こうしてずっと門で見ていたのにいつ部外者が侵入《しんにゅう》したというのだ。かおるはその女性に誘導《ゆうどう》され、舎内に急行する。

「なっ⁉」

そこには廊下《ろうか》の床《ゆか》に這《は》いつくばる二人の男がいた。一人の男がもう一人の男に馬乗りになって拘束《こうそく》している状態だった。

「──不審《ふしん》人物、確保完了《かんりよう》」

取《と》り押《お》さえられているのはスーツ姿の若い男性だ。抵抗《ていこう》しようとしているようだが、上にいるのは自分よりも体格の大きい男性なので呻《うめ》き声を上げるばかりで何も出来ていない。

「この人です！　いきなり私の夫に襲《おそ》い掛《か》かって来た変質者です！」

しかし、そう言って保護者の女性が指差したのは、馬乗りの上になっている方の男だった。

「ちょっと！　何やっているんですか⁉」

「ん？　ご覧の通り、不審《ふしん》人物を取《と》り押《お》さえているところだが？」

慌《あわ》てるかおるに対し、変質者と名指しされた男はさも当然のようにそう言い放った。

「不審《ふしん》人物⁉　違《ちが》いますよ！　その人、新しい園児のお父さんですよ！」

「なに……？」

かおるの言う通り、馬乗りされている男性は、我《わ》が子の晴れ姿を見に来た若いお父さんである。このような仕打ちを受ける謂《いわ》れはなかった。

「ほら、早くどいてあげて下さい！」

その事実をかおるから聞いた長身の男は、すぐに拘束《こうそく》を解いて身体《からだ》をどけた。自由を取《と》り戻《もど》した男性は怯《おび》えた様子で後ずさりして行く。

「失礼した。挙動が怪《あや》しかったのでつい不審《ふしん》者だと思ったのだ。園児たちの待機する部屋の中をジロジロと窺《うかが》っていたのでな」

「夫は自分の子どもを見ていただけですよ！　ていうか、あなたの方がよっぽど怪《あや》しいですからね⁉　何なんですか、この人は⁉」

険しい目付きをしたこの長身の男。筋肉質な腕《うで》を覗《のぞ》かせるタンクトップの上には、かおると同じように園児が好みそうな豚《ぶた》さんのイラストをあしらったエプロンを身に着けている。一見すれば、保護者の女性の言う通り変質者という表現が的確なビジュアルである。

「す、すみません！　この人、うちの新任の先生なんです！」

男の名前は黒柳力也《くろやなぎりきや》。

この春から七光幼稚園《ななひかりようちえん》で働くことになったかおるの同僚《どうりょう》である。

今日が七光幼稚園《ななひかりようちえん》での初仕事となるのだが、ひょっとしたら小さな園児たちよりも厄介《やっかい》な問題児なのかもしれない。事前の顔合わせで簡単に自己紹介《しょうかい》はしていたが、その時からかおるはどこか嫌《いや》な予感がしていた。力也《りきや》は海外暮らしが長いそうなのだが、その影響《えいきょう》か言動があまりに独特過ぎるのだ。

力也《りきや》はかおるが担任を務めるこぶたさん組に配属された。前任のこぶたさん組の担任の先生が出産のため向こう一年の休職が決まり、代任を七光幼稚園《ななひかりようちえん》では募集《ぼしゅう》していた。副担任だったかおるが担任へと昇格《しょうかく》し、それに入《い》れ替《か》わるかたちで力也《りきや》がやって来た。

　つまりは、かおるは新任の彼《かれ》の教育係でもあるのだ。彼《かれ》の失敗はかおるの責任でもある。かおるは力也《りきや》に代わって若いお父さんとお母さんに必死に謝《あやま》るのだった。

「もう！　ホント、何やってるんですか、力也《りきや》先生！」

　イタズラをした園児を叱《しか》ることはよくあるが、こうして明らかに年上の男性を叱《しか》ることになるとはかおるは思いもしなかった。身長も150センチに満たないかおるに対し、力也《りきや》は180センチを超《こ》える。端《はた》から見れば、小さな子どもが厳《いか》つい大人を叱《しか》っているようなおかしな構図になってしまうのだった。

　と、そこに白雪《しらゆき》園長が通りかかる。

「ご苦労様です、園長《ボス》」

　どうやらこの男、極度のミリタリーオタクらしい。話し方もそれっぽいが、園長に向かって敬礼までしている。その様子を見た園長は、臆《おく》するどころかニコニコ笑っている。

「エプロン姿、よくお似合いですよ、力也《りきや》先生」

「ハッ。ありがとうございます。今のところ、異常ありません。このまま警戒《けいかい》を続けます」

「いやいや、異常ありましたよね⁉　聞いて下さいよ、園長先生！　さっき力也《りきや》先生がいきなり園児のお父さんに馬乗りになったんです！」

「何ですって⁉　それはとても元気があっていいですね〜」

そう言って園長は愉快《ゆかい》そうに笑う。

「いや、ダメでしょ⁉　あんなことしちゃ保護者の方に失礼じゃないですか！」

「――鷹宮《たかみや》かおる、だったな」

力也《りきや》はそう言ってかおるに向き直る。

「確かにさっきのは間違《まちが》いだったたし、あの御仁《ごじん》には失礼を働いてしまった。だが、自分の任務は園児たちの安全を死守することにあると認識《にんしき》している。一瞬《いっしゅん》たりとも気を抜《ぬ》く訳にはいかないし、少しでも怪《あや》しい人物は見逃《みのが》せない。守るべき園児の身に何かあってからでは遅《おそ》いのだ」

それを聞いた園長は「なるほど、なるほど」と相変わらず笑顔《えがお》のままで頷《うなず》いている。

「力也《りきや》先生は園児たちのことを心配して下さっているんですね。ありがとうございます。その調子でよろしくお願いしますね」

「いいんですか、園長先生⁉」

かおるが愕然《がくぜん》とする中、園長は新入園児の保護者の挨拶《あいさつ》に応じるため、力也《りきや》とかおるの許《もと》から離《はな》れて行った。

園長の言葉によって自分の判断は間違《まちが》っていないと力也《りきや》は自信を持ったようだ。改めて身を引《ひ》き締《し》め、園内に怪《あや》しい人間がいないかギラギラした眼《め》で周囲に目を配らせている。そんな獰《どう》猛《もう》な猟犬《りょうけん》のような力也《りきや》を見ながら、かおるはため息をつく。

決してふざけているわけではないのだろう。あくまで園児の身を心配しての行動だったし、さっきいきなり馬乗りされた保護者も力也《りきや》が理由を説明したら渋々《しぶしぶ》だが許してくれていた。平和な日本だが、子どもが巻《ま》き込《こ》まれる物騒《ぶっそう》な事件も少なくはない。用心に越《こ》したことはないのは確かなのだ。

そしてこの男、警備員としてはかなり有能そうである。

「それにしてもすごいですね……」

すぐ真横でかおるは、タンクトップから飛び出る力也《りきや》の鍛《きた》え上《あ》げられた二《に》の腕《うで》に注目する。この強靭《きょうじん》な肉体を以《もっ》てすれば、不審《ふしん》者の一人や二人、簡単に取《と》り押《お》さえてくれるだろう。

「あの、ちょっと触《さわ》ってみてもいいですか？」

「別に構わないが」

「それじゃあ、失礼してっと……。きゃっ！　すごく硬《かた》い……」

何かスポーツか格闘技《かくとうぎ》でもやっていたのだろうか。とても引《ひ》き締《し》まった筋肉だ。もしかしたら以前は自衛官だったのかもしれない。いや、ずっと海外にいたという話だしどこかの軍隊に所属していた可能性もある。言動からしてもそれが一番しっくり来る。

「力也《りきや》先生って免許《めんきょ》は持っていても実際に幼稚園《ようちえん》で働くのはここが初めてなんですよね。前職って何をされていたんですか？」

用意していたかのように力也《りきや》はすぐに答える。

「ニートだ」

「えっ⁉ あっ、ああ。そ、そうなんですか……」

かおるは察した表情を作り、それ以上は何も言及《げんきゅう》しなかった。

「そ、それにしても、これだけ鍛《きた》えられるなんてすごいですね！　せっかくの身体《からだ》なんですから、お仕事に使わないともったいないですもんね」

誤魔化《ごまか》すようにそう言ってかおるが力也《りきや》の腕《うで》をペタペタと触《さわ》っていると、小さな影《かげ》がちょこちょこと近付いて来た。七光《ななひかり》幼稚園《ようちえん》の制服を着ている園児だ。活発でイタズラ好きな男の子二人組だった。二人ともかおるのことを見ながらニヤニヤしている。

「わー、かおるせんせいらぶらぶだー。らぶらぶー」

「恋人《こいびと》だ！　恋人《こいびと》だ！　ひゅーひゅーっ！」

「なっ⁉」

みるみるうちにかおるの顔が真っ赤になる。

「こ、こらーっ！　大人をからかうもんじゃありません！」

きゃははと愉快《ゆかい》そうに笑いながら男の子たちは向こうへと走って行った。

「もう！　……すみませんね。恋人《こいびと》だなんて……」

恥《はず》かしがりながらチラ見するかおるだが、力也《りきや》は特に気にしていない様子だった。意識は今の子どもたちにばかり行っているようだ。

「あっ、そうそう。あの子たちが力也《りきや》先生の受け持つこぶたさん組の子たちなんですよ」

自分をからかって来た二人の男の子たちを見ながらかおるは言った。

「ほう……。そうか、あの子たちが……」

力也《りきや》は興味深そうに男の子たちを見つめている。春休みの間に園長から幼稚園《ようちえん》の設備説明や仕事内容の研修をして貰《もら》ったそうだが、彼《かれ》が実際に受け持つ園児たちと会うのは今日が初めてなのだ。

現在、七光幼稚園《ななひかりようちえん》には組が3つある。年少組のおさるさん組。年中組のこぶたさん組。年長組のかっぱさん組。以前は学年で組数も分かれていたが、評判のいいこの幼稚園《ようちえん》も少子化の煽《あお》りを受け今では1組ずつとなった。力也《りきや》が受け持つのは年中のこぶたさん組。今日から前任者の代わりに担任のかおると共に彼《かれ》らを守り、導かなければならない。

「あれ？　あの、どうかされましたか、力也《りきや》先生？」

どういう訳か、力也《りきや》は楽しそうにはしゃぐ男の子たちを見ながら、感極《かんきわ》まったような表情をしている。

「ああ、いや……。子どもが当たり前のように笑っているのが感慨深《かんがいぶか》くてな……」

「はい？」

「地獄《じごく》だった……。そうだ、俺《おれ》はかつて地獄《じごく》にいたんだ……」

この男、一体、ニート時代に何があったのだろうか。

定刻通り、全園児の入れるお遊戯室で入園式は行われた。

かおるが伴奏《ばんそう》するピアノの音に合わせて、年長組と年中組の子たちが、新しく入園した年少組の子たちに歓迎《かんげい》の歌を歌う。中心で歌っている女の子が周りを引っ張っている様子で、幼いのにしっかりしているのが見て取れた。ここでも個性の芽生えを感じさせる。

入園式といっても大掛《おおが》かりな出し物はそれくらいなもの。園長が簡単な挨拶《あいさつ》を園児たちにしてあげて、それで終わりだ。新しく入った年少組の子たちは記念撮影《さつえい》をして、今日のところはこれで保護者と一緒《いっしょ》に帰宅となる。年中組と年長組は引き続きそれぞれのお部屋に分かれて午前の活動を行う。

こぶたさん組のお部屋の床《ゆか》に座《すわ》り込《こ》む約二十名の園児たち。皆《みな》の注目を集めるため、かおるはパンパンと手を叩《たた》いた。

今日から新しくこの組にやって来た先生、力也《りきや》を初めて園児たちに紹介《しょうかい》するためだ。

「はいはーい。みんなー。前にもお話したとおり、今日からみんなのお世話をしてくれる新しい先生を紹介《しょうかい》しますよー」

だが、園児たちの反応は良くはなかった。ほとんどの子がきょとんとしている。

「あたらしいせんせいってなにー?」

「りつこせんせいはー?」

幼い彼《かれ》、彼女《かのじょ》たちには『新しい先生』という意味が未《ま》だ理解出来ない子さえいる。家に帰れば父親と母親がいる。幼稚園《ようちえん》に行けば『りつこ先生』がいるという常識が既《すで》に形成されている。その常識が今日から急に変わってしまったのだから、戸惑《とまど》いを覚えているのだろう。

「りつこせんせい、もうこないんだよ」

「えー、なんでー」

「せんせいやめちゃったからだよ」

理解している子からも拒否感《きょひ》が生まれている。もしかしたら力也《りきや》のせいでりつこ先生がいなくなったと思《おも》い込《こ》んでいるような子もいるかもしれない。さらに言えば、1年を掛《か》けて友人関係が形成された組。そこに突然力也《とつぜんりきや》という異分子が入《はい》り込《こ》むことになる。その事実に幼心は何を思うのだろうか。

そんな不穏《ふおん》な空気に包まれながらも、力也《りきや》は園児たちの前に堂々とした佇《たたず》まいで立った。

「今日から君たちの担当となる黒柳力也《くろやなぎりきや》だ。よろしく頼《たの》む」

相変わらず堅《かた》い喋《しゃべ》り方だ。表情も仏頂面《ぶっちょうづら》だし、この男、かおるとの顔合わせの日から一度も笑顔《えがお》を見せていない。かおるは園児が怖《こわ》がらないか心配に思った。

「さて、我々は今日からチームとなる。チームは常に一心同体でなければならない。誰《だれ》かが傷付けばそれは自分の傷だと思え。もし君たちの誰《だれ》かが危害を加えられれば、俺《おれ》は加害者を地の果てまで追いかけ、そいつを同じ目に遭《あ》わせる。目には目を、歯には歯をだ。君たちも仲間が傷付けられれば全力で報復しろ。火を持て。槍《やり》を持て」

「……あ、あの、力也《りきや》先生？　あまりそういう怖《こわ》いお話は……」

「知っての通り、前任のりつこ先生はもういない。このチームの指揮官はかおる先生となった。これからはかおる先生の言うことに全て従え。かおる先生の言うことは絶対だ。逆らうな。その命令に疑問を持つな」

「ちょ、ちょっと、力也《りきや》先生……っ」

「そして、俺《おれ》は彼女《かのじょ》の補佐官《ほさかん》に過ぎない。補佐官《ほさかん》である俺《おれ》も、君たちと同じ兵隊に変わりないのだ。戦いにおいては一人の指揮官に全てを委ねなければならない。船頭多くして船山に上るとも言うだろう。君たちと同様、俺《おれ》もかおる先生の命令には絶対に従う。かおる先生に死ねと命じられれば、俺《おれ》は迷わず死ぬつもりだ」

「ストーーーップ！　み、みんなー。今のは力也《りきや》先生の冗談《じょうだん》だからねー。先生はそんなこと言わないからねー」

園児に何て話をしているのだ、この男は。かおるは無理やり力也《りきや》を後ろに引《ひ》っ込《こ》める。

「もう！　何なんですか!?　変な話を園児にしないで下さいよ！」

力也《りきや》は「何か問題でも？」という表情でこちらを見ている。園児たちは終始ポカンとした顔をしていたし、幸い言葉の意味はあまり理解出来ていなかったようだ。

かおるは頭を抱《かか》える。

初めて担任となり、ただでさえ小さな子どもたちのお世話が大変になるというのに、これから1年、教育係としてこの黒柳力也《くろやなぎりきや》という男の面倒《めんどう》も見なければならないのか。

上手《うま》くやっていけるか全く自信の持てないかおるであった。

※

意気揚々《いきようよう》とした表情で七光幼稚園《ななひかりようちえん》にやって来た若い女性。

彼女《かのじょ》は地域課の婦警で、名前は鷲尾《わしお》ひなた。

幼稚園《ようちえん》では地元の警察協力の下、園児たちが信号機での止まり方や横断歩道の渡《わた》り方を学ぶ時間が設けられている。交通安全教室と呼ばれるそれを行うため、ひなたは七光幼稚園《ななひかりようちえん》の門を叩《たた》いたのだ。

「お久しぶりです、園長先生！」

「あらあら、ひなたちゃんじゃない。大きくなりましたね～」

すっかり大人の女性となったのに、一目で白雪《しらゆき》園長は自分に気付いてくれた。当時のままの優《やさ》しい笑顔《えがお》で迎《むか》えられ、ひなたは感激する。

今年から生まれ故郷に配属場所が変わったひなた。これまでにもいくつも幼稚園《ようちえん》の交通安全教室を受け持って来たが、この七光幼稚園《ななひかりようちえん》は自分が巣立った幼稚園《ようちえん》なので特別思い入れが強い。小さな頃《ころ》から警察官になるのはひなたの夢だったし、幼少期を過ごした場所に警察の制服姿で帰って来られたのは何とも感慨深《かんがいぶか》かった。

「いやー。懐《なつ》かしいなあ。そうそう！　私、このロッカー使ってたんですよ！　このキャラクターのシール、まだ残ってるんですねー。なんか、感動だなあ」

思わず童心に帰ってしまったひなたは、大人になった今ではすっかり小さくなったお部屋を見てはしゃぐ。当時を知る園長とも思い出話に花が咲《さ》く。

「ところで、園長先生。かおるはどこに？」

かおるはひなたの幼馴染《おさななじみ》で今はここの先生をやっている。二人は幼稚園《ようちえん》から高校までずっと一緒《いっしょ》だった。ひなたは高校を卒業して警察学校に入り、警察官となった。かおるは高校卒業後、短大に進学。その後、この七光幼稚園《ななひかりようちえん》に就職した。

将来の夢は保母さんか幼稚園《ようちえん》の先生と語っていたかおる。卒園後もこの幼稚園《ようちえん》に出入りしており、園児のお世話の手伝いをさせて貰《もら》っていた。短大を卒業後、そのまま七光幼稚園《ななひかりようちえん》に就職する運びとなったそうだ。

スマホでは度々《たびたび》やりとりしているが、実際に会うのは久しぶりだ。二人とも夢を叶《かな》えたうえで、今日、この七光幼稚園《ななひかりようちえん》で再会が出来るわけだ。

「かおる先生なら、隣《となり》のお部屋で〝お説教〟をされているところですよ」

園児がイタズラでもしたのだろうか。お説教だなんてちゃんと先生をやっているんだな。

せっかくだし幼馴染《おさななじみ》の仕事っぷりを見てみようと、ひなたは隣《となり》のお部屋の方へと足を運んでみることにした。

「――いい加減にして下さい」

お部屋の前に差《さ》し掛《か》かると、かおるの声が聞こえて来た。

角度的に怒《おこ》られている相手は見えなかったが、お部屋の中、腕《うで》を組んで怒《いか》りの表情で誰《だれ》かを見下ろしているかおるの姿が見えた。幼少期にもほとんどケンカをした覚えがないので、ひなたにとってかおるが怒《おこ》っている姿を見るのは新鮮《しんせん》だった。子どもっぽい見た目のせいであまり迫力《はくりょく》は感じられなかったが。

「あんなことをして、誰《だれ》かが怪我《けが》をしたらどうするんですか？」

なかなかきつめの語調だ。園児相手でも結構厳しく行くんだなあとひなたは驚《おどろ》く。

「分かっているんですか、力也先生」

ん？

先生？

かおるの発言に驚《おどろ》きながら、ひなたは扉《とびら》の陰《かげ》からお部屋の中を覗《のぞ》き込《こ》んだ。

大きな成人男性がかおるの足元で正座させられている。

予想に反し、かおるが叱《しか》っている相手は園児ではなく大人だったのだ。先生と呼んでいる以上、この男もこの幼稚園《ようちえん》の先生のようだが。

「すまない。俺《おれ》には何故《なぜ》君が怒《おこ》っているのか分からないのだが？」

「……力也《りきや》先生、今朝、あなたが幼稚園《ようちえん》に来てやったことを言ってみて下さい」

「今朝やったこと？　……朝一番に幼稚園《ようちえん》に来て門の開錠《かいじょう》を行《おこな》った」

「それから？」

「今日行われる交通安全教室のためにお遊戯室の準備をした」

「それから？」

「ぐるりと園内の見回りをして裏庭に落とし穴を掘《ほ》った」

「それです！　それ、それ！」

「え？」

「え、じゃないですよ！　なんで落とし穴なんて掘《ほ》るんですか⁉」

「もちろん、敵が侵入《しんにゅう》して来た時のためのトラップだ」

「敵⁉　敵って何です⁉」

「我々が守るべき園児たちに危害を加える恐《おそ》れのある不審《ふしん》人物だ。あの裏庭にあるのは現在使われていない焼却炉《しょうきゃくろ》のみ。園児たちの立ち入りも禁止されている場所。俺《おれ》が調査したところ、あの裏庭は最も監視《かんし》の届かないこの施設《しせつ》最大のウィークポイントだ。外敵が侵入《しんにゅう》して来るとすればあの場所からだ。そこにトラップを仕《し》掛けるのは園児の安全保障のための当然の処置だ」

「守るべき園児が落ちちゃったらどうするんですか⁉」

「しかし、あの場所は園児たちの立ち入りは禁止されているだろ。それに、園児に危険が及《およ》ばないように最大限の譲歩《じょうほ》はしている。本当はセンサーで起動する爆薬《ばくやく》の一つでも仕掛《しか》けたいところなんだが」

「ば、爆薬《ばくやく》⁉」

かおるは口をあんぐりと開けて驚《おどろ》いた後、頭を抱《かか》える。

「はあ……。もういいです……。この件はまた後でじっくりお話ししましょう。これから交通安全教室が始まりますので園児たちをお遊戯室に集めてあげて下さい」

「了解《りょうかい》した。――ところで、さっきから覗《のぞ》いている貴様。何者だ」

突然《とつぜん》『力也《りきや》先生』と呼ばれるその男がこちらを見て言い放った。

ひなたはビクリとして、恐《おそ》る恐《おそ》る部屋に入る。

「あっ、ひなた！」

ひなたの存在に気付いたかおるはさっきまでのピリピリしたムードから一転、嬉《うれ》しそうに近寄って来た。

「そっか！　今日の交通安全教室、ひなたが担当してくれるんだね！　もー、それなら言っておいてよ」

かおるにサプライズをするために黙《だま》っていたのだが、ひなたは逆に驚《おどろ》かされるハメになっていた。

何なんだこの男は……。

かおるは喜んでくれているが、その横にいる男の存在が気になり、こちらは素直《すなお》に喜べない。男はまるで監視《かんし》するかのように鋭《するど》い眼光でひなたを睨《にら》み付《つ》けているのだ。

「え、えっと、かおる……。この方は？」

「ああ、この人は黒柳《くろやなぎ》力也《りきや》さん。昨日から赴任《ふにん》された新しい先生だよ」

信じたくはなかったが、本当にこの幼稚園《ようちえん》の先生らしい。格闘《かくとう》家のようなガタイ。狂犬《きょうけん》を思わせる目つき。およそ幼稚園《ようちえん》の先生とは対極に位置するビジュアルだ。

「力也《りきや》先生、こちらは私の幼馴染《おさななじみ》で警察官をやっている鷲尾《わしお》ひなたです。彼女《かのじょ》が今日の交通安全教室を担当してくれるんですよ」

「なるほど。上官の知り合いか」

「もう！　その呼び方やめて下さいって言いましたよね⁉」

「失敬。かおる先生、の知り合いか。本日は交通安全教室のためにご足労いただき感謝する」

力也《りきや》はビシッと敬礼をして来た。

「あ、ああ、はい、どうもご丁寧《ていねい》に……」

思わずひなたは釣《つ》られて敬礼を返す。

「自分は園児たちをお遊戯室の方に誘導《ゆうどう》して来る。それでは後ほど」

そう言って力也《りきや》は教室を後にした。ひなたは呆然《ぼうぜん》とその背中を見送る。

「……な、なんていうか、アレだね。黒柳《くろやなぎ》さんだっけ。変わってる感じの人だね」

いなのかも」

「え？　ああ、うん、ちょっと変わってるかな。去年まで海外で暮らしていたらしいしそのせ

「海外？　もしかして元軍人さんとか？」

「ううん。ずっとニートだったんだって」

「え!?　あ、ああ。そうなんだ……」

　ということは、ただの痛いミリタリーオタクというやつらしい。あの白雪《しらゆき》園長に雇《やと》われたのなら悪い人ではないとは思うが、少々心配になって来る。園児や幼《おさな》馴染《じみ》のかおるに危害を加えたりしないだろうか。

　警察官としても見逃《みのが》すわけにはいかない。何かやらかせば即《そく》公務執行《しっこう》だ。

「みなさーん、おはようございまーす」

　その後、すぐに交通安全教室が始まった。場所は全園児が入れるお遊戯室である。かおるたち先生一同が見守る中、制服姿のひなたは満面の笑顔《えがお》で園児たちの前で挨拶《あいさつ》をする。

「…………あれ〜？　元気がないな〜。もう一度、おはようございま———す」

　ひなたはお決まりの下りをやった後、園児たちへの授業を始める。ホワイトボードとフリップを使って信号や道路標識の意味などを丁寧《ていねい》に説明し、時おりクイズ仕立《じた》てにしてみて園児の興味を引いてみせる。ここに至るまでいくつもの幼稚園《ようちえん》を担当して来たので慣れたものである。かおるも感心した表情で見てくれている。

「はーい、それじゃあさっき教えた通りにやってみてねー。右を見て、左を見て、もう一度右を見て……」

一通り授業をした後は、いくつかのグループに分かれ、横断歩道を渡《わた》る練習を行う。お遊戯室の床《ゆか》に横断歩道を模したシートを広げ、その上を園児たちに歩かせる。ひなたや担任の先生たちが各グループの園児の補助に着く。

「はーい、車さん行きましたねー。それじゃあ手を上げて横断歩道を渡《わた》りましょう」

その時だった。

「危ないッ！」

突然《とつぜん》、大きな男がひなたと園児の間に割《わ》り込《こ》んで来た。

やつだ。

黒柳力也《くろやなぎりきや》だ。

「な、なんですか、急に⁉」

力也《りきや》はひなたをジッと睨《にら》み付《つ》けている。

「……何故《なぜ》、行かせようとした？」

「はい？」

「何故《なぜ》、今、園児を行かせようとしたと訊《き》いている」

「いや、何故《なぜ》もなにも、ちゃんと右と左を見て車が来ていないのを確認《かくにん》しましたので……」

「これは確かに演習だ。だが、実戦を想定した演習のはずだ。ならばあらゆる可能性を考慮《こうりょ》しシミュレーションしなければならない。そうでなくては演習の意味がない。暴走車両が突《つ》っ込《こ》んで来る可能性は考えたか？　停車しているトラックの積み荷が落ちて来る可能性は？　実戦で何か起こってからでは遅《おそ》いのだ。園児の生命にかかわることだぞ」

止められている園児はどうしていいか分からず段々と泣きそうな表情に変わっていく。異変に気付いた別グループもざわつき始める。

「力也《りきや》先生！　やめて下さい！」

今度はかおるがひなたと力也《りきや》の間に割《わ》り込《こ》んで来た。

「何でひなたの邪魔《じやま》をしてるんですか⁉」

「邪魔《じやま》ではない。この女が手を抜《ぬ》いたから指摘《してき》をしただけだ」

「変な言《い》い掛《が》かりはやめて下さい！　ひなたはちゃんとやっていました！　あなたは余計なことはせず黙《だま》って車役をやっていて下さい！」

「だが、しかし――」

「いいですね⁉　これは〝命令〟です！」

「命令⁉　命……令……。――了解《りようかい》だ」

かおるに言い付けられると、力也《りきや》は後ろに引《ひ》っ込《こ》み大人しくなった。何事もなかったかのように交通安全教室が再開される。

「ゴメンね、ひなた。あの人、ちょっと変わってるだけだから、あんまり気にしないでね。ひなたは何も悪くないからね」

優《やさ》しい語調でフォローするかおるに対し、ひなたは神妙《しんみょう》な顔で首を横に振《ふ》った。

「……うん、ちょっとどころじゃないよ。めちゃくちゃ変わってるよ……。絶対ヤバいやつだってあいつ……」

さっきかおるや園児には見えていなかったのかもしれない。自分に詰《つ》め寄《よ》る力也《りきや》の表情を。マジの眼《め》をしていた。

あの男、マジの眼《め》をしていたのだ。

ひなたは警察官という仕事柄《がら》、色んな人間を見て来た。凶悪《きょうあく》犯も実際に見たことがある。あの男の眼《め》はそれと同じものだった。

「逮捕《たいほ》しよ。うん、今すぐ逮捕《たいほ》しよ。何かやらかす前に」

ひなたはそう言って手錠《てじょう》を取り出す。

「ああ！　ま、待って、ひなた！　力也《りきや》先生、変わってるけど、悪い人ではないんだって！　あの人なりに園児の安全を思ってやっていることなの！　だから、逮捕《たいほ》はやめてあげて！」

かおるは慌《あわ》ててひなたを引き止める。

せっかくニートを改めて就職して来た身。すぐに解雇《かいこ》となっては可哀相《かわいそう》だし、かおるは教育係として彼《かれ》を立派な幼稚園《ようちえん》の先生にしたいという思いを持っている。

「力也《りきや》先生のことは私がきちんと見てるから、ね？」

「……そうね。まあ、あんたに免《めん》じて〝今は〟やめておくわ……」

ひなたは幼馴染《おさななじみ》からの必死の訴《うった》えを聞き、この場は抑《おさ》えることにした。そもそも、まだ何もしていないので実際問題、逮捕《たいほ》は出来ない。

しかし、黒柳力也《くろやなぎりきや》。

あの男、近い将来、絶対に何かとんでもないことをしでかす。

ひなたは警察官の直感のようなものでそう感じていた。

※

——やはり手ごたえのない仕事だ。

七光幼稚園《ななひかりようちえん》に着任してまだ二日目だが、力也《りきや》はそう確信していた。

【テンペスト】時代に要人警護の任務にも就《つ》いたことがあるが、それと比べれば何の苦労もない。あの頃《ころ》を思えば何とも容易《たやす》い任務である。ここは銃弾《じゅうだん》が飛《と》び交《か》う戦場ではない。平和な日本なのだ。危険因子といえばせいぜい小さな子どもを狙《ねら》う変質者くらいなもの。そんな輩《やから》、元最強の兵士ならば簡単に制圧出来る。

それでも手を抜《ぬ》くつもりはない。どんな任務であろうと全うする。それが兵士時代からの力《りき》也《や》のモットーだからだ。

「おまえ、つぎ、オニだぞ！」

「うきゃああああああ！」

「にげろ、にげろおおおおおお」

　今はお昼休み。新しく入園したばかりの年少組の子たちも交えて、全園児が園庭で遊んでいる。力也《りきや》が受け持つ年中組の子たちは初めて、お兄さん、お姉さんとして、年少組の子と一緒《いっしょ》に遊んでいるところだ。

　力也《りきや》はそんな園児たちの動きに注意する。ケガをしてしまうような危険な遊びをしないようにの細心の注意だ。もちろん、不審者《ふしんしゃ》の侵入《しんにゅう》がないかも隈《くま》なく目を光らせる。

　こうして朝から園児たちの警護に神経をフル回転させている。上官たる鷹宮《たかみや》かおるからトラップの設置を禁じられたので、己の眼《おのれめ》だけが頼《たよ》りとなる。彼女《かのじょ》からの〝命令〟は絶対だ。

　快晴の昼空の下、園児たちは楽しそうに園庭で遊んでいる。ジャングルジムで遊ぶ子。駆《か》けっこをしている子。地面にシートを広げてママゴトをする子。

　ふと力也《りきや》は視線をズラして縁側《えんがわ》の方に注目した。ずっと園庭の方ばかり観察していたが、建物の方にも園児の気配がしたので、そちらの様子も窺《うかが》うことにしたのだ。

　そこにいる園児はたった一人だけだった。

　しばらくそちらを見つめ続ける。

「力也《りきや》先生」

縁側《えんがわ》の方をじっと見つめる力也《りきや》にかおるが声をかけて来た。かおるはさっきまで園児たちと鬼《おに》ごっこをして園庭中を走り回っていたので少し息を切らせている。

「力也《りきや》先生も園児と遊んであげて下さいよ。見守るのもそうですけど、子どもたちと仲良くなるのも私たちのお仕事なんですからね。それと、もう少し柔《やわ》らかい表情をして下さい。子どもたちが怖《こわ》がっちゃいますから。……聞いています？　力也《りきや》先生？」

力也《りきや》が見つめる先。

皆《みな》が園庭で遊ぶ中、一人の女の子が縁側《えんがわ》に座《すわ》って絵本を読んでいた。

「……あの子、午前中いなかったな。昨日も来ていなかった」

その子を指差しながら、力也《りきや》はかおるに向かって言った。

初めて見る子ではない。印象的だったのでよく覚えている。

縁側《えんがわ》にいたのは、力也《りきや》が初めて七光幼稚園《ななひかりようちえん》を訪《おとず》れた時に出会った金髪《きんぱつ》の女の子だった。

名前はマリアだったか。

彼女《かのじょ》は他の子たちと違《ちが》い、七光幼稚園《ななひかりようちえん》指定の制服もスモックも着ていない。ヒラヒラのリボンの付いたワンピースという服装だ。そのせいで一瞬《いっしゅん》、大きな西洋人形が縁側《えんがわ》に置いてあるのかと見間違《みまちが》えてしまった。膝《ひざ》の上に乗せた絵本のページをめくる動きではっきり人間だと確信出来たくらいだ。

「ああ。あの子は白雪《しらゆき》マリアちゃんです。うちの園児なんですけど、園長先生の家で暮らしている子なんですよ」

園長から話は聞いている。マリアは遠い親戚《しんせき》の子で、両親を早くに亡《な》くしてしまい、園長が引き取って育てているそうだ。冬休みの日、どうしてマリアが幼稚園《ようちえん》の中にいたのか。その理由は、園長の養子である彼女《かのじょ》が園長の側に付いて来ていたからだ。

「彼女《かのじょ》はみんなとは遊ばないのか？」

園児たちのはしゃぐ声で溢《あふ》れる園庭。たった一人でぽつんといる女児。まるで彼女《かのじょ》のいる空間だけ切り取られたようだった。

「マリアちゃん、誰《だれ》とも遊ばないで、ああやっていつも一人でいようとするんですよ。私や先生方が一緒《いっしょ》に遊ぼうって話しかけても、無視してすぐにどこかに行っちゃうんです。幼稚園《ようちえん》に来るのも拒絶《きょぜつ》気味で……。今日は何とか園長先生が説得して連れて来てくれたんですけど、やっぱりあんな感じなんです。担任のりつこ先生も、いつもお手上げって感じでしたよ」

りつこ先生といえば力也《りきや》の前任者だ。つまり、あのマリアという子も力也《りきや》の受け持つこぶたさん組の一人ということとなる。

早すぎる登校拒否《きよひ》ならぬ、登園拒否《きよひ》。副担任として何とかせねばなるまい。園児の生活態度の矯正《きょうせい》も仕事の一つだ。初対面の時の生意気な態度のこともあるし、あの子には一度、きちんと指導をせねば。

力也《りきや》はマリアとの接触《せっしょく》を試みることにする。ゆっくりと彼女《かのじょ》に向かって歩みを進める。

と、思ったのだが、その矢先。

マリアに一人の別の女児が近付いて来たので力也《りきや》は足を止めた。

それは黒髪《くろかみ》のロングヘアーの女の子だった。力也《りきや》が担当するこぶたさん組の子だ。昨日、入園式での歌の発表の中心にいた子でもあるので、力也《りきや》にも印象深かった。年中組なのに年長組の子たちも含《ふく》めてみんなをまとめようと頑張《がんば》っていた。今のお昼休みも率先《そっせん》して幼稚園《ようちえん》に不慣れな年少組の子たちをお姉さんとして遊びに誘《さそ》っていた。

名前は、有栖川《ありすがわ》えりか。

『実はえりかちゃん、財閥《ざいばつ》のご令嬢《れいじょう》さんなんですよ』

昨日のことだ。かおるがここだけの話といったニュアンスを込《こ》めて力也《りきや》に言って来た。

かおるの話によると、えりかの父親は有数の資産家で大企業《だいきぎょう》の社長。娘《むすめ》のえりかもいずれ民衆を導く立場になる。そういう教育方針の下、えりかの父は一般《いっぱん》家庭の子と一緒《いっしょ》に学ばせるためにえりかをこの幼稚園《ようちえん》に入園させたのだそうだ。そういう面もあって周りよりしっかりしている子なのかもしれない。

そんなえりかが一人で縁側《えんがわ》に座《すわ》るマリアの目の前に立った。

「みて、みて！　この子、パパに買ってもらったのよ！　いいでしょ⁉」

そう言いながら、えりかは手に持っていた可愛《かわい》らしい熊《くま》のぬいぐるみを自慢《じまん》げにマリアに見せつけた。この幼女、まだ5歳児《さいじ》相当にもかかわらず完璧《かんぺき》なドヤ顔を身に付けている。髪《かみ》をファ

サッとする動作も様になっているではないか。

「パパとフランス旅行に行ったとき、買ってもらったの！　今度、パパとはイタリアにも行くのよ！」

しかし、マリアはえりかのことを無視して絵本を読み続ける。目線を一瞬そちらに向けるだけだ。やはり彼女《かのじょ》だけが外界から隔離《かくり》された世界に閉じこもっているかのようである。

「ちょっと！　えりかが話してるんだからちゃんとこっち見なさいよね！」

それが癪《しゃく》に障《さわ》ったのだろう、えりかはマリアが読んでいた絵本を取り上げた。

すると、マリアはようやく反応を示す。小さな顔を少し上げてえりかを睨《にら》み付《つ》けた。

さらに続けて。

「……うざい。あっち行け」

冷たくそう言うとマリアは、えりかのことを両手で突《つ》き飛《と》ばしてしまった。

バランスを崩《くず》したえりかは尻餅《しりもち》を突《つ》き、持っていたぬいぐるみは砂の上に倒《たお》れてしまう。

「ああっ！　パパからもらったクマちゃんが……！　なにするのよっ！」

えりかは突《つ》き飛ばれたことよりも、父親に買って貰《もら》ったぬいぐるみが土で汚《よご》れたことの方に怒《いか》りを燃やしている。怒《いか》りのまま今度は逆に、えりかの方がマリアを突《つ》き飛《と》ばす。

やがて二人は取っ組み合いの喧嘩《けんか》を始めた。

小さな子同士の衝突《しょうとつ》などよくあることだろう。力也《りきや》も昨日今日だけで園児たちの軽い喧嘩《けんか》や小《こ》競《ぜ》り合《あ》いを何度か見ている。が、女の子同士というのはなかなか衝撃《しょうげき》的だったし、これまでで一番激しくも見えた。小さな小さなキャットファイトである。

「やめるんだ」

力也《りきや》はすぐに止めに入った。相手は小さな女の子だ。力也《りきや》の腕力《わんりょく》を以《もっ》てすれば人差し指と親指で肩《かた》をちょこっとつまむだけで簡単に引《ひ》き離《はな》すことが出来た。

「どうしたの、二人とも!?　何があったの!?」

騒《さわ》ぎに気付いたかおるもすぐに駆《か》け寄《よ》って来る。

「えりか悪くないもん！」

えりかは涙目《なみだめ》で力也《りきや》とかおるに訴《うった》える。えりかが絵本を読む邪魔《じゃま》をしたのが発端《ほったん》かもしれないが、無視したうえ先に突《つ》き飛《と》ばしたのはマリアの方だった。だが、どちらが悪いか。そんなことをここで論じてもしょうがないだろう。

「いいから、二人とも、謝《あやま》るんだ」

喧嘩《けんか》両成敗。それしかない。ただの子ども同士の喧嘩《けんか》だ。戦争のように決着を着けるまでというわけにはいかない。

そう思った力也《りきや》は厳しい表情で二人に謝《あやま》るよう促《うなが》す。かおるは不安そうにその様子を横で見ている。

「君たちはチームだ。仲間同士で争うことは愚《おろ》かしい行為《こうい》だ。お互《たが》いの非を認め、すぐに仲直りをするんだ」

「えりか悪くないもん！　えりか悪くないもん！」

だが、力也《りきや》が何を言おうと絶対に謝《あやま》らない。お嬢様《じょうさま》のえりかはそんな姿勢を貫《つらぬ》く。

一方、マリアは力也《りきや》の手を振《ふ》り払《はら》おうと、さっきから何度も力也《りきや》を殴《なぐ》り付けて来ている。見た目に反してなかなかに攻撃《こうげき》的な子だ。とはいえたかだか園児の拳《こぶし》。それも鍛《きた》え抜《ぬ》かれた力也《りきや》に通用するわけがない。

はずだった。

「ぬっ……！　あ、あがっ……⁉」

次の瞬間《しゅんかん》、力也《りきや》は思わずマリアの手を離《はな》していた。

振《ふ》り上《あ》げられた小さな拳《こぶし》は力也《りきや》の股間《こかん》部、大事なところにジャストミートしたのだ。

そう、伝説の英雄《えいゆう》でもそこだけは鍛《きた》えることは出来なかった。たとえ園児の腕力《わんりょく》であろうと無防備なそこに衝撃《しょうげき》を与《あた》えるには十分だった。

その隙《すき》にマリアはその場から逃《に》げ出《だ》し、幼稚園《ようちえん》の中に走って行った。

「だ、大丈夫《だいじょうぶ》ですか、力也《りきや》先生⁉」

「……大丈夫《だいじょうぶ》だ。問題ない」

だが、そこはさすが歴戦の戦士だ。痛みに耐《た》え何とか平静を保つ。

白雪《しらゆき》マリア。侮《あなど》れない子だ。園児と思って油断していたとはいえ、最強とまで言われた伝説の英雄《えいゆう》を出《だ》し抜《ぬ》くとは。

「えりか悪くないもん……。えりか悪くないもん……」

ケンカしていた二人のうち、えりかだけがふて腐《くさ》れた表情でその場に残された。涙目《なみだめ》だが決して声を上げて泣こうとしないのは彼女《かのじょ》の性格故《ゆえ》なのだろう。根性《こんじょう》のある子だ。

軍隊であれば懲罰《ちょうばつ》を与《あた》え、無理やりにでも〝分からせる〟ところだが、そういうわけにもいかない。ここは軍隊ではなく幼稚園《ようちえん》。相手は園児なのだ。

しかし、子どもに対する振《ふ》る舞《ま》い方などよく分からない。厳しく叱《しか》り付けるべきなのか、優《やさ》しく諭《さと》すべきなのか。

力也《りきや》がどうしたものか考《かんが》え込《こ》んでいると、かおるが地面に膝《ひざ》を着き、えりかと同じ目線になって顔を合わせた。

そうやって優《やさ》しい口調でえりかに話しかけ始める。

「ねえ、えりかちゃん。どうしてマリアちゃんとケンカしちゃったの？」

「だって、だって……。えりかのお話、聞いてくれなかったから……」

「そっか、そっか。それでムカッとしちゃったんだね。えりかちゃんはマリアちゃんと遊んであげようとしたんだよね？」

えりかはこくりと頷《うなず》く。

リーダー気質のある子だ。さっきのはただ自慢《じまん》話をしようとしていたわけではなく、一人でいるマリアと一緒《いっしょ》に遊んであげようとしていたのだ。

「じゃあ、えりかちゃんは悪くないね。えりかちゃんは、偉《えら》い、偉《えら》い。でも、マリアちゃんを突《つ》き飛《と》ばしちゃったことは謝《あやま》ろうか。偉《えら》いえりかちゃんなら出来るよね？」

「……うん」

かおるは優《やさ》しくえりかの頭を撫《な》でる。

その後、かおるはえりかをマリアの許《もと》に連れて行ってきちんと謝《あやま》らせた。マリアもかおるに説得され、渋々《しぶしぶ》といった感じではあったが、えりかに「ごめんなさい」と言っていた。ひとまずはそれでその騒《さわ》ぎは決着となった。

その間、力也《りきや》は黙《だま》って横から見ていることしか出来なかった。

鷹宮《たかみや》かおるに『実力の差』というやつを見せ付けられた気がした。

※

モニカ・ケネシスはホテルの一室にいた。装《よそお》いは薄手《うすで》のコートに長い脚《あし》を際立たせるタイトスカートだ。軍服ではない。しかし今の彼女《かのじょ》は『仕事中』である。

部屋の机の上には一台のノートパソコンが置かれている。これはモニカが持《も》ち込《こ》んだものだ。軍の極秘《ごくひ》資料も収められていて、もしも彼女《かのじょ》以外の手に渡《わた》れば中のデータはクラッシュされるように設定されている。とはいえ優秀《ゆうしゅう》な軍人である彼女《かのじょ》が、そんなヘマを犯《おか》すことはあり得なかった。

モニカは真剣《しんけん》な表情でそのパソコンに向かっている。

『──以上が今回の指令《オーダー》だ。対象の生死は問わない』

パソコンのディスプレイには何も表示されていないが、スピーカーから音声が流れて来る。それは機械で変えられた合成音声で、性別さえもはっきりしない。声で身元を特定するのは不可能だろう。

「了解《りょうかい》しました。アムステルダム近辺に潜伏《せんぷく》させている兵を七名向かわせます」

モニカは見えないその人物に応える。

『期待しているぞ。君たち【テンペスト】の働きを』

「ハッ。ご期待に添《そ》えるよう全力を尽《つ》くします」

モニカの属する特殊《とくしゅ》部隊【テンペスト】は、公《おおやけ》にはされていない『裏の始末屋』だ。潜入《せんにゅう》破壊《はかい》、要人警護、諜報《ちょうほう》活動。各方面で活躍《かつやく》していたプロフェッショナルがヘッドハンティングされ、同じ場所に集められた。有事の際は、秘密裏《り》に戦場に派遣《はけん》され、その手腕《しゅわん》を最大限に発揮する。

たった今、モニカが会話をしている見えない相手は【テンペスト】の上層部の者。いわばモニカという『兵』を操《あやつ》る『王』である。

『対象が開発しているのは、かつて君たちが破壊《はかい》した忌《い》まわしき兵器〝クリフハンガー〟の同種とも言われる存在だ。確実に我《わ》が国《くに》の脅威《きょうい》となろう。まだ設計の段階のようだが関係ない。今のうちに根を刈《か》り取《と》るのだ。花が育つ前にな』

スピーカーから別の声が聞こえて来た。同じような合成音声だが、話し方や訛《なま》りの違《ちが》いで別人であることは判別出来た。何人いるかは分からないが、モニカが会話している見えない人物は複数人いる。ディスプレイの向こうで会議室のような場所に集まっているのだろう。

彼《かれ》、あるいは彼女《かのじょ》たちは【テンペスト】の前身部隊【ストーム】の頃から全ての指揮権を持ち、作戦命令を行っている国の高官たちだ。彼《かれ》ら上層部が【テンペスト】本部のブリーフィングルームに顔を出すことは決してない。それどころか、隊員たちは顔も名前も知らない。隊長のモニカが彼《かれ》らからのオーダーを隊員たちに伝えているので、モニカ以外は声すらも聞いたことがない。そうやって徹底《てってい》して身元を隠《かく》し通している。

何故《なぜ》なら彼《かれ》ら自身《じしん》も恐《おそ》れているのだ。【テンペスト】という優秀《ゆうしゅう》な兵たちの力を。万が一に反逆の意志を持たれても、自分たちに牙《きば》を剝《む》かれないようにするための処置なのだ。

『対象はオランダ政府の保護下にある。隠密《おんみつ》はもちろんだが、可及的速《かきゅうてきすみ》やかに対象の身柄《みがら》を確保しろ。証拠《しょうこ》は何一つ残すな。向こうサイドに感付かれると今後の外交が面倒《めんどう》になる』

「ハッ。心得ています」

【テンペスト】は世の中には公表されていない隠密《おんみつ》部隊のため、配属と同時に、隊員たちは偽《にせ》の身分を与《あた》えられる。時には別の部隊や機関に紛《まぎ》れ込《こ》んで諜報《ちょうほう》活動をすることもある。現在進行形でＣＩＡやＦＢＩの捜査官《そうさかん》として情報を入手し、本部に情報を送っている者もいるし、名前も捨て、家族も捨て、以前とは全くの別人として振《ふ》る舞《ま》う者さえいる。世界中のあらゆる都市、あらゆる戦場で隊員たちは活動している。

モニカはそんな【テンペスト】の隊員たちを操《あやつ》る司令官のポストに就《つ》いている。隊員が地球の裏側にいようが命令を下せるし、逆に言えばモニカは地球上のどこからでも隊員に命令を送ることが出来る。モニカの今いる場所が指令室となるのだ。今はこのホテルの一室がそれだ。

仮にこの場所を敵対勢力に襲撃《しゅうげき》されたとしても、最も近くに潜伏《せんぷく》している隊員を召喚《しょうかん》し、迎撃《げいげき》に当たらせることも可能だ。世界のどこにいようが、最強の戦闘《せんとう》集団を自由に操《あやつ》れる。モニカはそういう特別な立場にある。

だが、そんなモニカでさえ『狗《いぬ》』に過ぎなかった。

彼《かれ》ら【テンペスト】上層部の。

『〝あの男〟が生きていれば容易《たやす》いミッションだったんだがね』

その中の一人が発した一言にモニカは険しい表情を作る。

『確かに、惜《お》しい人材をなくしたものだな』

『一個師団を失ったのと変わらない。いや、それ以上かもな』

ディスプレイの向こうにいる上層部の者たちが口々に言う。

かつての英雄《えいゆう》のことを。

『黒柳力也《くろやなぎりきや》』という【テンペスト】最強の兵士のことを。

モニカは苛立《いらだ》ちから唇《くちびる》を噛《か》んだ。

好き勝手を言う連中だ。

──力也《りきや》抹殺《まっさつ》を命じたのはこいつら自身だというのに。

『致《いた》し方ない。やつは〝失敗〟をしたのだからな』

『その通りだ。あれは失敗だ。【テンペスト】に英雄《えいゆう》など必要ないのだ。それに、やつの処分は全会一致《いっち》の決定だったはずだが？』

『もちろん承知している。ただ、惜《お》しかったという話をしただけだ』

『死んだ者のことなどどうでもいいだろ。重要なのは部隊と我《わ》が国《くに》のこれからだ。個人よりも全体の幸福が優先されるべきなのだ』

「……それでは私は任務に当たりますので失礼いたします」

モニカは通信を切った。これ以上、彼《かれ》らの声を聞きたくはなかった。誰《だれ》もいない一人の世界へと戻《もど》る。

それから半年前のことを思い出す。

突如《とつじょ》【テンペスト】の上層部たちが、隊長のモニカに力也《りきや》抹殺《まっさつ》を命じて来た。

彼《かれ》ら曰《いわ》く、力也《りきや》が『失敗』を犯《おか》したからだ。

半年前、ある大きなミッションを力也《りきや》は成《な》し遂《と》げた。それは第三次世界大戦勃発《ぼっぱつ》を未然に防ぐ働きであり、力也《りきや》は名実ともに英雄《えいゆう》となった。

端《はた》から見れば『成功』でしかないが、上層部にとってはそれが大きな『失敗』だった。

彼《かれ》らにとって必要なのは『英雄《えいゆう》』ではなく『兵士』なのだ。『個』を持たない大衆の存在。

黒柳力也《くろやなぎりきや》という一兵卒が一種のカリスマ性を持つことは許されなかった。

だから、力也《りきや》を斬《き》り捨《す》てようとした。

だから、隊長のモニカに力也《りきや》暗殺を命じた。

しかし、軍人としては恥《は》ずべきことだが、モニカは力也《りきや》を殺すという上層部からのオーダーを受け入れることがどうしても出来なかった。

モニカにとって力也《りきや》は部下である前に、友人であり、弟であり、息子《むすこ》のような、特別な存在だったからだ。

そこで二人は一計を案じた。

力也《りきや》はモニカに殺されたフリをすることにしたのだ。

身分もこれまでの経歴も全て捨てて、別人として生きて行く道を力也《りきや》は選んだのだ。

モニカが力也《りきや》を日本に送り出してから数ヶ月。今頃《いまごろ》、平和な日本で新たな人生を送っていることだろう。季節はもう春。紹介《しょうかい》した仕事先の七光幼稚園《ななひかりようちえん》で働き始めている頃《ころ》のはずだ。柄《がら》に合わない仕事だろうが、きっとあの力也《りきや》のことだから、上手《うま》く立ち回っているに違《ちが》いない。

一見、不可能と思われる任務を全て成功へと導いて来たあの男ならば。

「……ん？」

モニカは驚《おどろ》く。

力也《りきや》から通信が掛《か》かって来たからだ。

別れの間際《まぎわ》に力也《りきや》に渡《わた》しておいた通信機。何か不測の事態が起これぱすぐに連絡《れんらく》を入れろと託《たく》していた代物《しろもの》。それを使って力也《りきや》が連絡《れんらく》をして来たのだ。

しかもこれは『緊急《きんきゅう》』を表すレッドのサインだ。

——まさか上層部に居場所が見付かったのか。

いや、そんなはずはない。モニカの偽装《ぎそう》工作は完璧《かんぺき》だ。力也《りきや》が生きていることにすら彼《かれ》らは気付いていないはずだ。

すぐに力也《りきや》からのコールに応える。

「力也《りきや》、どうした」

『緊急事態《きんきゅう》だ、大佐《たいさ》』

通信機越《ご》しの力也《りきや》の声は切羽詰《せっぱつ》まった様子だった。

この男が追《お》い詰《つ》められるとはよほどの状況《じょうきょう》のようだ。戦場でもここまで緊張《きんちょう》感を露《あら》わにしていたことはない。

一体何が起こったというのだ。

力也《りきや》は告げる。

『うんこを漏《も》らした』

お昼休み。白雪《しらゆき》マリアと有栖川《ありすがわ》えりかのひと悶着《もんちゃく》が終わったすぐ後のこと。力也《りきや》は園庭の園児たちを目で追いながら、どうしたものかと思《おも》い悩《なや》んでいた。

指揮官であるかおるから園児たちと遊ぶように命じられたからだ。

上官の命令は絶対だ。その考えは軍を去り幼稚園《ようちえん》の教員になった今でも変わらない。園児たちの前で宣言した通り、かおるに死ねと命じられれば死ぬ覚悟《かくご》を力也《りきや》は持っている。

しかし、具体的に誰《だれ》とどんな遊びをすればいいかは、かおるに命令されなかった。何となく園児たちに近寄ってみるが、どう話しかけていいかすらよく分からず、行ったり来たりを繰《く》り返《かえ》すばかり。

かおるはというと、女の子たちに引っ張られて、ママゴトに参加している。「かおる先生、次は私たちと遊ぶの！」と予約も入っているようだし、彼女《かのじょ》が園児たちの人気者であることがありありと伺《うかが》える。

力也《りきや》は周囲を観察し続ける。楽しそうに遊んでいる子がほとんどだ。わざわざ自分が彼《かれ》らの輪に入《はい》り込《こ》む必要があるのだろうか。楽しんでいる彼《かれ》らに水を差すだけではないだろうか。頭の中でそんな言い訳の言葉を並べる。

と、その時、男の子の一人がツンツンと力也《りきや》の太ももをつついて来た。上目遣《うわめづか》いでジッと力《りき》也《や》のことを見ている。

「ん？　どうした？」

初めて園児の方から接触《せっしょく》して来た事実に力也《りきや》は内心喜ぶ。幼稚園《ようちえん》に来てからというもの園児たちとまともにコミュニケーションを取ることが出来ておらず、力也《りきや》は少なからず疎外《そがい》感を覚えていたからだ。

しかし、そのイガグリ頭の男の子はというと、うー、うー、言うばかりで何も話をしようとしない。ひょっとしてまだ喋《しゃべ》れない子なのだろうか。それではこの子がどんな遊びが好きなのか、何を求めているのか、さっぱり分からないではないか。

「うんちよ。リョータくん、うんちに行きたいのよ」

力也《りきや》がその場で硬直《こうちょく》していると、横でその様子を見ていた一人の女の子が言った。

えりかだ。

「なんだって？」

言われてみればその男の子は足をモジモジさせている。どうやらえりかの言う通り本当にトイレを我慢《がまん》しているようだ。

「はやくなんとかしてあげてよ」

その男の子のことを心配しているようだ。えりかは急《せ》かすように言う。

力也《りきや》は助けを求めようとかおるの方を見てみる。相変わらず園児たちに囲まれて忙《いそが》しそうだし、話しかけるのは憚《はばか》れる。

いや、彼女《かのじょ》に頼《たよ》ってなどいられない。力也《りきや》はすぐに冷静になれた。これから自分がどうすればいいのか。わざわざ上官のかおるの力を借りなくても、簡単に分かることだった。

この子をトイレに連れて行く。

たったそれだけのことじゃないか。

状況《じょうきょう》を理解した力也《りきや》は、その男の子をラグビーボールのように脇《わき》に抱《かか》えて舎内の方に走り出した。そのままトイレに向かって真っすぐ進む。しかし、急ぎ過ぎない。ケガでもさせたら大変だ。壊《こわ》れ物《もの》を運ぶように慎重《しんちょう》に男の子を運んで行く。

「まってっ！」

廊下《ろうか》の途中《と ちゅう》、力也《りきや》の脇《わき》に抱《かか》えられながら男の子が突然《とつぜん》大きな声で言った。

力也《りきや》は言う通りその場に立ち止まる。

「うんち出た」

なんだこの子、ちゃんと言葉が話せるんじゃないか。

……って、おい、待て。今、何て言った。

力也《りきや》はトイレを目前にしながら、恐《おそ》る恐《おそ》る男の子をその場に下ろす。

「うんち出た。うんち出た。うんち出た。うんち出た。うんち出た。うんち出た。

うんち出た。うんち出た。うんち出た。うんち出た。うんち出た――」

壊《こわ》れたロボットのように男の子はそればかり言い出した。

ああ、何ということだ。

間に合わなかったのだ。

ずっと無表情だった男の子だが、表情と共に段々と声色《こわいろ》が泣き声に変わって行く。

「ううううう……」

「………いいか、落ち着け」

「うううううううううううう………」

「落ち着けよ……。落ち着くんだ……」

力也《りきや》はまるで自分にも言い聞かせるように言う。

「そうだ、まずはゆっくり深呼吸しよう。深呼吸はストレスを抑制《よくせい》する。そう、何も恥《は》じることではない。誰《だれ》にだって失敗はある。必要なのはどうしてこうなったかを考えることだ。反省をして次回に繋《つな》げること。それが何よりだい――」

「うあああああああああああああああん」

あっという間に目の前に泣きじゃくる小さな子どもが完成した。思わず耳を塞《ふさ》ぎたくなるような甲高《かんだか》い泣き声。それがすぐ目の前で発せられる。

力也《りきや》は停止する。

爆弾《ばくだん》の解体は出来ても、これを鎮《しず》める術《すべ》を元英雄《えいゆう》は知らなかった。男の子は涙《なみだ》を浮《う》かべてワンワン泣き続けている。

どうする、かおるを呼びに行くか？

しかし、この泣いている小さな子どもをこの場に放置するような真似《まね》が許されるのか。そんなのは職務放棄《ほうき》。敵前逃亡《とうぼう》と変わらない。幼稚園《ようちえん》の教員失格だ。

依然《いぜん》、男の子は力也《りきや》の目の前で泣き続ける。

何とかしなければ。何とかしなければ。何とかしなければ。

いや、何とかって何だ。これを一人でどうにか出来るのか。

力也《りきや》は何も分からなくなっていた。浮《う》かんで来るのは後悔《こうかい》の念だけ。自分の判断が遅《おく》れたせいでこの男の子が漏《も》らしてしまった。自分の判断が遅《おく》れたせいでこの男の子を泣かせてしまった。あれだけ目を配っていたのに、えりかに指摘《してき》されるまでこの男の子の異常に気付いてあげられなかった。

力也《りきや》にとってこれほど惨《みじ》めな気持ちを抱《いだ》いたのは生まれて初めてだった。無力だ。あれだけ戦場で最強と、英雄《えいゆう》と謳《うた》われていた自分が、幼稚園《ここ》ではあまりに無力ではないか。

もはや任務は失敗だ。【テンペスト】時代なら責任を取ってこの場で自害するところだが、そういうわけにもいかない。この子をこのままにはしておけない。

何とかしなければ。

「…………」

やがて力也《りきや》は無言でポケットからワイヤレスの小さなイヤホンを取り出し耳にはめた。

通信機の向こうのモニカの声は、呆《あき》れたような、あるいは憐《あわ》れむような声だった。

『なるほど。つまりはこういうことだな。園児がトイレに間に合わなかったと』

「ああ」

トイレの目の前まで連れて来られたものの、力也《りきや》のすぐ横にいる男の子は後少しのところで全てをズボンの中でぶちまけてしまっていた。目からはボロボロと涙《なみだ》を流している。

『それでどうしていいか分からなくなってしまい、私に通信をして来たと』

「ああ。頼《たの》む、指示をくれ、大佐《たいさ》。かつてのように、俺《おれ》に命令をしてくれ」

モニカはすぐに状況《じょうきょう》を理解したようだ。渋々《しぶしぶ》ながらも通信機越《ご》しに指示を送って来た。まずは男の子をトイレの中に連れて行くように命じる。

「……ちょっと待ってくれ、大佐《たいさ》。俺《おれ》がこの子のズボンを脱《ぬ》がせるのか？」

『当たり前だ。そのままにはしておけないだろ』

「しかし、大佐《たいさ》。他人の前で下半身を露出《ろしゅつ》させるなんて彼《かれ》の尊厳を汚《よご》すことになるぞ。そんなことが許されるのか」

『ドアホ。相手は園児だ。さっさとやれ』

　さすがにモニカが苛立《いらだ》った声色《こわいろ》に変わったので力也《りきや》は慌《あわ》てて男の子のズボンに手を掛《か》ける。怒《おこ》ったモニカの恐《おそ》ろしさはよく知っているのでこれ以上神経を逆撫《さかな》で出来ないなと思った。

　拒絶《きょぜつ》されるかと思ったが、男の子がすんなり受け入れてくれたので簡単にズボンを下ろすことが出来た。大人にやって貰《もら》うのがこの子にとっては当たり前だからなのだろう。

　続けて汚《よご》れたパンツを脱《ぬ》がせてやると、いつの間にやら男の子はすっかり泣くのをやめていた。さっきから力也《りきや》が男の子から見て独り言を言っているのが不思議でそっちに気が行っているようだ。端《はた》から見れば力也《りきや》がワイヤレスのイヤホンを付けてモニカと通信をしているのは分からないのだ。

「脱《ぬ》がせたぞ、大佐《たいさ》。モノはどうすればいい」

『脱《ぬ》がせたそいつは後回しでいい。とりあえずバケツに水でも貯《た》めて浸《つ》けておけ。まずは子どもの尻《しり》を拭《ふ》いてやることが先決だ』

「俺《おれ》が拭《ふ》くのか？」

『他に誰《だれ》がいる？　慎重《しんちょう》にやれよ。子どもは柔肌《やわはだ》だ。お前のような無茶の出来る作りにはなっていないからな』

　力也《りきや》は顔をしかめながら、トイレに備え付けられていたウェットティッシュを折《お》り畳《たた》む。汚《お》物《ぶつ》に触《ふ》れることに抵抗《ていこう》はない。戦場ではもっと汚《きたな》いものにいくらでも触《ふ》れて来た。この男の子にケガでもさせたらという不安が頭をよぎったのだ。

人を傷付けるためにのみ使って来た手。躊躇《ちゅうちょ》しながらもそれを小さな男の子に近付け、モニカの指示通り、慎重《しんちょう》に丹念《たんねん》に汚れたその子の尻周《しり》りを拭《ふ》いて行く。

「……ふー。よし、拭《ふ》けたぞ。綺麗《きれい》になった。大佐《たいさ》。次はどうすればいい」

『おそらくそういう事態に備えて替《か》えの下着が園内のどこかに用意してあるはずだ。それを確保しろ。確保するまでは子どもの下腹部が冷えないようにタオルか何か巻いておいてやれ』

園長から園内の設備を教えて貰《もら》った時、子ども用の着替《きが》えの場所も教えて貰《もら》っていた。それを覚えていた力也《りきや》はすぐに替《か》えの下着の入手に成功した。

清潔なパンツを履《は》かせ、元のズボンを履《は》かせ、瞬《また》く間《ま》に事態の収拾《しゅうしゅう》を終えた。ほんの数分前は大の男の狼狽《うろた》える姿があったが、終わってみれば何てことのない話だった。力也《りきや》が着替《きか》えさせ綺麗《きれい》になった男の子の方も、さっきまで大泣きしていたのが嘘《うそ》のようだ。ご機嫌《きげん》も完全に直った様子で、無邪気《むじゃき》な顔で自分の指を咥《くわ》えている。

「やはり大佐《たいさ》の指示は頼《たよ》りになるな」

戦場を思い出す。作戦中、何か不測の出来事が起こった時どうするか、最後の判断はいつもモニカに委ねて来た。追《お》い詰《つ》められた時、重要な選択肢《せんたくし》を迫《せま》られた時、モニカの言葉一つで勇気を貰《もら》えたし、迷うことなく敵陣《てきじん》の中を突《つ》き進《すす》むことが出来た。

「お蔭《かげ》で助かったよ。あんたがいなければこの状況《じょうきょう》は打破出来なかっただろう」

『ドアホ。大袈裟《おおげさ》だ。私は何も難しいことは言っていないし、要求もしていない』

「いや、何にせよ助かったのは事実だ。初めての仕事に冷静さを欠いていたが、大佐《たいさ》の指示のお蔭《かげ》で何とかなった」

イヤホンから大きなため息が聞こえて来る。

『……力也《りきや》、言っておくがこういうのは今回限りだぞ。私も暇《ひま》じゃないんだ。お前にその仕事を紹介《しょうかい》した手前、仕方なく付き合ってやったが、こういう些細《ささい》なことでいちいち連絡《れんらく》されていたんじゃ堪《たま》ったもんじゃない』

モニカは棘《とげ》のある声色《こわいろ》で言う。しかし、決して突《つ》き放《はな》すような冷たいものではなかった。

「分かっているよ、大佐《たいさ》。俺《おれ》はもうガキじゃない。いつまでもあんたに頼《たよ》りっぱなしにはならないさ」

『どうかな。私からすれば十分手の掛《か》かる子どもだよ。軍にいた頃《ころ》と何も変わっちゃいない』

「大佐《たいさ》はいい母親になれそうだな」

力也《りきや》は足元にいる男の子を見ながら、今の率直《そっちょく》な感想を呟《つぶや》いた。子どもへの対応の柔軟《じゅうなん》さ。自分への面倒《めんどう》見の良さも含《ふく》めた感想だった。

『残念だがそれはないよ。そもそも私は母親にはなれない身体《からだ》だ』

言ってから力也《りきや》は後悔《こうかい》した。以前、何かのタイミングで聞いたことがある。モニカは戦闘《せんとう》の後遺症《こういしょう》で子どもの作れない身体《からだ》になってしまったのだと。前線に立たず後方支援《しえん》で戦闘《せんとう》に参加するようになったのもその後遺症《こういしょう》の影響《えいきょう》なのだそうだ。

「……すまない」

『気にするな。私自身、既《すで》に受け入れていることだ。それに【テンペスト】として戦う以上、子どもを育てるような時間もない。さあ、そんなことより早く園児たちの許《もと》に戻《もど》るんだな』

「ああ、そうだな……。了解《りょうかい》。オーバー」

もう泣き言はなしだ。これ以上、恩を仇《あだ》で返すような真似《まね》は出来ない。立派にこの仕事をやり遂《と》げてモニカを安心させなければ。

そうだ。自分は戦場以外でも生きて行けるのだということを証明してやる。

力也《りきや》は男の子と共に園庭へと勇み足で戻《もど》って行った。

力也《りきや》との通信を切り、モニカはホテル備え付けの椅子《いす》に腰《こし》を下ろす。パソコンを操作し、仕事を再開する。上層部から命じられた任務の計画書の作成だ。人材の配備、襲撃《しゅうげき》のタイムスケジュール等、入念な計画を文字に起こして行く。

キーボードを叩《たた》きながら、さっきの力也《りきや》とのやりとりを思い出す。あれほど慌《あわ》てた様子の力也《りきや》はかつて見たことがない。なかなか貴重な場面だった。【テンペスト】の上層部から命を狙《ねら》われている事実を告げた時ですら一切《いっさい》取り乱さなかったあの男があぁも慌《あわ》てるとは。

笑ってはいけないとは思いつつも、ついつい口角が上がってしまうモニカだった。

しかし、すぐに表情を強張《こわば》らせる。

10分も経《た》たないうちにまた力也《りきや》から緊急《きんきゅう》のコールが入って来たからだ。

「……どうした？」

『助けてくれ、大佐《たいさ》！』

開口一番、力也《りきや》が発したのはモニカに必死で助けを求める声だった。

まさか今度こそ追手が現れたのか。

『モンスターだ！　やつらはモンスターだ！』

「……モンスターだと？　誰《だれ》のことだ？」

『園児たちだよ！　やつらにはこっちの話が全く通じない！　俺《おれ》の言うことを全然聞かないんだ！　それに、行動の予測が全くつかない。叱《しか》れば泣き出すのは分かるが、何もしていないのに泣き出して来る子もいる。一体どういうことなんだ……!?』

通信機から小さな子どもの喧《やかま》しい声が聞こえて来る。

それに紛《まぎ》れて力也《りきや》の情けない声も聞こえて来る。

『おい、やめろ！　その子の髪《かみ》の毛《け》を引っ張るな！　それは玩具《おもちゃ》ではない！　ああ、もう、泣くなと言っているだろ！　怒《おこ》ってない！　怒《おこ》ってないから！』

どうやら幼い子どもが力也《りきや》にとってこれまでで一番の強敵だったようだ。

無理もないのかもしれない。力也《りきや》が兵士だった頃《ころ》、相対するのはいつも同じ兵士だった。敵も味方も回りはみんな兵士だ。だから相手の気持ちがよく分かった。相手の気持ちに立って考えることで優位に立つことが出来た。『自分がされたら嫌《いや》だと思うことはするな』とは幼稚《ようち》園《えん》でも習うだろうが、戦闘《せんとう》においては真逆だ。自分がされたら嫌《いや》だと思うことを徹底的《てっていてき》に敵にやるのが仕事だ。そうやって力也《りきや》は敵を出《だ》し抜《ぬ》き、戦場で勝利して来た。

だが、今、力也《りきや》が相手にしているのは同じ兵士ではない。それどころか大人でもない。

幼い園児なのだ。

これまで力也《りきや》は戦いのことだけを考えて生きて来た。戦いの日々に身を投じ、大人同士の人間関係すらろくに築いて来なかった力也《りきや》には園児の気持ちなんて分からないし、何をされたら喜ぶのか、何をされたら嫌《いや》がるのか、全く理解が出来ないのだ。

『順番を守れと言っているだろ！　今は彼《かれ》がその玩具《おもちゃ》を使用している！　おい、何やってる、泥《どろ》だらけじゃないか。……ん？　おいいぃ！　なんで俺《おれ》の服で泥《どろ》を拭《ふ》くんだあぁ!?』

たった今、戦場で無双《むそう》を誇《ほこ》った英雄《えいゆう》が園児たちに翻弄《ほんろう》されている。

遠く離《はな》れた地にいるモニカには、苦笑いを浮《う》かべることしか出来なかった。

※

鷹宮《たかみや》かおるは悩《なや》んでいた。どうすれば力也《りきや》が園児たちと仲良くなれるのかを。

黒柳《くろやなぎ》力也《りきや》が七光《ななひかり》幼稚《ようち》園《えん》で働き始め、１週間が過ぎていた。彼《かれ》はもうすっかり幼稚《ようち》園《えん》の仕事に慣れている様子だ。重い荷物の運搬《うんぱん》。壊《こわ》れた備品の修理。清掃《せいそう》や花の水やりから何まで、言われなくても率先《そっせん》してやってくれている。

めちゃくちゃな行動も控《ひか》えるようになって来た。どうやら力也《りきや》にとってかおるは『上官』であるらしく、頼《たの》んだことを断られたことがない。かおるがトラップはやめて下さいと言えば、トラップは仕掛《しか》けなくなったし、敬礼で挨拶《あいさつ》しないで下さいと言えば、普通《ふつう》に挨拶《あいさつ》をするようになった。

だが、初日から今も、園児たちと馴染《なじ》めてはいない。

大きな男の先生というだけでも園児たちには圧があるというのに、喋《しゃべ》り方は堅《かた》いし、表情も堅《かた》い。そのせいで力也《りきや》と遊ぼうとする園児は誰《だれ》もいなかった。かおるが「力也《りきや》先生と遊んだら？」と提案したら園児は決まって嫌《いや》な顔をしてくる。いざ一緒《いっしょ》に遊び始めても、泣きながらかおるの元に逃《に》げて来る子が後を絶たない。

幼い子どもというのは思ったことをそのまま口にするものだ。そこに善悪などない。時には簡単に人を傷付けてしまうようなことを口走ることもある。

『ねーねー、りっこせんせいは？』

『なんかね、もう幼稚園《ようちえん》こないんだってー』

『やだー。りっこせんせいのほうがよかった』

『あの人こわいしやだー』

園児たちがそんな会話をしているのをかおるは聞《き》き逃《のが》さなかった。

ここ最近、家でも幼稚園《ようちえん》でもかおるは力也《りきや》のことばかり考えている。どうすれば力也《りきや》は園児たちと仲良くなれるのだろう。働き者で頑張《がんば》って仕事をしてくれているし、不器用ながらも園児たちを危険から守ろうといつも行動している。おかしなところはあるが、かおるは彼《かれ》のそういった面を評価しているし、彼《かれ》の教育係としてこのまま放っておくことは出来なかった。

白雪《しらゆき》園長にも相談してみた。しかし、園長は「温かく見守ってあげましょう」としか回答してくれない。きちんと考えがあるのか、それともただ呑気《のんき》なだけなのか、時々、園長のことが分からなくなるかおるだった。

園児たちが帰宅した後の幼稚園《ようちえん》は、昼の喧騒《けんそう》が嘘《うそ》のように静かだ。

お部屋の掃除《そうじ》を終え、書類の整頓《せいとん》を終え、保護者への連絡《れんらく》帳の記入も終えた力也《りきや》は、職員室のかおるの隣《となり》の席で座《すわ》っている。

「お疲《つか》れ様《さま》です、力也《りきや》先生」

そう言ってかおるはマグカップに淹《い》れたコーヒーを力也《りきや》の机に置いた。

力也《りきや》は怪訝《けげん》そうな顔をしながら置かれたカップの中身をジッと見つめた後、鼻を近付けて確かめるように手で扇《あお》いでいる。

「あの……。毒とか入っていませんからね……?」

何となく力也《りきや》のノリが分かって来たかおるがそう言うと、力也《りきや》は安心した様子で礼を言ってからかおるの淹《い》れたコーヒーを飲み始める。

「……あの、力也《りきや》先生」

「なんだ？」

「このお仕事、楽しいですか？」

「………………」

力也《りきや》は口ごもる。その反応が分かりやすい回答だった。

「……やっぱりですね。園児たちと遊んであげている時、力也《りきや》先生、ちっとも楽しそうじゃないんですもん」

かおるが遊んであげてと頼《たの》めば、力也《りきや》は園児たちの相手をしてくれるが、力也《りきや》と遊んでいる間、園児たちはあまり楽しそうにしていない。

力也《りきや》の方も、一度も笑った顔を見せていない。かおるはおろか、園児たちの前でも。

それどころか、かおるは力也《りきや》が園児たちに振《ふ》り回《まわ》されて辛《つら》そうな表情を浮《う》かべているところしか見たことがなかった。

「……やっているのは子どもの遊びだ。鬼《おに》ごっこだの、かくれんぼだの。大人が楽しめるものじゃないだろ？」

「いいえ。そんなことはありませんよ。子どもたちを楽しませようと思えば、自然とこっちも楽しくなりますから。そうすればこのお仕事にやりがいだって感じますよ」

力也《りきや》は小首を傾《かし》げている。理解出来ないという表情だ。

「……園児を楽しませる、か。残念ながら、俺《おれ》はあんたと違《ちが》って園児の気持ちが全く分からない。あんたは園児の気持ちが分かるから彼《かれ》らを楽しませてやれているんだろう。だが、俺《おれ》は園児の気持ちなんて分からないし、どうすれば彼《かれ》らが楽しむのか分からない。どうして彼《かれ》らが笑うのか、どうして彼《かれ》らが泣くのか、何も分からないんだ。……きっと俺《おれ》なんかにこの仕事をやる資格はないんだと思う」

かおるの知る限り初めてのことだった。力也《りきや》が弱音を吐《は》いたのは。

どこか機械のような印象すらあったこの男も、しっかり苦悩《くのう》していることがかおるにも分かった。

だから、何とかしてあげたいという思いが湧《わ》いて来る。

「資格がない？　そんなことは――」

「ありませんよ」

別の声がかおるの声と重なった。

人影《ひとかげ》がぬっと職員室に入って来る。

「園長《ボス》……」

白雪《しらゆき》園長だった。どうやらこっそりかおると力也《りきや》の話を立ち聞きしていたようだ。

「子どもを育てるのに資格なんていりませんよ。生まれや育ちも、国籍《こくせき》も言語も宗教も関係ありません。誰《だれ》だって子どもの親になる資格は持っているんですからね」

「……ですが、園長《ボス》。俺《おれ》には園児たちの気持ちが分からないんです。あなた方のようには。そんな俺《おれ》に幼稚園《ようちえん》の教員が務まるのでしょうか」

「何を仰《おつしや》るんですか、力也《りきや》先生。私もかおる先生も、園児たちの気持ちなんて分かりませんよ。超《ちよう》能力者じゃないんですから。けど、あの子たちの気持ちを知ってあげようとすることは出来ますよ」

　朝も昼も、そして園児たちが帰った夜の今も、園長はニコニコ顔を絶やさない。その表情のまま力也《りきや》に向けて穏《おだ》やかに語る。

「あの子たちは必ず何かを伝えようとしてくれます。拙《つたな》くも言葉や行動で。まだ上手《うま》く言葉が話せない子もいます。気持ちを表現するのが苦手な子もいます。それでも必ず伝えようとはしてくれます。その意味を考えてあげること。それが大事だし、それがあるからこそ、このお仕事は面白《おもしろ》いんですよ」

「……面白《おもしろ》い？」

「ええ。どうしてこの子たちは笑っているんだろう。どうしてこの子たちは泣いているんだろう。そんな子どもたちの気持ちを理解出来た時、自分も成長出来たんだなって思えますから」

　園長は遠い目をして言う。何度も数えきれないくらいそういう経験をして来た。そんな話し方だった。

「もしかしたら、あなたは幼稚園《ようちえん》の教員として、かおる先生に負けていると思っているのかもしれません。そんなことはありませんよ。子育てに勝ち負けなんてありませんから。誰《だれ》かと競《きそ》い合《あ》うようなものじゃありません。子育てには間違《まちが》いなんていくらでもあります。悲しいことですが、躾《しつけ》と称《しょう》して虐待《ぎゃくたい》をしてしまうような保護者や先生も存在します。でも逆に、正解だっていくらでもあるんです。あなたなりのやり方でいいんですよ。あなたなりのやり方で正解を探し、あなたなりのやり方で子どもたちと仲良くなればいいんです」

「俺《おれ》なりのやり方……？」

「そうです。黒柳力也《くろやなぎりきや》という人間にしか出来ないやり方で子どもたちと向き合えばいいんです。そうすれば、きっと園児たちのことが理解出来ますし、どうやったら楽しんでくれるかも分かると思いますよ」

優《やさ》しい笑顔《えがお》で語る園長。

その言葉を聞きながら、相変わらず仏頂面《ぶっちょうづら》をしている力也《りきや》が何を考えているのか、かおるには分からなかった。

※

翌日。今日も七光幼稚園《ななひかりようちえん》での朝がやって来た。力也《りきや》の足取りは重い。

幼稚園《ようちえん》の仕事など【テンペスト】の任務と比べれば容易なものだと思っていたのだが、力也《りきや》のそんな浅はかな自信はあっさりと打ち砕《くだ》かれてしまっていた。

戦場ならば不測の事態にも難なく対応出来ていたというのに、それがどうだ。着任してからというもの、力也《りきや》は小さな園児を前に慌《あわ》てふためくことしか出来ていない。

それどころか、上官のかおるの足を引っ張るばかりだ。

たとえば、白雪《しらゆき》マリアと有栖川《ありすがわ》えりかが喧嘩《けんか》をした場面。あの時、力也《りきや》は頭ごなしに謝《あやま》れと言うことしか出来なかったが、かおるは叱《しか》るのではなく、まずはえりかが優《やさ》しさからマリアに話しかけた気持ちを汲《く》んであげてそのことを褒《ほ》めてあげていた。そうしてから悪いことをしたことも理解させ、納得《なっとく》させたうえでえりかを謝《あやま》らせた。

あんな芸当、自分には出来ない。教員としての実力差をまざまざと見せ付けられた気がした。

やはり、世の中には適材適所というものがあるのだろうか。

軍人時代、英雄《えいゆう》と持《も》て囃《はや》され、充実《じゅうじつ》感のある日々を送っていた。何の疑問も持たず、部隊のために命を賭《か》けて戦うことが出来た。

それなのに裏切りともいえる仕打ちを受けた。隊を追われ、国を追われ、全てを捨てて日本に逃《に》げて来た。

そして、待っていたのは幼稚園《ようちえん》という未知の職場。小さな子どもに泣かれ、時には園児に股間《こかん》をぶん殴《なぐ》られる日々。

惨《みじ》めだ。

かつての英雄《えいゆう》があまりに惨《みじ》めではないか。

しかしだ。

ここで全てを投げ捨てて逃《に》げ出《だ》すのはもっと惨《みじ》めだ。

それに、決して この仕事を諦《あきら》めたわけではない。どんなに難しい任務だろうと、力也《りきや》が途《と》中《ちゅう》で諦《あきら》めたことは一度もなかった。激しい戦闘《せんとう》で自分以外の仲間が全員戦死した時も、力也《りきや》は最後まで戦い続け、戦場から生還《せいかん》してみせた。

だからこそ力也《りきや》は英雄《えいゆう》となれたのだ。

幼稚園《ようちえん》のお昼休み。力也《りきや》は飼育小屋の方へとやって来ていた。かおるに頼《たの》まれたので、幼稚《ようち》園《えん》で飼っているウサギたちの様子を見るためだ。

飼育小屋の前には男の子が一人いた。力也《りきや》の受け持つこぶたさん組の子だ。

名前は獅子《れお》。獅子《しし》と書いて『れお』と読むそうだが、力也《りきや》の知る限り、変わった名前である。

最近はそういう独特な名前を子どもに付けるのが日本での流行《はや》りだとかおるには教えられたし、これでも随分《ずいぶん》マトモな方だとも言われた。中には、コードネームか何かですか？　と言いたくなるような名前も存在しているようだ。

「どうした？」

獅子《れお》は飼育小屋の中を見ながらふて腐《くさ》れた顔をしている。

「……なんでもない」

力也《りきや》の問いかけに対して、獅子《れお》は小さな声でそれだけ言って来た。

なんでもない訳がなかった。この子はこういう表情をする子ではない。ずっと園児たちを観察して来たので力也《りきや》はそのことを知っている。

園児たちの中でも特に獅子《れお》はイタズラ好きでいつもはしゃぎ回っている男の子だ。入園式の日もかおると力也《りきや》が恋人《こいびと》だとか言ってからかって来ていたのを覚えている。

そんな子が『何か』なければこんな暗い表情をするわけがないのだ。

昨晩のかおると白雪《しらゆき》園長の言葉を思い返す。

――大切なのは園児の気持ちを知ってあげようとすること。

よく考えたら、それは戦場での戦いに通じるところがあるのではないだろうか。

戦場でも相対するのはいつも未知の敵ばかりだった。敵に勝つために敵の内情を知ろうとすることはとても大事なこと。相手のことを知るために、あらゆる努力を行って来た。

それは即《すなわ》ち園児の気持ちを探《さぐ》ろうとすることに通じるのではないか。

今、置かれた状況《じょうきょう》から分析《ぶんせき》をする。それは戦場でもよくやって来たことだし、力也《りきや》の得意分野でもある。力也《りきや》はさらに獅子《れお》の様子を観察することにした。

この子の気持ちを知るために。

獅子《れお》がじっと見つめる先はウサギ小屋の中だ。

そちらに注目してみる。

すると、力也《りきや》はすぐにあることに気付いた。

「……1羽《わ》足りないな」

全部で4羽《わ》いるはずのウサギの数が足りない。

それを指摘《してき》した時、獅子《れお》が肩《かた》を震《ふる》わせたのを力也《りきや》は見逃《みのが》さなかった。

「君がどこかにやってしまったのか？」

力也《りきや》がそう尋《たず》ねると、獅子《れお》はそっぽを向く。

答えは沈黙《ちんもく》。否定はしなかった。

その反応からして、この子がいなくなったウサギをどこかにやってしまったのは間違《まちが》いないだろう。

だが、おそらく故意ではない。

イタズラでわざと隠《かく》しているのなら、この子はこういう表情はしないはずだ。何らかの過失でウサギを外に出してしまったのだ。この男の子はその事実を隠《かく》そうとしているのだ。

力也《りきや》はそう分析《ぶんせき》した。

だが、それが事実だとして、どうすればいい。

この子は何を求めている——。

力也《りきや》はその場に屈《かが》んだ。獅子《れお》と同じ目線になって話す。

「……正直に言って欲《ほ》しい。もしも、君が間違《まちが》ってウサギをどこかにやってしまったのなら、俺《おれ》が探すのを手伝ってやる。早く見つけて小屋に戻《もど》してやらないとウサギが危険だ。もしかしたら悪いやつに捕《つか》まってしまうかもしれないぞ」

力也《りきや》がそう言うと、獅子《れお》はハッとした表情をする。

しばらく俯《うつむ》いてから。

「ドア、しめるのわすれてて……。もどってきたらいなくなってた……」

やがて泣きそうな顔でそう言った。

「よし。よく正直に報告したな。勲章《くんしょう》ものだぞ」

力也《りきや》は獅子《れお》の頭を優《やさ》しく撫《な》でる。

思った通りだった。やはりこの子は誤ってウサギを飼育小屋から逃《に》がしてしまったのだ。そしてこの子が一番心配しているのは、いなくなったウサギの安否だ。叱《しか》られても、ウサギが見つかってくれることを願ったのだ。

力也《りきや》はそう園児の気持ちを読み取った。

「……みつけてくれるの？」

「ああ。もちろんだ。俺《おれ》は君たちの先生だからな」

そうだ。

ちゃんと考えてあげれば、自分でもこの子たちのことを理解してあげられるんだ。

たとえどんなに小さな子どもだろうと、自分と同じ人間なのだから。

それから力也《りきや》は飼育小屋からいなくなったウサギを探すために園内を隈《くま》なく調べた。小さなウサギの足だし、そう遠くには行っていないはずだ。飼育小屋の周辺や、今は使われていない焼却炉《しょうきゃくろ》の周辺。裏庭の草むらを掻《か》き分《わ》ける。

「あ」

そこで思わぬものを発見した。

白雪《しらゆき》マリアだ。

幼稚園《ようちえん》に来るのも珍《めずら》しい彼女《かのじょ》が、何故《なぜ》か裏庭にいた。力也《りきや》と同じように草むらを掻《か》き分《わ》けて何かを探している様子だった。

「君も探し物か？」

「……………別に」

マリアは無表情でそう言うとどこかへと歩いて行った。

相変わらずの塩対応だ。気にはなるが、今はウサギを見付けることを優先しよう。もしそれらしいものを見付けたら後で届けてやればいい。

しかし、結局、ウサギどころか何も見付からなかった。舎内に入《はい》り込《こ》んだのだろうか。それとも、既《すで》にどこかで他の先生や園児に保護されているのだろうか。

一通り調べた後、園庭の方が騒《さわ》がしいのが気になったので、力也《りきや》はそっちの方に向かった。駆《か》け付けると、園児たちが道路の方を見ながら騒《さわ》いでいた。幼稚園《ようちえん》の敷地《しきち》を囲う柵越《さくご》しに見えている道路だ。

何ということだ。

1羽《わ》の白いウサギが車道の上にいるではないか。

あれは七光幼稚園《ななひかりようちえん》で飼っているウサギ。力也《りきや》が探しているいなくなったウサギだ。どこかの隙間《すきま》から幼稚園《ようちえん》の外に出てしまったようだ。

「ダメよ、獅子《れお》くん！　かってに外に出ちゃ！」

「うるせーっ！　たすけないとダメじゃん！」

柵《さく》をよじ登ろうとしている獅子《れお》をえりかが引っ張って止めている。日中、門は締《し》め切《き》られていて園児たちが外に出ることは出来ない。獅子《れお》は道路上にいるウサギを何とか捕《つか》まえようとしているのだ。

そして。

そのウサギに向かって一台の車が走って来る。

車の運転手は進路上の小さなウサギの存在に気付いていない。スピードを落とす様子はない。

このままではウサギが車に撥《は》ねられてしまう。

――園児たちの大切なウサギが。

――獅子《れお》に助けると約束したウサギが。

力也《りきや》は弾《はじ》かれたように勢いよく走り出し、柵《さく》を飛《と》び越《こ》え、幼稚園《ようちえん》から道路に飛び出した。

「あっ！」

「せんせーっ！」

ドッと園児たちの悲鳴が上がる。


かおるは園児たちから話を聞いて、園庭へと駆《か》け付《つ》けた。

やって来てみると、力也《りきや》の周りに沢山《たくさん》の園児たちが詰《つ》めかけているところだった。

「——いいな？　くれぐれも君たちは真似《まね》をしないように。どんなことがあっても絶対に道路に飛び出してはならないからな」

「は——い」

「うむ。宜《よろ》しい」

園児たちによると、力也《りきや》は幼稚園《ようちえん》で飼っているウサギが車に轢《ひ》かれそうになったのを助けてくれたのだそうだ。皆《みな》、口々に力也《りきや》のことを「すごい、すごい」と褒《ほ》め称《たた》えている。ちょっとしたヒーローの扱《あつか》いである。きっとギリギリのところを救出したのだろう。何にせよ無茶をしたのは間違《まちが》いない。そのことは後で叱《しか》るとして、今のかおるにとって重要なのは、目の前で力也《りきや》が笑顔《えがお》の園児たちに囲まれていることだった。

これは今までになかった光景である。

園児たちに驚《おどろ》かれるか、泣かれるか、怒《おこ》られるかしかしてこなかった力也《りきや》が、初めて園児たちを笑顔《えがお》にしているのだ。

そして、後にかおるは思う。

この出来事がきっかけだったのではないかと。

園児たちの空気が変わったのは。

力也《りきや》との間にあった見えない壁《かべ》が破られたのは。

今まで園児たちにとって力也《りきや》はただの『大きな怖《こわ》いお兄さん』だった。そんな力也《りきや》が園児たちにとって初めて『先生』になれたのは、この瞬間《しゅんかん》だったのかもしれない。

「力也《りきや》先生」

かおるはニッコリ笑いながら力也《りきや》に話しかけた。労《ねぎら》いの言葉をかけるためだ。

「え⁉」

すると、どういう訳か力也《りきや》はかおるに向かって土下座して来た。

「な、なにやってるんですか、力也《りきや》先生⁉」

「俺《おれ》は規律を犯《おか》した……。『道路に飛び出してはならない』というルールを園児たちの前で破ってしまった……。重罪なのは認識《にんしき》している。処分を。上官として至らない部下に相応の処分を与《あた》えてくれ」

「あ、いや、別にそんなことは……」

「鞭《むち》で打ってくれ。火で炙《あぶ》ってくれ。いや、爪《つめ》の二、三本剝《は》いでくれても構わない」

「かおるせんせーこわーい」

「やらないからね⁉　先生、そんな怖《こわ》いことやらないからね⁉」

土下座をやめようとしない力也《りきや》。何とか立ち上がらせようとするかおる。その周りの園児たちはキャッキャとはしゃぎ回っていた。

和気藹々《わきあいあい》とする園児たち。その横にいる力也《りきや》を幼稚園《ようちえん》の外から眺《なが》める人影《ひとかげ》があった。

制服姿の婦警だ。

「……やっぱり普通《ふつう》じゃないよ、あの人」

鷲尾《わしお》ひなたは、顔面蒼白《そうはく》で凶悪《きょうあく》犯とでも遭遇《そうぐう》したような形相《ぎょうそう》をしていた。

パトロール中、七光幼稚園《ななひかりようちえん》の近くを通りかかったひなたは、先ほど驚《おどろ》くべき光景を目の当《まあ》たりにした。

黒柳力也《くろやなぎりきや》が信じられないスピードで道路上にいたウサギをキャッチした。ウサギが車に撥《は》ねられそうになっていたのを救うためだ。

あの身体能力は異常としか表現出来ない。火事場の馬鹿力《ばかちから》というやつか。そうではない。その表情は冷静なものだった。プロフェッショナルの面持《おもも》ちだった。

ただの元ニートがあんな芸当が出来るものだろうか。

あの男、絶対に何かを隠《かく》している。

ひなたはそう確信した。

※

力也《りきや》の自宅は、園長が副業で大家を務めているアパートだ。モニカも日本滞在《たいざい》中に暮らしていたという築30年のアパートである。部屋は一人暮らしには十分過ぎる広さだったし、まともに家具を揃《そろ》えていないのでガランとしている。現状、力也《りきや》の部屋にあるのは情報収集用の薄型《うすがた》テレビとタブレットＰＣのみ。ベッドすらない。寝具《しんぐ》は昔使っていた寝袋《ねぶくろ》という始末。

幼稚園《ようちえん》での仕事を終え、自室へと帰って来た力也《りきや》。椅子《いす》やクッションもないので、壁《かべ》にもたれかかってフローリングの床《ゆか》に直《じか》に座《すわ》る。

その時、力也《りきや》に通信《コール》が入る。

連絡《れんらく》が来たのは普段《ふだん》使いのスマホにではない。力也《りきや》はポケットから取り出したその小さな端《たん》末《まつ》を耳に当てる。

「……やあ、大佐《たいさ》。まさかあんたの方から連絡《れんらく》をくれるとはな」

モニカからだ。こうして彼女《かのじょ》と会話するのは園児がうんこを漏《も》らしてしまい助けを求めたあの日以来だ。随分《ずいぶん》久しぶりな気がする。

『今、行われている作戦に区切りが着いて少し時間の余裕《よゆう》が出来たんだ。そろそろ私の声が恋《こい》しいんじゃないかと思ったものでね』

冗談《ジョーク》だということは分かっているが、少しドキリとする。ぶっちゃけそういう気持ちも多少なりとあったからだ。母親恋《こい》しさ、ホームシックに近い感情だろうか。力也《りきや》は軽く咳払《せきばら》いして照れくささを誤魔化《ごまか》す。

『それはそうと、そちらから全然連絡《れんらく》を寄こさないじゃないか。せっかく通信機《そうしんき》をプレゼントしてやったっていうのに』

「おいおい。緊急時《きんきゅう》以外は連絡《れんらく》してくるなと言ったのは大佐《たいさ》の方だろ」

『するな、とは言っていない。小さなことでいちいち連絡《れんらく》するなと言っただけだ。定期連絡《れんらく》くらいは貰《もら》わないと心配になるからな。それで、仕事の方はどうなんだ。私に泣き付かないということは、順調に行っているということか？』

「ああ、お蔭様《かげさま》で」

途端《とたん》、モニカはふふふと笑い声を上げる。

「何だ？　大佐《たいさ》、どうかしたか？」

『いや、嘘《うそ》じゃないなと思ってね。力也《りきや》。お前、声が変わったな』

「え？」

『楽しそうだ。とても』

そう言うモニカの声色《こわいろ》も楽しげであった。

「……楽しい、か……。ああ、そうだな。そうなのかもしれないな」

黒柳《くろやなぎ》力也《りきや》が七光《ななひかり》幼稚《ようち》園《えん》に赴任《ふにん》してから1ヶ月となる。

陽の光浴びる七光《ななひかり》幼稚《ようち》園《えん》の園庭。

そこには1ヶ月前とは様変わりした光景があった。

「力也《りきや》せんせい、あそぼう！」

力也《りきや》の周りには大勢の園児たちがいた。その子どもたちは、我先にと力也《りきや》を遊び相手に誘《さそ》おうとしている。

かおるの手も空いているというのに、男の子たちはこぞって力也《りきや》を遊び相手にしようとしているのだ。園児とはいえ同性の方が遊び相手に好ましいのだろうか。

「だーめ！　力也《りきや》せんせい、きょうはわたしたちと遊ぶの！」

と、思いきや、女の子たちの大半も力也《りきや》に迫《せま》っている。

多くはママゴトのパパ役だが、力也《りきや》は女児向け戦闘《せんとう》アニメごっこにもよく駆《か》り出《だ》される。女児たちが戦うヒロインを演じるうえで、やっつけられる大きな敵役《かたきやく》に力也《りきや》は打ってつけなのだ。本気で拳《こぶし》を入れて来る女児もいる。子どもたち同士ならケンカになってしまうが、力也《りきや》相手なら全く問題ない。

男児側もそうだ。変身ヒーローの敵役《かたきやく》として力也《りきや》を登用する。いくらパンチやキックをしても怒《おこ》らないし、力也《りきや》は恥《は》ずかし気もなく全力で敵役《かたきやく》をやるからだ。

力也《りきや》にとって日曜日の朝は『研修』の時間となった。力也《りきや》は子どもたちが好きなものを理解するために、特撮《とくさつ》ヒーローと女児向けアニメをテレビで観《み》てしっかり学習するようになった。

非常に子どもたちからは受けがいい。

そんなわけで、男の子グループと女の子グループが言い争っている。今日はどちらが力也《りきや》を遊び相手にするかを巡《めぐ》ってだ。

「ししょーはおれたちとあそぶんだぞ！　おまえら、どっかいけ！　しっし！」

そう言って男の子たちの先頭に立つのは獅子《れお》だ。

力也《りきや》は何故《なぜ》か獅子《れお》から『ししょー』と呼ばれるようになっていた。獅子《れお》は先陣《せんじん》を切って女子グループを牽制《けんせい》する。

男の子たちと女の子たち。両者の間で険悪なムードが漂《ただよ》っている。

このままでは大喧嘩《げんか》に発展してしまうと思った力也《りきや》は、園児たちに妙案《みょうあん》を提示する。

「よし、分かった。なら今日は連合軍で来るといい」

「れんごーぐん？」

「なあにそれ？」

「みんなで協力して戦うということだ。作品を超《こ》えた夢のチームの結成だ。テレビじゃ絶対に見られないぞ」

　男の子たちと女の子たちは顔を見合わせている。

「それ、おもしろいかも！」

「やってみよ！」

「……よし、来い！」

　その後、飛び蹴《げ》りは入れられるは、魔法《まほう》の拳《こぶし》をぶつけられるは、力也《りきや》は園児たちからやりたい放題される。しかし、問題ない。彼《かれ》らの父親ならすぐにへこたれているだろうが、実際の戦場で鍛《きた》えられている力也《りきや》は疲《つか》れを知らなかった。とどまることを知らない子どものパワーを全て全力で受け止めることが出来たのだ。

　園児たちは大満足といった様子だった。お昼休みが終わり、皆《みな》が手洗いうがいをして、和気《わき》藹々《あいあい》としながら園舎の中に入って行く。

「すごいですね、力也《りきや》先生。私じゃあんなの真似《まね》出来ませんよ」

　力也《りきや》が石鹸《せっけん》で手を洗っていると、感心した様子でかおるが声をかけて来た。

「子どもたち、すっごく喜んでくれてますよ。力也《りきや》先生って、いつもどんな遊びに対しても全力ですもん」

　そう、以前とは違《ちが》い、力也《りきや》は全力で園児たちと遊んでいる。どうすれば園児たちが喜ぶのか創意工夫《そういくふう》をしている。おにごっこだろうと、かくれんぼだろうと、どんな遊びにも絶対に手は抜《ぬ》かない。

「この間のあれ、すごかったですよね。迷彩《めいさい》服って言うんですか？　かくれんぼの時、あれ着て完璧《かんぺき》に砂場と一体化してましたもん。園児たち大はしゃぎでしたよ」

園児たちと仲良くなるきっかけはあったかもしれない。ウサギを助けたあの日から、園児たちが力也《りきや》を見る目が変わった。

しかし、全ては力也《りきや》自身の努力の賜物《たまもの》だ。力也《りきや》の手によって園児たちは楽しんでいるのだ。彼《かれ》は、園長に言われた通り『黒柳力也《くろやなぎりきや》のやり方』で毎日真剣《しんけん》に園児たちと向き合っている。そうすることで園児たちと仲良くなることが出来た。

就職が決まった時、力也《りきや》は幼稚園《ようちえん》の仕事など簡単だと馬鹿《ばか》にすらしていた。退屈《たいくつ》で歯応えのない場所だと思っていた。戦場と比べれば命の危険もない。戦場と比べればスリルもない。退《たい》屈《くつ》な毎日が待っていると思っていた。

だが、そうではなかった。軍人の仕事とはまた違《ちが》う奥深《おくぶか》さがあった。未《いま》だに園児たちの行動は予測が付かないことばかり。困らせられることの方が多い。それでも、楽しいと思える瞬間《しゅんかん》が何度もある。

そう、力也《りきや》は幼稚園《ようちえん》での仕事が楽しくなっていた。園児たちのことを考え、全力でぶつかれば、園児たちが喜んでくれる。それに気付けたからだ。

この仕事にも確かなやりがいがあったのだ。

「──なるほどな」

力也《りきや》からの報告を聞いて、モニカは穏《おだ》やかな声で呟《つぶや》いた。

ついこの間まで子どもたちに振《ふ》り回《まわ》されて情けない声を上げていたのが嘘《うそ》のようだ。しっかり先生として働けているようだ。

名残惜《なごりお》しさもあったが、モニカにとっては望んだ展開だった。戦いしか知らない男が平和な日本で、それも、幼稚園《ようちえん》で働くことが出来るのか、モニカは不安に思っていた。自分が用意した舞台環境《ぶたいかんきょう》なだけに責任も感じていた。

だが、きっとこれならもう心配は要《い》らないだろう。

力也《りきや》という男は戦場以外でも生きて行ける。

戦いだけが彼《かれ》の全てではない。

モニカは通信機で力也《りきや》の声を聞きながらそう思った。

かつての部下の新しい門出《かどで》をモニカは心の中で祝った。これから力也《りきや》は戦いとは関係のない場所で生きて行くのだ。

そうだ。

　英雄《えいゆう》はもう必要ない。

『……すまない、大佐《たいさ》。そろそろ通信を切らせて貰《もら》ってもいいか。時間だ』

　どうしたことか、力也《りきや》が少し焦《あせ》った声で言って来た。

「ん？　ああ、構わないが、何か約束ごとでもあったか」

『もうすぐ、プリプリプリティ☆プリンセスが始まってしまう』

　力也《りきや》の口から発せられた聞き覚えのない単語にモニカは一時停止する。

「……何だって？」

『プリプリプリティ☆プリンセスだ』

「…………だからその、プリプリ何とかってなんだ」

『プリプリプリティ☆プリンセス、通称《つうしょう》、プリ☆プリだ。今、女児の間で最もホットなテレビアニメだ。夕方7時半からやっている。リアルタイムで観《み》るために、今日は仕事を早く切り上げて急いで帰って来たんだ。視聴《しちょう》しておかなければ明日の園児たちの話題に付いて行けなくなる。どこにでもいる中学生の女の子が、プリプリプリティ・ワールドの精霊《せいれい》にプリプリプリティ・プリンセス候補として選ばれ、真のプリプリプリティ・プリンセスを目指しアイドルデビューするシンデレラストーリーだ。恋《こい》と友情、時には挫折《ざせつ》。複雑な人間関係模様と熱い展開の連続に大人の視聴《しちょう》者も思わず虜《とりこ》にされてしまう。CGを使った美麗《びれい》なステージシーンは必見だ。DVDとネットの見逃《みのが》し配信を徹夜《てつや》で鑑賞《かんしょう》してようやく追い付いた。今日は俺《おれ》の推《お》しの天《あま》ノ川《がわ》リルカがドラマのオーディションに挑《いど》む回なんだ。こればかりは絶対に見逃《みのが》すわけにはいかない。……むむっ！　この玩具《おもちゃ》の販促《はんそく》テレビＣＭが来たということは、もうすぐ始まる！すまん、大佐《たいさ》！　切らせて貰《もら》うぞ！』

力也《りきや》にいきなり通信を切られ、モニカはしばらく呆然《ぼうぜん》とする。

……あいつ、大丈夫《だいじょうぶ》なのか。

別の意味でモニカは力也《りきや》のことが心配になっていた。

バスローブに身を包んだモニカは、グラスに注いだスコッチを喉《のど》に流《なが》し込《こ》んだ。ベッドに腰《こし》を下ろし、大都市の夜景を眺《なが》める。

それから、枕元《まくらもと》に立《た》て掛《か》けられた写真を眺《なが》める。

そこに写るのは、軍服に身を包んだ三人の男女。

写真の中でモニカの隣《となり》に立つ力也《りきや》は、はにかんだ笑顔《えがお》を浮《う》かべている。

――遠からず、きっとまた、この頃《ころ》のように笑える日が来るだろうな。

5年前のあの出来事を、モニカは絶対に忘れることが出来ない。

力也《りきや》が英雄《えいゆう》と呼ばれるきっかけとなった出来事を。

そして。

愛する者を失ったあの日のことを。

第二章　白雪《しらゆき》マリアは笑わない

血と硝煙《しょうえん》の臭《にお》いが漂《ただよ》う平原。周囲には家も整備された道路もない。

ここは戦場だ。

ほんの数時間前までは銃弾《じゅうだん》と怒声《どせい》と断末魔《だんまつま》が飛《と》び交《か》う地獄《じごく》絵図だったが、今は静けさと月明かりに包まれた荒涼《こうりょう》とした大地と化している。暗黒の中、死肉の臭《にお》いに釣《つ》られた野生のハイエナたちがうろつき、物言わぬ死者と主を失った武器がそこら中に置き去りにされている。

静かな死が繁栄するこの場所だが、野生の動物以外にも生きた生物が存在していた。それは小さな穴倉に身を隠《かく》す二人の兵士だった。

「なあ、リカルド。少し話をしないか」

その内の一人、赤髪の兵士が横に座《すわ》る仲間に言う。狭《せま》い穴倉だ。小さな声でも反響《はんきょう》する。

「……何のだ？　作戦会議《ブリーフィング》ならもう嫌《いや》という程《ほど》やったが」

「何でもいい。暇潰《ひまつぶ》しだよ。俺《おれ》たちは後17時間もここで待機しなければならないんだぜ？」

赤髪の兵士は笑いながら言うが、リカルドと呼ばれた仏頂面《ぶっちょうづら》の兵士はどうしたものかと迷う表情を作る。

「ハハッ。大丈夫《だいじょうぶ》だっつーの。そう構えるな。ここには血肉に飢《う》えた野生動物しかいない。俺《おれ》たちの話を盗《ぬす》み聞《ぎ》きするようなもの好きなんてどこにもいやしないよ」

まだ陽のある時間には、この場所で激しい白兵戦が行われていた。穴倉の外には彼《かれ》らと同じ軍服を着た戦死者の遺体が多数横たわっている。しかし、彼《かれ》ら二人は直前にあったその戦闘《せんとう》の生き残りというわけではない。

この軍隊に紛《まぎ》れ込《こ》んだスパイだ。

彼《かれ》らの目的は一つ。とある独裁国家が秘密裏《り》に建造している新型兵器の発見・および無力化だ。何ヶ月にも渡《わた》る調査の末、ようやくその隠《かく》し場《ば》所《しょ》を突《つ》き止《と》めた。隠《かく》し場《ば》所《しょ》である基地内の警備が最も手《て》薄《うす》になる時刻も調べ上げている。その時刻になるまで兵士たちの屍《し》体《たい》に紛《まぎ》れ込《こ》み、こうやって身を隠《かく》しているのである。

「リカルド。お前、家族はいるのか？」

「……書類上の話か？」

「まさか。そんなこと聞いて何になるんだ？　お前の本当の家族だよ。故郷に残して来ているんだろ？　ちゃんと聞いたことがないなと思ってな。お前って、自分からそういう話をしたことないしさ」

リカルドはまた迷う表情を作るが、赤髪の質問に答え始める。

「父親は幼い頃《ころ》に死んだ。母親と祖父は健在でオハイオ州で暮らしている……はずだ。【テンペスト】に入ってからは一度も会っていないし、今はどうか分からん」

「そうか。もう5年になるか。【テンペスト】が発足《ほっそく》し、俺《おれ》たちが共に戦うようになってから。それ以来となると、家族とはもう随分《ずいぶん》会っていないことになるな。寂《さび》しくはないのか？」

「俺《おれ》はこの5年ずっと戦場で戦って来た。家族のことなど考える暇《ひま》もなかったよ。そういうあんたの方はどうなんだ？」

「ん1？　俺《おれ》か？　俺《おれ》は毎年クリスマスには両親に顔を見せているよ。もちろん、仕事のことを聞かれたら嘘《うそ》ばかり話しているがな。両親は俺《おれ》が軍人を辞《や》めてシカゴでバーテンをやっていると思っているんだぜ」

「フッ……。あんたがバーテンってガラか？」

そう言ってリカルドが笑うと、赤髪《かみ》は「何を！」と笑いながらリカルドの肩《かた》を小突《こづ》く。

彼《かれ》らの属する特殊《とくしゅ》部隊【テンペスト】は、世の中には公表されていない隠密《おんみつ》部隊。隊員たちにはそれぞれ偽《にせ》の身分が与《あた》えられている。

この男、リカルド・フランクリンもその一人だ。彼《かれ》は選《え》りすぐりの優秀《ゆうしゅう》な【テンペスト】隊員たちの中でも特に秀《ひい》でた人材だ。彼《かれ》の働きで多くの不可能とされていた作戦が成功へと導かれて来た。失敗の許されない今回の重要な作戦に彼《かれ》が選抜《せんばつ》されたのも自然なことだった。

彼《かれ》と行動を共にする赤髪の兵士――アンドリュー・ケネシスも、リカルドが相棒《バディ》ならばと、誰《だれ》もやりたがらない苛酷《かこく》なこの作戦に自ら手を上げた経緯《けいい》があるくらいである。

「リカルド。家族といえば、お前、結婚《けっこん》はしてないよな。結婚《けっこん》の予定なんかないのか？　そもそも付き合ってる女はいないのかよ」

アンドリューの言葉に、リカルドは暫《しばら》く口をつぐむ。

「言・え・よ。どこぞのハリウッドスターがスキャンダルを気にするみてえなことすんなっての。それとも恥《は》ずかしいってのか？　それこそガラじゃねえぞ。なあ〜、リカルド〜。いいだろ、話せよぉ」

「〝力也《りきや》〟でいい」

リカルドは静かにそう言い放った。

「……ん？　ああ、そうだな。お前、リカルドって感じの顔でもないしな。確かにそっちの方がいい。俺《おれ》もそっちの方が好みだ。それに、今、ここには俺《おれ》とお前しかいないんだ。秘密の会話をするにはもってこいの環境《かんきょう》だしな。本当の名前で呼び合ったってなんの問題もない」

彼《かれ》らの属する【テンペスト】の人間は、偽《いつわ》りの経歴で生きている者ばかり。リカルド・フランクリンも、以前の名前、黒柳力也《くろやなぎりきや》として生きて来た過去はとっくに捨てているし、二度と家族と会うことはないと思っている。今は【テンペスト】がリカルドの——力也《りきや》の家《ホーム》なのだから。

だが、それでも、死んだ父親から貰《もら》った名前だけは手放したくなかった。それは戦い以外のことに無関心な力也《りきや》にとって唯一《ゆいいつ》の拘《こだわ》りであり誇《ほこ》りだった。

「それでだ、力也《りきや》。意中の相手はいないのかよ。秘密部隊といっても恋愛《れんあい》は自由だからな。お前だって結婚《けっこん》の一つや二つ考えてもいい年齢《とし》だろ」

「……いたとしても、あんたに話す気はないな」

「かぁーっ！　おいおい、つれねえなー。そういうとこだぞ。気付いているか？　お前、ブリーフィング中ですらいつも殺気ギンギンだから、隊の他の連中からビビられてるんだぜ？　たまにはもっと腹を割って話そうや。俺《おれ》だけじゃねえ。隊の他のやつらともな。臆病者《おくびようもの》のザカリー・トンプソンや、戦闘狂《せんとうきよう》のミラード・ベレッタ。あいつらみんなお前に憧《あこが》れているんだし、もう少し絡《から》んでやれよ。お前と話がしたいと思っているはずだぜ」

「……腹を割ったところで、明日死に別れるかもしれない連中だぞ」

覇気《はき》のない力也《りきや》の呟《つぶや》きに対し、アンドリューは大きくため息をつく。

「そんなの、どこの世界の人間でも変わりゃしねえよ。そう、戦禍《せんか》の国に限らねえ。誰《だれ》だって明日病気で死ぬかもしれないし、突然通《とつぜんとお》り魔《ま》に刺《さ》されて死ぬかもしれないんだ。いいか？　本当に未来《あした》を保障されている人間なんてどこにもいやしないんだよ。俺《おれ》たちと一般人《いっぱんじん》の違《ちが》いってのは、常に死を覚悟《かくご》しているかどうか、それだけなんだ」

「…………」

「今、俺《おれ》たちは一緒《いっしょ》にここいる。同じ場所で生きている。それで十分だろ？　だからよ、せめて戦友《ダチ》とくらい腹を割って話そうぜ。な？　それで、女はいないのかよ。英雄《えいゆう》色を好むと言う割にお前には女の影《かげ》がなさ過ぎる。何度も言うが、ここには俺《おれ》たちしかいないんだ。ここでの話は秘密にしておいてやるからさ。な？」

しつこく追及《ついきゅう》してくるアンドリューに力也《りきや》が困った顔をしている時だった。

『――盛り上がっているところ悪いが、私の存在を忘れているんじゃないのか』

二人が耳にはめる小型のイヤホン。そこから同時に同じ声が聞こえて来た。

凜《りん》とした女性の声だった。

「おいおい！　男同士の会話を盗《ぬす》み聞《ぎ》きとは感心しないぞ、隊長さんよぉ」

アンドリューは通信機の向こうの人物を茶化すように言う。

『盗《ぬす》み聞《ぎ》きとは失敬だな。不測の事態に備え、お前たちのことを常に見守ってやっているっていうのに』

「ああ、はいはい、分かってる、分かってる。いつもバックアップして貰《もら》って助かっているよ。今回の任務だって、お前の助言のお蔭《かげ》で何度も危機を切《き》り抜《ぬ》けて来られたのは事実だ。けど、何かあればこっちから連絡《れんらく》するし、今は男同士の秘密のお喋《しゃべ》りタイムなんだから、そこは空気を読んで聞かないようにしておけっての」

『ドアホ。アンドリュー、お前はもっと緊張《きんちょう》感を持て。周囲に敵がいないのは確かなようだが、今も作戦の真最中だということを忘れるなよ』

「へいへい。それも分かってるっつーの。ちょっとくらいならいいだろ、減るもんでもない。俺《おれ》も力也《りきや》もずっと神経を研《と》ぎ澄《す》ましっぱなしじゃ参っちまうよ。そっちはいいよなあ。戦場《こっち》じゃ暇《ひま》つぶしにスマホを弄《いじ》ることも出来ないからなあ」

『……まさか私が指令室で遊んでいるとでも？』

「ん？　いや、そうは言ってないけど？　そっちなら隠《かく》れてそういうことも出来るよなってだけの話だぜ？」

『引っかかる物言いだな。その馬鹿《ばか》げた舌が回らないよう、次は極寒《ごっかん》の最前線に送ってやろうか？』

「はい、パワハラ発言いただきました～。たった今、上官が部下を脅《おど》してまーす」

「──夫婦喧嘩はまだしばらく続きそうか？」

力也《りきや》がため息交じりに口を挟《はさ》むと、二人は同時に咳払《せきばら》いして言い合いを止めた。

「……フッ。ハハッ……」

途端《とたん》、力也《りきや》は声を上げて愉快《ゆかい》そうに笑った。滅多《めった》に見せない力也《りきや》のその表情を見て、笑われたというのにアンドリューは悪くないという顔をしている。

「おーい、モニカ～。力也《りきや》に笑われてるぞー」

『お前だ、アンドリュー。お前のせいだぞ。……力也《りきや》。お前も帰ってきたら覚えていろよ』

モニカのシゴキの厳しさを思い出し、力也《りきや》は身震《みぶる》いする。敵の銃弾《じゅうだん》よりもよっぽど恐《おそ》ろしいと思ってしまう。下手に茶化すべきではなかったようだ。

しかし、それ以上に、アンドリューとモニカのお蔭《かげ》で活力が満ちるのを感じた。二人との会話は殺伐《さつばつ》とした戦いの中での一服の清涼剤《せいりようざい》だった。

今回の任務は、非常に長期的なものだった。本国での準備だけでも2ヶ月余り。本土を発《た》って現地入りしてからは延べ3ヶ月以上が経過している。力也《りきや》とアンドリューの二人は身分を隠《かく》して国と国とを渡《わた》り歩《ある》き、一兵卒として戦禍《せんか》の渦中《かちゆう》の国に紛《まぎ》れ込《こ》み、新型兵器の情報を探《さぐ》り続けて来た。

そして、本作戦の隊長は、モニカ・ケネシス。前線には立たず、本国から力也《りきや》たちの指揮を執《と》っている。若くして【テンペスト】の次期総司令官候補でもある彼女《かのじよ》のサポートのお蔭《かげ》で、力也《りきや》とアンドリューはここまで辿《たど》り着《つ》くことが出来た。通信越《ご》しではあるが、モニカはほとんどの時間を彼《かれ》らと過ごして来た。三人は強い絆《きずな》で結ばれている。この作戦の前からチームを組むことの多かった彼《かれ》らだが、今回の作戦を通してより一層強い結び付きとなった。

特にだ。アンドリュー・ケネシスとモニカ・ケネシス。二人はチームメイトであり、夫婦《ふうふ》でもある。書類上もそうだが、事実上もそういう関係だ。彼《かれ》らはこの部隊で出会い、結ばれた。籍《せき》を入れたのはこの作戦が行われる直前のことだった。

二人の結婚《けつこん》の知らせを聞いた時、力也《りきや》もそれを大いに祝福した。力也《りきや》は二人のことを尊敬しているし、二人も力也《りきや》のことを尊敬している。

それを象徴《しようちよう》するように、リカルド・フランクリンではなく、黒柳力也《くろやなぎりきや》という本当の名を知っているのは、部隊の中ではアンドリューとモニカの二人だけである。力也《りきや》自身が明かしたことだ。力也《りきや》はそれ程《ほど》の信頼《しんらい》関係を二人と結んでいた。

『……まったく、ドアホのアンドリューめ。せっかく戻《もど》って来《き》た時のために〝ご褒美《ほうび》〟を用意してやっていたんだがな』

モニカがぼそりとそんなことを呟《つぶや》いたものだから、力也《りきや》とアンドリューは驚《おどろ》いた顔で顔を見合わせる。

「……は？　おいおい、マジかよ⁉　聞いたか力也《りきや》⁉　あのモニカがご褒美《ほうび》を用意してるんだとさ！　こんな珍《めずら》しいことがあるか⁉　なんか奥《おく》さんっぽい！　奥《おく》さんっぽいぞ！」

モニカが激しく咳払《せきばら》いをしている声が聞こえる。照《て》れ隠《かく》しだろうか。これもなかなか珍《めずら》しい。

「いやー、にしても、モニカのご褒美《ほうび》って何だろうな。あれだな、手料理の線はないな。こいつの料理の腕《うで》は壊滅《かいめつ》的だしなあ。あんなのまた食わされたんじゃあ、命がいくらあっても足りないぜ」

通信機の向こうでバキッという何やら鈍《にぶ》い音が聞こえた気がした。

「……アンドリュー。今のうちに謝《あやま》っておけよ。俺《おれ》はどうなっても知らんからな」

たとえ無事に作戦を終えて帰っても身の保証はないなと苦笑いを浮《う》かべる力也《りきや》だった。

戦場の夜は静かに過ぎて行く。

本作戦の最終的な目的。秘密裏《り》に開発されている新型兵器の無力化。日付で言えば明日、いよいよその兵器への直接接触《せつしよく》を力也《りきや》たちは図《はか》る。

そして、夜が明け。

定刻通りに作戦は決行された。

結論から言えば、力也《りきや》は任務を成功させた。

これまでの長期に渡《わた》る調査の成果は正確なものだった。調査通り、比較的《ひかくてき》警備が手薄《てうす》な時間帯に基地へと潜入《せんにゆう》。調査通り、秘密裏《り》に開発が進められていた新型兵器――通称《つうしよう》【クリフハンガー】はそこにあった。

【クリフハンガー】は既《すで》に起動出来る段階まで完成しており、テスト運行を残すだけという状態だった。大型で重厚《じゆうこう》な装甲《そうこう》に包まれたそれ自体を破壊《はかい》出来る装備を持ち合わせていなかった力也《りきや》は、兵器の起動装置を破壊《はかい》することでその活動を沈黙《ちんもく》させた。

基地からの脱出《だつしゆつ》後、複雑な手引きを受け、力也《りきや》は3週間の後にアメリカ本土へと無事に帰還《きかん》を果たした。本国での準備、現地での調査と基地への突入《とつにゆう》、現地からの帰還《きかん》、全て含《ふく》めれば半年近くも時間を要した壮大《そうだい》な任務だった。黒柳力也《くろやなぎりきや》史上最も過酷《かこく》な戦いであった。

苦労の甲斐《かい》もあり、彼《かれ》のこの功績によって未曾有《みぞう》の戦禍《せんか》を回避《かいひ》することが出来た。【クリフハンガー】の正体は、レーダーや迎撃《げいげき》ミサイルなどの防衛装置を尽《ことごと》く無視し、地球の裏側からでも各国の主要都市を直接攻撃《こうげき》出来るという恐《おそ》るべき代物《しろもの》だったのだ。国際条約を無視したこの兵器を開発していた証拠《しょうこ》を力也《りきや》が持ち帰ったことで、独裁国家は各国の連合軍によって沈《しず》められた。

これは、黒柳力也《くろやなぎりきや》――リカルド・フランクリンを英雄《えいゆう》たらしめる出来事となった。全ての事後処理が終わった後、彼《かれ》は大統領から直接の謝礼文と勲章《くんしょう》を受け取るに至った。【テンペスト】の仲間たちからも大いに賞賛された。

長い戦いを終えた力也《りきや》。本人は拒否《きょひ》しようとしたが、強制的に1週間の検査入院と静養を取らされた。

退院と同時に、力也《りきや》はある場所に真っ先に向かった。

それは死者の眠《ねむ》る静かな墓地だった。

木漏《こも》れ日《び》の中、目的の墓標の前に立った力也《りきや》は、それに向けて何も言わず敬礼する。

共に戦地から戻《もど》ることの出来なかった戦友《とも》の墓標に向けて。

「――お前のせいではない」

花束を抱《かか》えたモニカが力也《りきや》の背中に言った。

力也《りきや》はモニカの方を振《ふ》り返《かえ》らず、墓標に向けて敬礼し続ける。

その墓標に刻まれた名前は。

――アンドリュー・ケネシス。

「お前は任務を全うしただけだ。お前が責任を感じる必要はない。アンドリューも覚悟《かくご》のうえで戦っていた」

誰《だれ》よりも悲しむべきは愛する者を失った彼女《かのじょ》のはずだ。誰《だれ》よりもアンドリューの帰還《きかん》を望んでいたのは彼女《かのじょ》のはずだ。

それでもモニカは泣かなかったし、悲嘆《ひたん》に暮れる素振《そぶ》りも見せなかった。彼女《かのじょ》は妻《おんな》である前に、覚悟《かくご》を以《もっ》て戦う軍人なのだ。

あの時、モニカは【テンペスト】の隊長として力也《りきや》に命じた。

いくら比較的《ひかくてき》手薄《うす》な時間だったとはいえ、秘密兵器の隠《かく》された基地内は警備の兵士で溢《あふ》れていた。基地内の潜入《せんにゅう》中、不覚にも力也《りきや》とアンドリューは敵兵に囲まれてしまったのだ。

撃退《げきたい》は出来たものの、交戦の最中、アンドリューは大きな傷を負った。すぐに基地から脱《だっ》出《しゅっ》し、処置をすれば助かった可能性もあった。だが、そうすることは作戦の失敗を意味した。

今しかもう【クリフハンガー】を止める機会はない。アンドリューを救うか、起動装置の破壊《はかい》を優先するか、力也《りきや》は選択《せんたく》を迫《せま》られた。

そして、モニカは隊長として力也《りきや》に命じた。

目標の破壊《はかい》を優先しろと。

結果、アンドリューは敵地で戦死した。

モニカは妻としてではなく、戦場では兵士として夫を扱《あつか》った。アンドリューもそれを望んだ。彼《かれ》は夫ではなく兵士として作戦の成功を優先し、深い傷を負い息も絶え絶えだというのに、力《りき》也《や》を笑顔《えがお》で送り出した。「何も気にするな」と。

作戦を成功へと導いた力也《りきや》は、英雄《えいゆう》となった。

モニカもまた今回の働きが評価され【テンペスト】の総司令官の席を用意された。

結果だけ見れば全ては『成功』なのだ。たった一人の犠牲《ぎせい》だけで、新型兵器によって命を落とす人間を一人も出さずに済んだのだ。

モニカの命令は何も間違《まちが》っていない。

力也《りきや》だってそう思っている。あの時もそうだし、今もそう思っている。

しかしだ。

五体満足で帰還《きかん》出来た。今後の生活に響《ひび》く後遺症《こういしょう》もない。それでも力也《りきや》の心にはぽっかりと穴が開いていた。

力也《りきや》は最後まで何も言わず、モニカをその場に残し、アンドリューの墓から立ち去った。

次の戦場に向かうために。

その日を境に、英雄《りきや》が笑うのを見た人間は一人もいない。

※

「1、2！　1、2！　1、2！」

快晴の青空の下、軽快な足踏《あしぶ》みの音が響《ひび》く。

「二列横隊に整列！　全体、止まれ！」

掛《か》け声《ごえ》に合わせて全員の足踏《あしぶ》みが一斉《いっせい》に止まる。その場にいる二十名の動きは見事に統率《とうそつ》されていた。

「番号……始め！」

1から一人ずつ順番にカウントを唱えて行く。これも完璧《かんぺき》だ。一切《いっさい》の滞《とどこお》りなく全員が自分の番号を元気よく言ってみせた。

力也《りきや》は「良し」と満足げに頷《うなず》いている。

「ちょ、ちょっと！　何やってるんですか、力也《りきや》先生⁉」

かおるは慌《あわ》てて力也《りきや》たちの許《もと》に駆《か》け寄《よ》った。

「見ての通り、集団行動の練習だが？」

今はお昼休みの自由時間。園庭にみんなで集まって何かやっているなとは思っていたが、そこには力也《りきや》の声に合わせてまるで軍隊のような集団行動をする園児たちがいた。

行進の際の膝《ひざ》の上げ方。前に倣《なら》えの手の上げ方。回れ右の動きも完璧《かんぺき》に揃《そろ》っている。体育の授業に集団行動を取り入れている学校は多いが、ここまでのものはそうやらない。

ましてやここは幼稚園《ようちえん》である。

「せんせー！　つぎはなにするのー⁉」

しかし、園児たちは嫌《いや》がるどころかみんな楽しそうにしている。面白《おもしろ》がって仲間に入ろうとする子どもたちが後を絶たない。彼《かれ》らにとっては『遊び』の一環《いっかん》のようである。

強制されているわけでもないようだし、園児が喜んでいるのであれば、釘《くぎ》を刺《さ》す必要はないのかもしれない。かおるは内心ハラハラしつつもその場を力也《りきや》に任せることにした。

それにしても、力也《りきや》はすっかり園児たちの人気者となったようだ。ほとんどの園児が彼《かれ》に懐《なつ》いているし、いの一番に園児たちの方から力也《りきや》を遊びに誘《さそ》おうとする。食事や着替《きが》えの補助も、ちょっと前なら嫌《いや》がられていたが、今では嘘《うそ》のように受け入れて貰《もら》えている。

最初のうち、力也《りきや》は見た目のせいで怖《こわ》い印象を与《あた》えて距離《きより》を置かれてしまっていた。笑顔《えがお》を浮《う》かべたことがないし、いつも不機嫌《ふきげん》なのかという誤解もされていた。しかし、いざ関わってみれば遊びに全力で付き合ってくれるし、大人なら一歩引いてしまうような独特な言動も園児たちにはウケが良かったので人気者になることが出来たようだ。

力也《りきや》が幼稚園《ようちえん》の廊下《ろうか》を歩いていればカルガモの親子のように後をチョコチョコと付いて来る子もいる。力也《りきや》の大きな腕《うで》にしがみ付いて持ち上げて貰《もら》うのが園児たちの間でちょっとしたブームになっており、大量の園児をぶら下げて歩く異様な光景が見られることもあった。

ただし、少数派にはなったものの、力也《りきや》に懐《なつ》いていない園児もまだまだ存在しているのは確かだった。

園庭の端《はし》の壁《かべ》沿い。力也《りきや》の周りにいる楽しそうな園児たちとは対照的に、何人かの女の子が集まって不満そうな表情で力也《りきや》たちの様子を窺《うかが》っている。

「……ふん！」

その女の子たちの中心にいるのは、黒のサラサラのロングヘアーの女の子。

有栖川《ありすがわ》えりかだ。

今、園内にいる子どもたちの中で、えりかを中心とするこのグループだけが力也《りきや》と遊ぶ園児の輪から離《はな》れていた。

「なによ、はしゃいじゃって。くっだらない」

と、肩《かた》をすくめるえりか様はご機嫌斜《きげんなな》めのご様子である。ゾロゾロと取り巻きの女の子たちを従えて舎内へと歩いて行った。

力也《りきや》に心を許していない『反勢力』。

その代表格が、有栖川《ありすがわ》えりかである。

七光幼稚園《ななひかりようちえん》では、一定範囲《はんい》から離《はな》れた遠方に住む園児をバスで送り迎《おくむか》えしている。力也《りきや》は幼稚園《ようちえん》バスの運転手も任されることになった。大型車両はもちろん、戦車や戦闘機《せんとう》も動かせる力也《りきや》にとって、バスの運転なんてわけもなかった。

ネコをイメージして作られた可愛《かわい》い外観の幼稚園《ようちえん》バスの運転席に座《すわ》るのは、おおよそ不釣《ふつ》り合《あ》いな鋭《するど》い目付きの力也《りきや》。それに驚《おどろ》いて自分の子どもをバスに乗せるのを躊躇《ちゅうちょ》する保護者も多かったが、優《やさ》しい笑顔《えがお》のかおるも同乗しているお蔭《かげ》で緩和《かんわ》することが出来た。

今日も何事もなく全園児を幼稚園《ようちえん》まで連れて来ることが出来た。だが、この程度では満足など出来ない力也《りきや》だった。求められるのはより完璧《かんぺき》な仕事なのだ。

「すまない、ちょっといいか」

バスから園児を全員下ろしたところで、力也《りきや》はかおるに話しかけた。

「実はバスの整備について相談なんだが。今日、運転していて、気になることがいくつかあった」

「え？　このバス、どこか悪いところでもあるんですか？」

さっきまで園児たちが座《すわ》っていたシートを見回しながら、かおるが不安そうに言う。

「ああ。ブレーキ、バッテリー、サスペンション、ホイール。全て交換《こうかん》した方がいい」

「そうなんですね……。私、車とか詳《くわ》しくないからよく分からないですけど、運転しているだけでそんなことが分かっちゃうなんて、力也《りきや》先生ってとても車に詳《くわ》しいんですね」

かおるは感心した様子で言う。

「通常運行なら問題ないんだが、いざという時、どうしても無茶な走りをさせてしまう可能性がある。今の調整では耐《た》えられそうにない」

「はあ……？　いざという時、ですか……？」

「ああ。子どもたちの安全保障のためだ。あと、窓だが、全て防弾《ぼうだん》ガラスにした方がいい」

「えっ？　ぼ、防弾《ぼうだん》ですか？」

「ああ。いざという時、今の窓では破壊《はかい》されたら破片《はへん》が飛んで来て子どもたちにケガをさせてしまう可能性がある」

「……あ、ああ、まあ、イタズラで石を投げられたりとかあるかもしれませんしね」

「あと、いざという時のために、武器も積んだ方がいいだろう」

「なるほど、なるほど……。……武器⁉　何のために⁉」

「子どもたちの安全保障のためだ」

力也《りきや》は真面目な顔で言ってのけている。何一つ冗談《じょうだん》など言っていない。園児の送り迎《むか》えをより安全で安心なものにすることが、今の力也《りきや》にとっての最重要任務なのだ。バスの性能を向上されることがより良《よ》い仕事に繋《つな》がると本気で思っているのである。

「いや、まあ園児たちの安全を守るのはもちろんなんですけど、そこまでやる必要ありますかね……？」

「ちなみに予算はこんなものだ」

力也《りきや》はスマホの電卓《でんたく》画面を見せ付ける。

「高っ！　これだけあったら幼稚園《ようちえん》全体をリフォーム出来ますよっ！」

「だが、いざという時——」

「いざという時って何⁉　どういう時です⁉」

園長に相談するまでもなく、力也《りきや》の提案はあっさりとかおるに却下《きゃっか》されるのだった。


「さあさ、おうちに帰りましょうねえ、リョータくん。ほら、先生にご挨拶《あいさつ》してね」

「せんせー、さようならー」

午前・午後の活動時間が終わるとすぐ、幼稚園《ようちえん》の近場に住む園児たちの保護者が子どもを迎《むか》えにやって来る。園児たちは手を引かれ歩いて帰るか、自転車の後ろに乗せて貰《もら》うか。

それ以外の遠方住まいの子は力也《りきや》が幼稚園《ようちえん》バスで送るのだが、自家用車で送迎《そうげい》して貰《もら》っている子が一人いた。

「ごきげんよう。それじゃあね、みんな」

有栖川《ありすがわ》えりかだ。彼女《かのじょ》は幼稚園《ようちえん》を出る間際《まぎわ》、制服のスカートの裾《すそ》を持ち上げペコリとお辞儀《じぎ》する。そうやってから執事《しつじ》服の紳士《しんし》に手を引かれ、黒塗《ぬ》りの高級車へと乗《の》り込《こ》んで行く。さすがお嬢様《じょうさま》といったところだろうか。

車に乗るまで周りに笑顔《えがお》を振《ふ》りまいていたえりかだが、力也《りきや》にだけは露骨《ろこつ》にツンとした顔を向けて来る。

『――あなたの運転するバスになんて乗るわけないでしょ』

まるでそう言いたげな表情であった。

「ちぇっ。なんだよ、あいつ。やなかんじー」

獅子《れお》はそんなえりかを見て不機嫌《ふきげん》そうだ。

力也《りきや》は特に不平不満も言わず、いつものように獅子《れお》たちをバスで送り届けた。


バスでの送迎《そうげい》を終え幼稚園《ようちえん》に戻《もど》った力也《りきや》だが、まだ仕事は終わりではない。七光幼稚園《ななひかりようちえん》では延長保育を行っているので、家や仕事の都合で夕方まで迎《むか》えに来られない子たちの面倒《めんどう》を見ることになる。

夕方になり、一人、また一人と園児が母親に手を引かれて帰って行くのを見送る。少しずつ園児たちの姿が園内から消えて行き、それに連れて騒々《そうぞう》しかった園内は静かになって行く。

そして。

いつも最後まで残る子は決まっていた。

白雪《しらゆき》マリアだ。

かおるからはマリアが登園拒否《きょひ》をしていると聞いていたが、ここ最近は保護者である白雪《しらゆき》園長に手を引かれて毎日幼稚園《ようちえん》に来ている。

マリアは力也《りきや》に懐《なつ》かない二大女児の一角だ。もう一角のえりかは力也《りきや》に対して牙《きば》を剝《む》き出《だ》しにして来るが、マリアの方は力也《りきや》を空気として扱《あつか》って来る。

力也《りきや》としては、えりかよりもマリアの方がよっぽど厄介《やっかい》だと思っている。えりかは力也《りきや》に対して露骨《ろこつ》に嫌《きら》いだという態度を取って来るが、話しかければ反応はしてくれるからだ。刺々《とげとげ》しさはあるが、毎朝ちゃんと挨拶《あいさつ》も返してくれる。時間はかかるかもしれない。それでもえりかとは関係性を良《よ》い方向に持っていける機会がある。

マリアにはそれすらないのだ。力也《りきや》が話しかけても完全にスルー。挨拶《あいさつ》をしても目も合わせようともしない。彼女《かのじょ》は仲良くなるチャンスすら与《あた》えてくれない。

ただ、マリアが無視しているのは力也《りきや》だけではない。彼女《かのじょ》は誰《だれ》ともツルまず一日中一人で行動している。隠《かく》れるようにして一人で絵本を読んでいるか、後は誰《だれ》もいない時間を見計らって飼育小屋のウサギたちを眺《なが》めているくらいなもの。

夕方になり皆《みな》が帰宅して行く中、園長の自宅で暮らす彼女《かのじょ》は、園長の仕事が終わるまで幼稚《ようち》園《えん》の中で待ち続ける。

一日の最初から最後まで、ずっと一人でぽつんとしながら。

「…………」

誰《だれ》もいない部屋で一人、絵本を読むマリアの姿を廊下《ろうか》から窓越《ご》しに眺《なが》めながら、力也《りきや》は険しい表情を作っていた。

力也《りきや》はマリアを見る度《たび》に思う。

どうしてこうも頑《かたく》なに一人になろうとするのだろうか。

そんな力也《りきや》に廊下《ろうか》を通りかかった白雪《しらゆき》園長が声をかけて来た。

「あら？　力也《りきや》先生、どうかされましたか？」

「……すみません、園長《ボス》。あの子の——マリアについて質問があります。マリアの両親は亡《な》くなったという話でしたよね」

教室の中にいるマリアの方を向きながら、力也《りきや》は園長に問《と》い掛《か》ける。いつもニコニコ顔の園長の表情がほんの少し曇《くも》るのを力也《りきや》は横目で見逃《みのが》さなかった。

「ええ。そうですよ。お父さんはマリアちゃんが生まれる前に。お母さんはマリアちゃんが生まれてからすぐに。私とマリアちゃんのお母さんは古い知り合いでしてね。死の直前、他に親類《たよ》や頼れる人がいなかったお母さんからマリアちゃんを託《たく》されたんですよ」

力也《りきや》は深くは追及《ついきゅう》しなかった。マリアの両親がどんな人でどうして死んでしまったのか。自分が他人から過去に踏《ふ》み入《い》られるのが嫌《いや》なこともあったし、他人の過去に自分が踏《ふ》み入《い》るのもどこか遠慮《えんりょ》してしまう。

それに、今、大事なのは過去なんかではなく、彼女《かのじょ》の置かれた現状の方だ。今、追及《ついきゅう》すべきはそっちの方だ。

「マリアはあなたが本当の母親でないことを知っているんですか？」

「ええ、知っていますよ。今よりもっと小さな頃《ころ》からそれとなく理解はしていました。マリアちゃんは賢《かしこ》い子ですからね。絵本を沢山《たくさん》読んでいて、簡単な漢字も読めます。だから、マリアちゃんは自分の母親が外国の人だと理解していますし、私が血の繋《つな》がりのある親でないことも理解しているんです。自分の見た目がみんなとどうして違《ちが》うのかもね」

かおるから聞いたことがある。マリアが他の子に見た目のことを言われ怒《おこ》ったことがあったと。からかわれたわけではなく、フランス人形みたいで可愛《かわい》いと褒《ほ》められたのにかかわらずだ。それ程《ほど》に自分の容姿を気にしているという証拠《しょうこ》である。

「……自分の容姿が周りのみんなと違《ちが》うこと。それがマリアにとってコンプレックスだから、彼女《かのじょ》はみんなから距離《きょり》を置いているんでしょうか？」

力也《りきや》がそう尋《たず》ねると、園長は首を横に振《ふ》る。

「それはちょっと違《ちが》うでしょうね。それも理由の一つではありますが。——彼女《かのじょ》がどうしてみんなと遊ぼうとしないのか。それはある出来事が一番の原因でしょう」

「……ある出来事？」

園長は力也《りきや》に語る。

去年の秋口のことだ。マリアが七光《ななひかり》幼稚園《ようちえん》に入園して1年目で、彼女《かのじょ》はまだ年少組だった。

その日は保護者参観の日。父親や母親、あるいはその両方が、自分の子どもの成長を嬉《うれ》しそうに、時には不安そうに見守っていた。

その最中、同じ組の男の子の一人が、マリアにちょっかいをかけていた。これは園長の推察も入るが、おそらくその男の子はマリアに気があり、不器用ながら色々アプローチしていたようであった。小さな男の子特有の好きな子に意地悪をする行動も見受けられたのだとか。

そして、その出来事が起こったのは、園児たちがお父さんとお母さんの絵を描《か》く時間だった。中には片親の子もいる。複雑な家庭の子もいる。それでも皆《みな》が自分のお父さんかお母さんを描《か》いていた。

そんな中、マリアだけは園長の絵を描《か》いていた。

マリアの家庭の事情を理解していないその男の子は、悪気もなしにこう言い放ったのだ。

『何でお前だけお父さんとお母さん描《か》かないんだよ。お父さんかお母さん描《か》く時間なのにおかしいよ』

マリアにとって母親は育ての親である園長だ。何も間違《まちが》った行動ではなかった。しかし、その男の子の一言は、それを否定する言葉だった。彼《かれ》らにとって園長は園長なのだ。男の子は疑問に思ったことをそのまま口にしただけなのだ。

男の子は傷付けるつもりなどなかったし、傷付けたとも思っていない。

だが、その言葉はマリアに大きなショックを与《あた》えてしまった。

それ以前から、マリアは園長が本当の母親ではないことを少なからずは意識していた。自分には自分を生んだ本当の母親がいる。そのことを彼女《かのじょ》は知っている。

この出来事は、その事実をマリアが大きく意識するようになる転換期《てんかんき》となったのだ。

「マリアちゃん、悔《くや》しかったのか、あるいは意地になっているんだと思います。あの日、自分だけが〝お母さん〟を描《か》くことが出来なかったことが」

その日を境に、マリアは一人で行動することが増えて行った。友達と一緒《いっしょ》に遊ぼうとしなくなった。段々と、幼稚園《ようちえん》にも行きたがらなくなって行った。

そして、現在《いま》に至るようになった。

「私もどうしてあげればいいのか答えが見えていないのが現状です。もちろん、マリアちゃんには他の子たちと仲良くして欲《ほ》しいのですが、無理強《むりじ》いはしたくないのも本音です。強要しても仕方ありません。無理やり一緒《いっしょ》に遊ばせても意味がないんです。自分からお友達と遊びたいと思うこと。自分からお友達を遊びに誘《さそ》うこと。マリアちゃん自身の気持ちが一番大事ですから。……時間が解決してくれる。今はそう信じることしか出来ないのです」

園長は遠い目をして言った。それは霧《きり》に覆《おお》われた向こうの景色を何とか見ようとしているかのようだった。力也《りきや》にとっては、教育者としても親としても雲の上の存在だと思っていた園長。そんな彼女《かのじょ》が壁《かべ》にぶち当たっている事実に力也《りきや》は衝撃《しょうげき》を受けた。

その男の子が謝《あやま》ればいいのか？　否。男の子は何も悪いことはしていない。それにそんなことをしてもマリアの心は満たされないだろう。

マリアの側に〝母親〟がいないという事実は覆《くつがえ》らないのだ。

「……マリアは、本当の母親が死んでいることを理解しているのですか?」

「遠くへ旅立ったということは説明しましたよ。……けれど、あの子はいつか本当のお母さんが迎《むか》えに来てくれる、そう信じているようです」

園長の言うようにマリアが賢《かしこ》い子だとしても、まだまだ幼いことに変わりはないのだ。口で説明されても、死の概念《がいねん》が完全には理解出来ていないのだろう。

母親は長い長いお仕事に出掛《でか》けている。

それが終われば他の子たちのように自分も母親が迎《むか》えに来てくれる。

きっとそう考えているのだ。

そう考えて今も一人、部屋の中で待ち続けているのだ。

「さあ、帰りましょうか、マリアちゃん」

そう言って園長は、今はマリアしかいない部屋の中に入って行った。

すると、マリアは待ってましたとばかりに立ち上がって、園長の方にチョコチョコと歩み寄って行った。力也《りきや》が話しかけてもガン無視を決《き》め込《こ》むのにえらい違《ちが》いである。たとえ本当の母親でなくても、マリアにとって園長が大事な人であることに違《ちが》いはないのだ。

園長と手を繋《つな》いで廊下《ろうか》に出て来るマリア。園長がピタリと止まると、それに合わせてマリアもその場に立ち止まる。

「ほら、マリアちゃん。力也《りきや》先生に何か言うことは？」

園長がそう言って促《うなが》すと、マリアは小さな口をモゴモゴさせている。

やがて。

「……さようなら」

目線も合わせず嫌々《いやいや》仕方なくといった感じ満々ではあったが、力也《りきや》に向けて言った。

「ああ。さようなら、マリア」

悲しいかな、股間《こかん》をぶん殴《なぐ》られて以来、力也《りきや》が初めてまともに出来たマリアとのコミュニケーションであった。

※

日曜日。

特別な行事がない限りは、幼稚園《ようちえん》の先生も園児たちと同様休日となる。もちろん、力也《りきや》も今日は仕事が休みだ。幼稚園《ようちえん》に出掛《でか》けるような用事もない。

ただし、朝、起きる時間は平日と変わらなかった。6時前には起床《きしょう》し、寝袋《ねぶくろ》から這《は》い出《で》る。

軽めのランニングがてらコンビニに向かい、そこで朝食を買って食べる。7時には帰宅し、テレビに張り付いて、朝の子ども向けアニメと特撮《とくさつ》をじっくりと観賞する。これで週明けからの園児たちとのごっこ遊びのシミュレーションもバッチリだ。

その後は特に予定はない。朝のテレビ鑑賞《かんしょう》も終えたことで、昼飯時までやることがなくなった力也《りきや》は、黙々《もくもく》とフローリングの上で腕立《うでた》て伏《ふ》せを始めた。

と、それから腕立《うでた》て伏《ふ》せが200回を超《こ》えたところで、珍《めずら》しく来客を知らせるチャイムが聞こえて来た。力也《りきや》の部屋のチャイムを鳴らすのは、宅配便か怪《あや》しい勧誘《かんゆう》くらいなものだが、今日は果たして。

力也《りきや》は玄関《げんかん》のドアスコープから外の様子を窺《うかが》う。つい【テンペスト】時代の癖《くせ》で気配を殺しながらだ。

そこには見知った顔があったので、力也《りきや》は警戒《けいかい》を解いてすぐに目の前のドアを開放した。

「あっ！　ど、どうもー。力也《りきや》先生――」

来客の正体は、鷹宮《たかみや》かおるだった。

どうもいつもと雰囲気《ふんいき》が違《ちが》う。余所《よそ》行きの格好というやつだろうか。服装が仕事の時に着ている質素なものではない。いつもの動きやすいパンツスタイルではなくスカートを穿《は》いている。髪《かみ》の毛《け》もいつもは簡単に後ろで縛《しば》っているだけなのに今日は何となくセットして来ました感がある。

しかし、持ち前の身長と童顔のせいで、高校生か中学生くらいの子が頑張《がんば》ってオシャレしてきました感が漂《ただよ》ってしまっている。もちろん上官に対して失礼なので、力也《りきや》がそれを口に出し

て指摘《してき》することはなかったが。

「……どうしたんだ？　何か仕事の相談か？」

かおるのアポなしの来訪に対し、力也《りきや》は戸惑《とまど》い半分に尋《たず》ねる。

「ああ、いえいえ。園長先生が力也《りきや》先生、一人暮らしで大変でしょうって仰《おつしや》ってたんで、色々持って来たんですよ」

かおるは手に買い物袋《ぶくろ》を下げている。その中には野菜や肉などの食材が入っているようだった。

「……それを、俺《おれ》に？」

「す、すみません、もしかして余計なお節介《せつかい》でしたか……？」

「いや、そんなことはない。だが、そういう君だって一人暮らしだろ？」

かおるは同じアパートの上の階に一人で住んでいる。このアパートの大家は白雪《しらゆき》園長で、七光幼稚園《ななひかりようちえん》に勤める先生たちは格安で部屋を貸して貰《もら》っているのだ。

「まあ、そうなんですけど、自炊《じすい》とかされてなさそうでしたので、ちょっと心配になりまして。ほら、力也《りきや》先生って幼稚園《ようちえん》のお昼、いつもお菓子《かし》みたいなのしか食べてないじゃないですか」

「お菓子《かし》ではない。人間用の総合栄養食だ。体内血糖値を安定させ、あれだけで一日に必要な五大栄養素を摂取《せつしゅ》することが出来る。カロリーも高めに設定されているので、効率的に長時間のエネルギーが供給出来る優《すぐ》れものだ」

「……もしかしてですけど、おうちでもあればっかり食べているんですか？」

「当然だ。効率的だからな」

間違《まちが》ったことは言っていないはずだが、何故《なぜ》かかおるは呆《あき》れた表情でため息をついている。

「ダメですよ、もっと色んなものを食べて子どもたちのお手本にならないと。園児たちに食事の楽しみを教えてあげるのも先生のお仕事なんですからね」

「そういうものなのか？」

「ええ、そうですよ。そんなわけで、とりあえずは今日は私が力也《りきや》先生のお昼ご飯をお作りしますね」

「……なんだって？」

「総合栄養食、でしたっけ？　どうせ、またあれで済ませようとか思っているんでしょ？　自分でも言うのも何なんですけど、私、お料理が得意なんですよ。私が力也《りきや》先生に食事の楽しさをお教えします。それとも、これから何かご予定でも？」

「いや、何も予定はないが……」

上官たるかおるからの提案だ。断る道理はない。

それに、何だかんだで力也《りきや》も手料理が恋《こい》しいと思うことがある。時々、園児たちが自分のお弁当のおかずを力也《りきや》にプレゼントして来るのだが、その度に家庭の味に触《ふ》れ、憧《あこが》れを抱《だ》くことが無《な》きにしも非《あら》ずだった。

【テンペスト】に入隊した際に家族を捨てた身だが、どこかでずっと家族に飢《う》えていたのかもしれない。

「それじゃあ、力也《りきや》先生。お部屋に入ってもよろしいでしょうか？」

「ん？　ああ、そうだな。分かった。何もない部屋ですまないが、どうぞ上がってくれ」

力也《りきや》はかおるを玄関《げんかん》に上げ、部屋の中へと招き入れた。

力也《りきや》の部屋に入ることに成功したかおるは、内心ホッとしていた。

騙《だま》しているような気分で心苦しかったが、力也《りきや》のためにお昼ご飯を作ってあげようと思って

いたのは本当のことだし、彼《かれ》を助けるためだと自分を言い聞かせる。

そうだ。全ては力也《りきや》のためにやっていることなのだ。

事の発端《ほったん》は1週間前の日曜日のことだった。

お互《たが》い仕事が休みだったこともあり、かおるは幼馴染《おさななじみ》のひなたと久しぶりに二人でランチを食べに行った。学生時代にも何度か足を運んだことのある洋食屋だ。思い出話をしたり、お互《たが》いの仕事先であった珍騒動《ちんそうどう》を話したりして、二人は大いに盛り上がっていた。

ところが、食後のコーヒーに口をつけている時のことだ。

「……あのね、かおる。あなたにお願いしたいことがあるの」

ひなたが改まってそんなことを言い出して来たのだ。

「ん？　なに？　お願いって？」

「実はね……。あの男を調べるのに協力して欲《ほ》しいのよ」

「……あの男？」

「黒柳《くろやなぎ》力也《りきや》のことよ」

ひなたはさっきまでの友達との休日モードから一転、警察官としての仕事モードに切《き》り替《か》わったようだ。その表情は険しい。力也《りきや》と会った交通安全教室の日もこういう表情をしていた。

「……力也《りきや》先生がどうしたっていうの？」

「あの男、やっぱりおかしいよ。私、あれから気になって聞《き》き込《こ》みをしたり、警察のデータベースを使ったりして、あの人のことを徹底的《てっていてき》に調べてみたの」

かおるは思わずコーヒーを吹《ふ》き出《だ》しそうになる。

「ちょ、ちょっと！　何やってるのよ、ひなた！　勝手にそんな――」

「いいから、聞いて」

ひなたは「シーッ」と声を抑《おさ》えるように促《うなが》して来る。

「……そしたらね。なんと、なんとよ……」

かおるはゴクリと生唾《なまつば》を呑《の》む。

「何も見付からなかったの」

かおるはガクリと身体《からだ》を崩《くず》す。

「なによ、驚《おどろ》かせないでよ……。それじゃあ、別に何もおかしくないじゃない」

「何もよ？　何もなかったの。犯罪歴どころか、どこかの企業《きぎょう》に勤めていたとか、どこかの団体に所属していたとか、そういった過去の経歴があの人には一切《いっさい》ないのよ。おかしいと思わない？　これってまるで意図的に過去の情報が消されているみたいじゃない」

「ひなた……」

「ね？　おかしいでしょ？　大の大人が過去に働いていた記録がないなんて、そんなことあり得る？」

「ニートなの……」

「え？」

「力也《りきや》先生はニートだったの！　職歴がなくて当然なの！　あの歳《とし》でずっとフラフラしていたの！　社会不適合者だったの！　だから、あまり過去のことは触《ふ》れてあげないでよ！」

かおるは思わず声を荒《あら》げてしまう。いくら仲のいい幼馴染《おさななじみ》でも、本人の許可なく他人のプライバシーに踏《ふ》み込《こ》むのを良しと出来なかったのだ。

「いい⁉　黒柳力也《くろやなぎりきや》って人はニートなの！　過去に何もなくて当たり前なの！　しょうがな

いじゃない！　だってニートなんだから！」

しかし、自分も悪かったと後悔《こうかい》する。「黒柳力也《くろやなぎりきや》って人、ニートなんだ……」と周りの客がヒソヒソと喋《しゃべ》っている。思いっきり自分も力也《りきや》のプライバシーを侵害《しんがい》してしまった。

「……と、ともかく、怪《あや》しむようなことなんて一つもないの。ひなたは考えすぎだよ」

反省しながらかおるは声を落として言った。

「ニートねえ……。それだって本当のことかしらね。……うん。あの男、絶対、何か大きな秘密を隠《かく》してるわ」

「何でそう思うの？」

「警察官の直感ってやつよ」

ひなたは納得《なっとく》していないといった表情だ。ひなたは小学校の頃《ころ》もクラスで悪いことが起こると、徹底的《てっていてき》に『犯人捜《さが》し』をしようとする癖《くせ》があった。

全ては正義感からだ。警察官になったのも、その持ち前の正義感のためだ。

「私はね、あなたや七光幼稚園《ななひかりようちえん》の子どもたちを心配しているの。もしもあの人が凶悪《きょうあく》犯だったり、あなたたちに危害を加える可能性のある人間だったりしたらってね。私はみんなを守りたいのよ。警察官としても、七光幼稚園《ななひかりようちえん》出身者としても」

「…………」

彼女《かのじょ》のそういう性格を理解しているかおるは、それを無下にも出来なかった。

「……分かったわよ、ひなた。そこまで言うなら協力してあげる」

「え？　本当？」

「言っておくけど、力也《りきや》先生の疑いを晴らすためよ。あの人がひなたが思うような悪い人じゃないって証明するためだから」

力也《りきや》は相変わらず言動がめちゃくちゃで振《ふ》り回《まわ》されることも多いが、園児たちと仲良くやっているし、仕事も真面目にやってくれている。

絶対に悪い人間ではない。

かおるはそう信じている。

「それで、どうすればいいの？」

「部屋を探《さぐ》って来て欲《ほ》しいの。かおる、あいつと同じアパートに住んでるんでしょ？　怪《あや》しいものが部屋の中にないか確かめて欲《ほ》しいの」


そんなわけで、今週の日曜日。かおるは力也《りきや》の部屋へと訪《おとず》れた。力也《りきや》の昼食を作るという名目の下に。

いくら同じアパートに住んでいるからといって簡単に部屋に入れるわけがないし割と無茶ぶりだったが、何とか上手《うま》く部屋に入れて貰《もら》うことに成功したのであった。

そして、力也《りきや》の部屋に足を踏《ふ》み入《い》れたかおるは、すぐに驚《おどろ》かされることになった。

ひなたの言う怪《あや》しいものがあったわけではない。いや、ないことに驚《おどろ》かされた。

そう、何もないのだ。

唯一《ゆいいつ》、テレビが置いてあるものの、他にテーブルなどの家具が見当たらない。ベッドもない。ここで暮らし始めて数ヶ月は経《た》つはずなのに、引《ひ》っ越《こ》した直後という雰囲気《ふんいき》の部屋だった。

男の人の部屋だし散らかっているかもくらいには思っていたのだが、全く想定外の部屋だった。あまりに生活感がなさ過ぎる。

キッチンに冷蔵庫はあったのでかおるは安心するのだが、それを開けた途端《とたん》、愕然《がくぜん》とする。

中はすっからかんだったのだ。

「あの……。本当にここで暮らしてらっしゃるんですか……?」

「もちろんだ。必要最低限のものしか置かない主義でな」

ガスコンロは使える状態だが、キッチンには調理器具や食器類が一つもなかった。食材があってもこれでは料理が作れない。一度、部屋まで取りに行かなければ。

「すまないな、手間を取らせてしまって」

「ああ、いえ、気にしないで下さい。私が言い出したことですから。それじゃあお昼ご飯を作りますね」

準備が出来たところで、かおるは持参した食材と包丁を使って料理を作り始めた。

「何か手伝うことは?」

「大丈夫《だいじょうぶ》ですよ。力也《りきや》先生はゆっくりしていて下さい」

かおるは手慣れた手付きで野菜を包丁で刻んで行く。

「随分《ずいぶん》慣れているようだな。上手《うま》いもんだ」

「実家にいる時は家族の分を作っていましたので。私、得意なことって料理くらいなんですよね」

そして。

「あっ、しまった! 卵がない!」

かおるはそろそろ頃合《ころあ》いかというタイミングで言った。

「ああ、もう何やってるんだろ……。ちょうど、うちも卵を切らせているし、これじゃあオムライスが作れないです……」

「なるほど、卵が必要なのか。よし、それなら俺《おれ》が買って来よう」

「え? いいんですか?」

「ああ。それくらいは手伝わせてくれ」

「そうですか。それじゃあ、すみませんけど、お願いしますね」

力也《りきや》はかおるを残し、部屋を出て行った。

どうやら作戦は上手《うま》く行ったようだ。かおるはそれを見届けてから、今のうちにと部屋の奥《おく》へと踏《ふ》み入《い》る。

――ゴメンなさい、力也《りきや》先生。全てはあなたの疑いを晴らすためなんです。

改めて自分にそう言い聞かせながら。

やはり目に見える範囲《はんい》には何もない。気になるのは閉ざされた押《お》し入《い》れの中だけだ。それだけ見れば納得《なっとく》出来る。この中にひなたの言う『怪《あや》しいもの』がなければそれで解決なのだ。

しかし。

かおるは恐《おそ》る恐《おそ》る押《お》し入《い》れの襖《ふすま》に手を近付ける。

「――何をやっている？」

心臓が止まるかと思った。

物音も立てずいつの間にか背後にいたのは力也《りきや》だった。

もう戻《もど》って来《き》たのか。いくら何でも早すぎる。財布《さいふ》を忘れたのか、それともかおるの思惑《おもわく》に気付いていたのか。

「あの！　えっと！　こ、ここに卵があったりしないかなあと思いまして！」

我ながら無理のあり過ぎる言い訳をしてしまった。

力也《りきや》は鋭《するど》い眼光でかおるの顔と押《お》し入《い》れの襖《ふすま》を見比べている。

「……気になるのか、この中が」

「え？」

「そうか……。そんなに俺《おれ》の〝秘密〟が見たいんだな」

「ッ⁉　ひ、秘密って……？」

そんな。

まさか。

ひなたの言う通りこの男には恐《おそ》るべき秘密が……？

目を背《そむ》ける暇《ひま》もなかった。

力也《りきや》自身の手によって押入《おしい》れの襖《ふすま》が開かれたのだ。

「ひぃっ⁉　…………え」

そこにはピンクを基調とした空間があった。

「プリプリプリティ☆プリンセス……。あれは本当にいいものだ。園児やその親たちがハマるのも頷《うなず》ける。気がつけば買い集める手が止まらなくなっていた」

押《お》し入《い》れの中には可愛《かわい》らしい絵柄《えがら》のカードや、女の子のフィギュアが所せましと並んでいた。

全て園児たちに人気のアニメ、プリプリプリティ☆プリンセスグッズの数々である。

「中にはプレミアの付いている品もあってな。特にこいつを手に入れるのには苦労した。天《あま》ノ川《がわ》リルカのフィギュア、期間限定生産、アーミー仕様。そのあまりの希少性からネットのオークションですら出回っていない。何とか手に入れる方法はないかと、週末の休みを利用して、町から町を渡《わた》り歩《ある》いた。気が付けば俺《おれ》は本州最南端《さいなんたん》の寒村へと訪《おとず》れていた。そこにあったジャンクショップに隠《かく》されるようにこいつは置かれていた。三度に渡《わた》る訪問と、計6時間に及《およ》ぶ交渉《こうしょう》の末、俺《おれ》は店主からこいつを託《たく》された。俺《おれ》の大切な秘密の品だよ。……ん？　どうかしたか？」

「…………いえ……」

かおるは一気に肩《かた》の力が抜《ぬ》けるのを感じた。

結局、部屋の中に怪《あや》しいものなど何もなかった。今度会った時にひなたにははっきりと告げよう。

やはり力也《りきや》はひなたが思うような悪い人間ではないと。

間もなくかおるの料理は出来上がった。

「すまないな、机もなくて」

「ああ、いえ。遠足の時みたいでこれはこれで楽しいですよ」

いつも片手で食べられる総合栄養食しか食べない力也《りきや》は床《ゆか》の上でそのまま食事をしているそうだ。レジャーシートを広げそこに料理を並べることになった。

メニューはオムライスとサラダ。見た目でいえば店で出て来るものと遜色《そんしょく》ないと思う。食欲をそそるいい香《かお》りもしている。

さて、味の方はどうだろうか。かおるは力也《りきや》からの感想を不安げに待つ。

「……うん、こいつは美味《うま》いな」

「本当ですか？　良かった～、お口に合って」

「掛《か》け値《ね》なしに美味《うま》いよ。これなら毎日でも食べたいくらいだ」

「ふふっ、少しは食事の楽しさが分かっていただけましたか？　良ければまた作りに来ますよ。部屋はすぐ上ですし、二人分作るのもそう変わりませんから。……でも、やっぱり机くらいは用意しておいて下さいね」

「うむ、そうだな。そうするよ」

それから話題は幼稚園の話になった。力也《りきや》から相談事があるというのだ。

それは力也《りきや》に懐《なつ》かない二大女児、有栖川《ありすがわ》えりかと白雪《しらゆき》マリアについてだった。力也《りきや》はどうすれば二人と仲良くなれるか先輩《せんぱい》のかおるに教えて欲《ほ》しいそうだ。

「なるほど、力也《りきや》先生は自分がえりかちゃんに嫌《きら》われていると仰《おつしや》るんですね」

「かおる先生もそう思うだろ？　態度からして、どう見ても彼女《かのじよ》は俺《おれ》を嫌《きら》っている。その理由が俺《おれ》にはさっぱり分からない」

「きっとえりかちゃんは力也《りきや》先生にヤキモチを焼いているんだと思いますよ」

「……ヤキモチ？」

「力也《りきや》先生が来る前から、えりかちゃんはクラスの中心にいて、みんなの人気者でしたからね。

だけどほら、最近はみんな力也《りきや》先生に夢中じゃないですか。きっとみんなを力也《りきや》先生に取られたと思ってヤキモチを焼いてるんですよ」

「そうなのか……？」

「大丈夫《だいじょうぶ》ですよ。えりかちゃんは根はとてもいい子ですからね。お友達の体調が悪ければ気付いて教えてくれますし、みんなに気を遣《つか》える優《やさ》しい子です。他の子たちと同じように、力也《りきや》先生もきっとすぐ仲良くなれますよ。……問題はマリアちゃんの方ですかね」

マリアを持て余しているのはかおるもだった。懐《なつ》かれていないのは力也《りきや》だけではない。マリアはかおるや他の先生にも心を開こうとしないのだ。同じクラスの仲間たちにさえも。

「……かおる先生。どうにか俺《おれ》たちの手でマリアを笑顔《えがお》にしてやることは出来ないだろうか」

力也《りきや》は真剣《しんけん》な表情で言って来た。

「マリアちゃんを笑顔《えがお》に、ですか？」

「幼稚園《ようちえん》で働き始め、多くの園児たちと触《ふ》れ合《あ》って来たが、未《いま》だにあの子の笑顔《えがお》だけは見たことがない。あの子にも幼稚園《ようちえん》の楽しさを教えてやりたいんだ。他の子どもたちと同じように、あの子にも笑って欲《ほ》しい」

力也《りきや》は真剣《しんけん》に園児たちのことを考えてくれている。着任したての頃《ころ》はどうなることかと思ったが、もう立派な先生ではないか。教育係としてかおるは嬉《うれ》しく思った。

それに、かおるもマリアについては同意見だった。

ありますし」

「……笑わない子ってわけではないんですよ。私、マリアちゃんの笑った顔、何度も見たこと

「何だって？　そうなのか？　どんな時にだ？」

「去年、まだ幼稚園《ようちえん》に入ったばかりの頃《ころ》は、クラスのみんなと遊んでよく笑っていましたよ。今だって園長先生には心を開いていますし。私、ついこの間も、マリアちゃんが園長先生に笑っているのを見ましたから」

「……そうか。つまり、仲のいい人間には笑顔《えがお》を見せてくれるわけだな」

「そうですね。まずは私たち教員がマリアちゃんと仲良くなることからなのかもしれないですね。そうすれば、他の子たちとも遊ばせてあげられるようになるかもしれませんし」

「なるほど……。かおる先生。君はマリアの好きなものは何か知っているか？　彼女《かのじょ》と仲良くなれるヒントになるかもしれない」

「ああ、それなら、やっぱり絵本ですかねえ。力也《りきや》先生も知ってると思いますけど、マリアちゃん、いつも一人で絵本ばかり読んでいますから」

マリアは本の虫と言ってもいいくらいのレベルで絵本ばかり読んでいる。物で釣《つ》るというのは多少抵抗《ていこう》があるが、新しい絵本をプレゼントしてあげるというのはありかもしれない。

「他には何かあるか？」

「んー。そうですねー。……あ、そうそう。マリアちゃんって、動物が大好きなんですよ」

「動物？」

「はい。中でも動物の出て来る絵本がお気に入りですし、幼稚園《ようちえん》のウサギちゃんたちのことも大好きですから」

マリアが幼稚園《ようちえん》に来た時は、決まって飼育小屋の方に行く。いつも熱心にウサギの様子を眺《なが》めているのだ。

動物好き。

これもマリアと仲良くなる取《と》っ掛《か》かりになるかもしれない。

「あ、そうだっ！　そうですよ！　それですよ！」

あることを思い出したかおるは手をポンと打った。

「今度、私たちのこぶたさん組、遠足であそこに行くじゃないですか！　絶対、マリアちゃん、あそこなら喜んでくれますよ！」

来週、かおると力也《りきや》は組のみんなを連れて幼稚園《ようちえん》の外に出掛《でか》けることになっている。

その目的地と言えば——。

「……なるほど。確かにあそこでならマリアと仲良くなれるチャンスかもしれないな」

※

遠足の当日がやって来た。前日にみんなで作ったてるてる坊主《ぼうず》のお蔭《かげ》か、天気は快晴だった。

「1、2！ 1、2！ 1、2！」

往来には、その小さな兵隊さんの行列に驚《おどろ》くサラリーマンや、可愛《かわい》い可愛《かわい》いとはしゃぐ女子高生の姿があった。

力也《りきや》率いるこぶたさん組の子どもたちは隊列を組んで元気に行進をしている。訓練の賜物《たまもの》だ。獅子《れお》を始めとした男児たちの動きは統率《とうそつ》され、洗練されている。かおるや女児たちは、それを困惑《こんわく》した表情で傍《はた》から見ている。

彼《かれ》らの向かう目的地は市内の動物園である。

100種類を超《こ》える多種多様な動物たちが、園児たちを迎《むか》えてくれた。街中では絶対にお目《め》に掛《か》かれない大きな動物もいるし、小さな動物なら直接触《ふ》れ合《あ》えるコーナーもある。動物の博物館や、お土産《みやげ》コーナーなども充実《じゅうじつ》している。

平日ということもあり、客足は控《ひか》えめで、たまにすれ違《ちが》うのは他の幼稚園《ようちえん》の子たちや小さな子どもを連れたファミリーくらいなもの。園児たちがはぐれないように見張るのには都合のいい条件下だった。

「わーっ！ ラクダさんだーっ」

「ねーねー、ラクダさんのコブってなんであるのー？」

「ラクダさんはねえ、大きな砂漠《さばく》を歩かなくちゃいけないから、あの大きなコブの中に栄養を貯《た》め込《こ》んでいるんだよー」

かおるが園児たちに動物のウンチクを話してあげている。園児たちは「ふーん」と感心したのか分かっていないのか微妙《びみょう》な反応をしている。

「うおーっ！　ライオンかっけーっ！」

「ライオンってちじょーさいきょーなんでしょ⁉」

「いや、最強というのはいささか疑問が残るな。奴《やつ》らは個々の力よりも群れとしての力が強い。確かに群れで襲《おそ》われれば、勝てる生き物は限定されるだろう。だが、一対一で考えれば、負けない生き物は多数存在する。我々人間だって生身でも一対一の対峙《たいじ》でなら十分対処できる。もしもライオンと面と向かう場面が来たら、ひとまずは首元を守ればいい。やつらは首元に喰《く》らい付き首の骨を嚙《か》み砕《くだ》いてから四肢《しし》を捥《も》ぎ取ろうとして来る。逆に言えばそれが反撃《はんげき》のチャンスにも繋《つな》がる。まずは確実に首元をガードし、隙《すき》を突《つ》いて眉間《みけん》に一撃《いちげき》を与《あた》えてやればいい」

「力也《りきや》先生⁉　園児に何の話してるんですか⁉」

同じく良かれと思って園児たちに動物のウンチクを話してあげる力也《りきや》だったが、横からかおるにツッコまれてしまう。

力也《りきや》の誰得《だれとく》解説はさて置き、園児たちはライオンに大はしゃぎだった。鳴き声を上げれば歓《かん》声《せい》を上げ、動き回れば楽しそうに飛《と》び跳《は》ねる。中には怖《こわ》がって力也《りきや》やかおるの後ろに隠《かく》れてしまっている子もいるが。

「パパが言ってたんだけどさ、おれの名前って、ライオンからきてるんだって！」

獅子《れお》はいつにも増して元気がいい。ライオンに夢中になっているようで、なかなか檻《おり》の前から離《はな》れようとしない。

「獅子《れお》くん」

そこにえりかが近付く。

「もうつぎの動物のところにいく時間よ。ほら、はやくして」

「えー、まだいいじゃん」

「ダメよ。時間どおりにうごかなきゃほかの動物がみられなくなっちゃうじゃない」

「うるさいなー。ちょっとくらいいいだろ」

「えりかの言う通りだぞ、獅子《れお》。チームのみんなを待たせてはいけない」

二人のやりとりを見ていた力也《りきや》は諭《さと》すように口を挟《はさ》んだ。

「……しょーがそういうなら」

獅子《れお》は不満げではあったが、渋々《しぶしぶ》ライオンの檻《おり》から離《はな》れた。

えりかは力也《りきや》が獅子《れお》ではなく自分の肩《かた》を持ってくれたことに対し、意外そうな顔をしている。

「朝から色々と気を遣《つか》ってくれてありがとう、えりか」

えりかは力也《りきや》やかおるが頼《たの》んでもいないのに、列から外れそうになっている子に声をかけたり、ふざけている子を注意したりと、動物園の中で忙《せわ》しなく立ち回ってくれている。相変わらずの高いリーダーシップである。彼女《かのじょ》のお蔭《かげ》で予想していたよりも仕事が楽になって大助かりだった。

「……別にせんせいのためじゃないんだからね。みんなのためなんだからね」

そう言っていつものようにプイッとそっぽを向いてしまうえりかであった。

ちょっとでも仲良くなろうと声をかけた力也《りきや》だったが、残念ながら彼女《かのじょ》と打ち解けるにはまだ時間が掛《か》かりそうである。

次の動物の檻《おり》に向かうため、力也《りきや》は最前列に立った。園児たちがはぐれないようにしっかりと目を配りながら先導する。往くのはあらかじめ決めて来た最適化されたルート。園児たちの足に合わせたタイムスケジュールも組んである。それに従って力也《りきや》は園児たちと一緒《いっしょ》に檻《おり》から檻《おり》へと移動して行く。

力也《りきや》は園児たちの中でも特に一番後ろの動向に気を掛《か》けていた。

シンガリを務めるのはかおるだ。彼女《かのじょ》は後ろから先頭にいる力也《りきや》と挟《はさ》み込《こ》むようにして園児たちの様子を見守っている。

そして、かおるのすぐ横にいる一際《ひときわ》目立つ金髪《きんぱつ》の女児。

力也《りきや》が最も注意深く監視《かんし》していたのは、彼女《かのじょ》、白雪《しらゆき》マリアの動向である。

力也《りきや》の心配をよそに、マリアは園長不在のこの遠足に参加してくれている。こういう行事ごとにはほぼほぼ欠席してしまうらしいのだが、そこはやはり動物好き。行き先が動物園ということを聞いて背に腹は代えられないとばかりにやって来たようである。今日はきちんと七光《ななひかり》幼稚園《ようちえん》指定の制服も着ている。

いつも通り朝から誰《だれ》とも口を聞いてはいないが、マリアはさっきから檻《おり》に張り付いては動物たちを夢中で見ているし楽しんではいるようだ。それを確認《かくにん》する度《たび》、力也《りきや》はホッと胸を撫《な》で下《お》ろす。

そして、とある動物の檻《おり》の前で、今日一番の反応が見られた。

マリアはパンダに釘付《くぎづ》けになっているのだ。

笑顔《えがお》でこそないものの、目をキラキラ耀《かがや》かせている。いつもは力也《りきや》以上に仏頂面《ぶっちょうづら》で、こんな子どもらしい表情のマリアを見るのは力也《りきや》にとって初めてのことだった。

「可愛《かわい》いな、パンダ」

力也《りきや》は思い切ってそんなマリアの隣《となり》に立って話しかけてみた。

逃《に》げられるかとも思ったが、そのままマリアは、目の前で笹《ささ》を食べている愛らしいパンダを興味津々《きょうみしんしん》といった様子で見続けている。

それどころかだ。

「うん、可愛《かわい》い……！　可愛《かわい》い……！」

マリアはそう言いながら興奮気味に何度も頷《うなず》いている。

そう、力也《りきや》の言葉に反応してくれたのだ。幼稚園《ようちえん》で力也《りきや》がいくら話しかけてもスルーし続けて来た彼女《かのじょ》がだ。

さらに力也《りきや》の方に自分から顔を向け、初めて目を合わせて来た。

ガラス細工のような綺麗《きれい》な瞳《ひとみ》だった。口に出せば本人に怒《おこ》られるかもしれないが、職人の手によって丹念《たんねん》に作られた美しい西洋人形のようだった。

「この子ね、せーしきには、ジャイアントパンダっていうんだよ。あのね、あのね、もともとはね、レッサーパンダの方がパンダって呼ばれてたの。でもね、白黒のジャイアントパンダの方が人気者になったから、こっちがパンダって呼ばれるようになったんだよ」

夢中になってパンダのことを力也《りきや》に説明して来る。今までの素っ気ない態度からは考えられない。思っていた以上にこの子が動物のことが好きなのがよく伝わって来た。

暫《しばら》く夢中になって喋《しゃべ》った後、マリアは「あ」という顔をして慌《あわ》ててパンダの方に向き直った。横顔が少し赤い。いつも無表情で冷たい印象の女の子だったが、何とも可愛《かわい》らしい一面が見られた。

そして、次の瞬間《しゅんかん》だった。

「――ありがとう」

「え？」

力也《りきや》は予想外の出来事に困惑《こんわく》する。

聞き間違《まちが》いではない。今、マリアは確かに「ありがとう」と言った。すぐ隣《となり》にいる力也《りきや》にしか聞こえない大きさの声だった。つまり、力也《りきや》に向けて言った言葉だ。

寝耳《ねみみ》に水とは正にこのことだ。一体何なのだ。何のお礼なのだ。動物園に連れて来て貰《もら》ったことに対してだろうか。

「ユキちゃん、助けてくれて、ありがとう」

マリアは困惑《こんわく》する力也《りきや》に今度はそう言った。

それを聞いて、力也《りきや》はすぐにピンと来た。

ユキちゃんと言えば、七光幼稚園《ななひかりようちえん》で飼っているウサギのユキちゃんのことだろう。

ああ、そうか。そういうことだったのか……。

マリアは見ての通り動物が好きだ。もちろん、幼稚園《ようちえん》で飼っているウサギたちのことも大好きだ。以前、そのウサギの中のユキちゃんが、幼稚園《ようちえん》の外に逃《に》げ出《だ》してしまい、車に撥《は》ねられそうになったのを力也《りきや》が救出したことがあった。

あの事件の日、珍《めずら》しく幼稚園《ようちえん》に来ていたマリアは、裏庭で何かを必死に探していた。あれは力也《りきや》よりもさきに飼育小屋にユキちゃんの姿がないことに気付き、ユキちゃんのことを探していたのだ。

思えば、あの日以来、マリアは毎日、幼稚園《ようちえん》に来ている。以前は幼稚園《ようちえん》に来ない日の方が多かったのにかかわらずだ。

その理由が今、ようやく分かった。

大好きなユキちゃんを助けてくれた力也《りきや》にお礼を言う機会をずっと窺《うかが》っていたのだ。

しかし、なかなか言い出すことが出来なかった。力也《りきや》はただ無視されているだけだと思っていたが、マリアはいざお礼を言おうと思うと恥《は》ずかしくなってしまい逃《に》げてしまっていたのだ。きっと彼女《かのじょ》が素直《すなお》になれない性格だからだ。

力也《りきや》にお礼を言い終えてからのマリアは、恥《は》ずかしさで顔を真っ赤にしながらパンダの方をジッと見ている。力也《りきや》はそんな彼女《かのじょ》のことがとても愛おしく思えた。

そうなのだ。マリアは素直《すなお》になれないだけの普通《ふつう》の女の子なのだ。みんなとも距離《きょり》を取っているが、それだってきっと素直《すなお》になれないからだ。本当はみんなと仲良くしたいはずだ。だって、みんなのことが嫌《きら》いなら幼稚園《ようちえん》には一切《いっさい》顔を出さないだろう。

さらに力也《りきや》はマリアがえりかとケンカした時のことを思い出した。マリアがえりかを突《つ》き飛《と》ばしたことで始まった取っ組み合いだったが、あの時、えりかはマリアにパパの自慢《じまん》話をしていた。父親のいないマリアはそれに嫉妬《しっと》してカッとなってやってしまったのだろう。あの後、マリアもえりかに謝《あやま》っていたし、本当はえりかとも仲良くしたいと思っているのではないだろうか。

そう分析《ぶんせき》した力也《りきや》は、何とか彼女《かのじょ》の助けになりたいという感情が一層増した。

間もなく正午を迎《むか》えるが、遠足の時間は午後からまだもう少しある。可愛《かわい》いペンギンたちもまだ見られていないし、動物たちに餌《えさ》を食べさせてあげる体験コーナーもこの先に待っている。

色んな動物たちと触《ふ》れ合《あ》う中で、マリアともっと仲良くなればいい。

そうすればすぐにでも笑顔《えがお》を見せてくれるだろう。

「あっ！　お母さんですね⁉　良かった〜」

と、その時、すぐ後ろの方で何やら騒《さわ》がしい声が聞こえて来た。

力也《りきや》とマリアは何事かと振《ふ》り返《かえ》る。

「ママーっ」

「ああ、良かった。本当に良かった……」

見てみると、マリアよりも小さな女の子が、ワンワン泣きながら女性に抱《だ》きしめられていた。

「ありがとうございます！　ありがとうございます！　何とお礼を言ったらいいか……」

「いえいえ、無事、お母さんが見付かって良かったですよ」

どうやらあの小さな女の子、母親とはぐれてしまったのを動物園の係員に保護して貰《もら》い、母親と再会した場面だったようだ。

初めのうちは泣きじゃくっていた女の子だが、母親の胸の中で段々と穏《おだ》やかな顔に変わって行く。まるで母親から魔法《まほう》をかけて貰《もら》っているようだった。

「…………」

力也《りきや》の隣《となり》に立つマリアは、その様子をしばらく黙《だま》って眺《なが》めていた。

昼食の時間になった。ベンチや椅子《いす》、芝生《しばふ》広場が動物園内の各所に設けられているので、持参したお弁当はそこで食べられる。事前に場所は予約・確保してあるので、力也《りきや》はかおると共に園児たちをその場所へと連れて行った。

外で食べるお弁当は遠足の醍醐味《だいごみ》の一つだ。幼稚園《ようちえん》の中で食べるそれとはまた違《ちが》った趣《おもむき》を持つ。動物園仕様の、動物の絵柄《えがら》のキャラ弁を作って貰《もら》ってお友達に自慢《じまん》している子もいた。

各自、お弁当を食べ終わったところで、力也《りきや》は午後のスケジュールを確認《かくにん》する。タイムスケジュールが予定通りに進んでいることも確認《かくにん》する。これなら予定していた動物を全て巡《めぐ》ることが出来そうだ。

そろそろ次の場所へ向かうために園児たちに声をかけよう。そう思って力也《りきや》がベンチから立ち上がったタイミングだった。

「力也《りきや》先生ッ！」

かおるが慌《あわ》てた様子で向こうの方から走って来たのだ。

「どうしたんだ、かおる先生？」

かおるは髪《かみ》を振《ふ》り乱《みだ》して大きく息を切らせている。どう見てもただ事ではない様子だ。

「大変です！　マ、マリアちゃんが……、マリアちゃんがいなくなったんです！」

「っ!?　馬鹿《ばか》な……!?」

園児がいなくなる。絶対にあってはならない事態だ。そうはならないように、電車での移動中も、動物園内での移動中も、万全《ばんぜん》の体勢で挑《いど》んで来た。今日、遠足に連れて来ているのは、こぶたさん組の二十人。たった今も、園児たち全員を隈《くま》なく監視《かんし》していた。力也《りきや》が目を離《はな》すタイミングがあるとすれば、女子トイレの中くらいだ。女児たちがトイレに行く際はかおるが付《つ》き添《そ》っている。

そうだ、今、マリアはかおるがトイレに連れて行っていたはずだ。

「そ、それが、マリアちゃんがおトイレからなかなか出てこないので心配して覗《のぞ》いてみたら、いつの間にかいなくなっていたんです……。ああ、どうしよう……。私のせいで……」

「待て、反省は後だ。今は彼女《かのじょ》の身の安全を考えることが最優先だ」

「は、はい……」

力也《りきや》は優《やさ》しく肩《かた》を叩《たた》いてかおるを落ち着かせる。ここで二人ともパニックになったら負けだ。

それにしても、力也《りきや》よりもかおるの方がキャリアは上だ。園児の扱《あつか》いには力也《りきや》よりもよっぽど慣れているはずだ。そのかおるがミスをしたというのが力也《りきや》はどうにも腑《ふ》に落ちなかった。

「詳《くわ》しく状況《じょうきょう》を知りたい。君はマリアと一緒《いっしょ》にトイレの中にいた。そうだな?」

「はい。マリアちゃんが個室に入るのを確認《かくにん》してから、私も隣《となり》の個室を使ったんです。流す音も戸が開く音もしないからまだ中にいると思って、個室の外で待っていたんですけど、覗《のぞ》いてみたらいつの間にかいなくなっていて……。ああっ……。少しでも目を離《はな》してしまった私の責任です……っ!」

なるほど、そういうことか。

今のかおるの話だけで力也《りきや》は概《おおむ》ね理解することが出来た。

マリアの身に何が起こっているのか。

「かおる先生。君はここでみんなを見ていてくれ。俺《おれ》がすぐにマリアを見付けて来る」

「け、けど、やみくもに探して見付かるのでしょうか……？　まずは迷子センターに行くべきでは？」

「いや、大丈夫《だいじょうぶ》だ。10分以内には戻《もど》る」

力也《りきや》はかおるにその場を任せ、動物園内を走った。

どうやら抜《ぬ》き差《さ》しならぬ状況《じょうきょう》ということではなさそうだ。まず、マリアは動物園の外には出ていない。園児が一人で外に出て行くのを係員が見過ごすわけがない。そして、力也《りきや》の予測が正しければ、誰《だれ》かに連れ去られたというわけでもない。かおるの目が届かない一瞬《いっしゅん》の隙《すき》を突《つ》いてトイレから自ら抜《ぬ》け出《だ》したのだ。もしも知らない人に連れて行かれたのなら悲鳴を上げるか抵抗《ていこう》するだろうし、音一つ立てずに個室から抜《ぬ》け出《だ》せるわけがないからだ。

間違《まちが》いない。今、マリアは自分の足で行動している。

そしておそらく、なるべく人目に付かない場所に隠《かく》れている。

こういう不測の事態に備え、力也《りきや》は動物園内のマッピングを完全に頭の中にインプットしている。軍人時代からそうだ。現地入りする前に戦場の地形をあらかじめ把握《はあく》するのは戦いの基本なのだ。

「見付けたぞ」

だからこそ、人がほとんど立ち入らないエリアを知っていたし、すぐにターゲットを捕捉《ほそく》することが出来た。

マリアは一人で大きな木の後ろに隠《かく》れるように座《すわ》っていた。力也《りきや》が現れたことに気付くと、気まずそうにそっぽを向く。

叱《しか》り付けるか迷ったが、力也《りきや》はまずは優《やさ》しく声をかけることにした。

「みんなが心配する。さあ、早く戻《もど》るぞ」

しかし、マリアは首を横に振《ふ》る。膝《ひざ》を抱《かか》えたまま立ち上がろうとしない。

「……どうした？ さあ、一緒《いっしょ》に行こう」

差《さ》し伸《の》べられた力也《りきや》の手をマリアは力一杯《ちからいっぱい》振《ふ》り払《はら》った。

「お前じゃない……」

俯《うつむ》いていたのでさっきまでは分らなかったが、顔を上げたマリアは涙《なみだ》を浮《う》かべていた。

やがてその涙《なみだ》はガラス細工のような瞳《ひとみ》から頬《ほお》を伝う。

「お前じゃない……！ どうしてママじゃないの……!? どうしてママがわたしのことを迎《むか》えに来てくれないの……!? どうしてわたしにはママが迎《むか》えに来てくれないの……!?」

力也《りきや》は全てを理解していた。

だから、彼女《かのじょ》の言葉の意味も理解出来たし、彼女《かのじょ》の涙《なみだ》の理由も分かった。

マリアはわざと迷子になろうとしたのだ。

何故《なぜ》そんなことをしたのか。みんなを困らせるためか？　そうではない。

さっきパンダの檻《おり》の前でマリアは、母親に抱《だ》きしめられる小さな女の子を羨《うらや》ましそうに見つめていた。

あの小さな女の子のように迷子になれば、自分にも母親が迎《むか》えに来てくれると思ったのだ。

やはりまだ幼稚園《ようちえん》児。そういう幼い考え方をしてしまう。

絵本の世界のような都合のいいことは起こらないのに。

現実問題、マリアの母親がここに現れるはずがないのに。

「……君のママはここにはいない。戻《もど》ろう、みんなのところに」

マリアは何も言わない。力也《りきや》の目の前で涙《なみだ》を流し続けるだけだった。

言葉で訴《うった》えかけることならいくらでも出来るだろう。

けれど、どんなに飾《かざ》ろうとも、力也《りきや》の言葉がこの子の心に響《ひび》くとはとても思えなかった。

いつ振《ぶ》りだろうか。力也《りきや》は己《おのれ》の無力さを覚えさせられた。

※

力也《りきや》はマリアをみんなのところに連れ戻《もど》した。

マリアは泣き疲《つか》れた様子で抵抗《ていこう》もせず、力也《りきや》に抱《だ》っこされて強制連行されて行った。発覚後、すぐに対処出来たので、他の子たちにはマリアが勝手にいなくなったことを気付かれなかったし、余計な心配を掛《か》けさせることもなかった。

約束通り10分以内にマリアを見付けて来たので、かおるからは大きな信頼《しんらい》を得ることが出来たようだが、そのことは力也《りきや》への慰《なぐさ》めにはならなかった。

その後は、午前中の上機嫌《きげん》が嘘《うそ》のように、マリアが塞《ふさ》ぎ込《こ》んだ表情で動物園内を歩く姿があった。大好きなはずの動物たちを見てもほとんど無反応だった。


マリアを含《ふく》め、園児たち全員を無事家へと送り届けた力也《りきや》。今は自宅のアパートに向けて歩いていた。

力也《りきや》の表情は険しかった。比例するように足取りも重い。

一日中、マリアの泣き顔が頭から離《はな》れなかった。今日こそ彼女《かのじょ》の笑顔《えがお》を見るつもりでいたのに、これではまるで真逆ではないか。初めてマリアの泣き顔を見せられた。

「俺《おれ》は……。俺《おれ》はなんて無力なんだ……」

俯《うつむ》きトボトボと歩きながら、力也《りきや》は幼稚園《ようちえん》に来たばかりの頃《ころ》を思い出していた。目の前で泣いている男の子を目の当《ま》たりにし、自分一人の力ではどうにも出来ないと絶望した。あの時と同じ、そういう無力感で心が支配されていた。

母親だ。

マリアの心を救えるのは、母親の存在だけだ。

マリアは育ての親である園長のことが嫌《きら》いではない。むしろ、とても懐《なつ》いている。それでも彼女《かのじょ》は心の底では本当の母親を求めてしまっている。死んだと聞かされているはずの母親がいつか迎《むか》えに来てくれるのだと信じている。

そんな少女を救う術《すべ》があるのか。

あの園長ですらどうしていいのか答えを出せていないのだ。考えても、考えても、力也《りきや》には何も思い付かなかった。

気が付けばすっかりと陽が堕《お》ちていた。アパートの自室へと辿《たど》り着《つ》くと、力也《りきや》はへたり込《こ》むようにして、玄関《げんかん》に腰《こし》を落とす。

そのまま電気も点《つ》けず、真っ暗な部屋の中で、しばらく床《ゆか》を見つめ続けた。

そして、何日か振《ぶ》りに。

力也《りきや》は導かれるようにして、あの人に通信を入れていた。

「……暫《しばら》く振《ぶ》りだな、大佐《たいさ》」

モニカ・ケネシスは久しぶりにすぐに力也《りきや》からの通信を取った。お互《たが》い忙《いそが》しく、こちらから掛《か》けても繋《つな》がらず、向こうから掛《か》けて来たのを取り損ねて折り返しても繋《つな》がらず、なんて行《い》き違《ちが》いも何度かあった。

とはいえ、戦場にいた頃《ころ》とは違《ちが》う。繋《つな》がったところで話すのは世間話くらいなもの。

あるいは愚痴《ぐち》や悩《なや》み事の吐露《とろ》。

『どうした、力也《りきや》？　……何かあったようだな』

長い付き合いだ。モニカは力也《りきや》が何も言わずとも声色《こわいろ》だけで良くないことがあったのを察したようだった。

「ああ。久しぶりに園児を泣かせてしまったよ」

『そうか。まあ、上手《うま》くいかない時もあるだろうさ。誰《だれ》だって完璧《かんぺき》にはなれない』

モニカは励《はげ》ますように言った。【テンペスト】時代を思い出す。戦場では厳しい檄《げき》を飛ばしながらも、裏で彼女《かのじょ》は力也《りきや》の肉体だけでなく、疲弊《ひへい》した心にいつも気遣《きづか》ってくれていた。

「どうにも出来ない状況《じょうきょう》なんだ……。俺《おれ》一人の力では……。助けが欲《ほ》しい……」

『ほう。それほどに追《お》い詰《つ》められているのか。いつだったか、園児に振《ふ》り回《まわ》されて私に泣き付いて来て以来だな。だが、ならば白雪《しらゆき》園長や同僚《どうりょう》の先生を頼《たよ》ればいい。私の出る幕ではない。そこにはお前の新しい仲間たちがいるんだろ』

その通りだ。今の力也《りきや》には園長やかおるたちがいる。頼《たよ》れる仲間たちだ。何か園児のことで問題が起これば彼女《かのじょ》たちにアドバイスを聞くし、協力だって仰《あお》ぐ。モニカに言われずとも力也《りきや》はそうするようにしている。

しかし……。

「無理だ。今回ばかりはあんたの助けがいる。大佐《たいさ》、俺《おれ》はあんたの力を借りたいんだ」

『どういうことだ？　まさかまた私にお前の行動を指示させろと？　ああいうのはあれっきりだと言っただろ。それに、私は子守《こも》りのプロフェッショナルじゃないんだ。戦場ならばいざ知らず、私がお前の助けになどなれない』

「違《ちが》う、そうじゃない。あんたじゃなければ無理なんだ。マリアを——娘を救えるのは母親の、あんたしかいないんだよ」

暫《しばら》く沈黙《ちんもく》が訪《おとず》れる。

『……待て、そいつはどういう意味だ？』

「白雪《しらゆき》マリア。あの子はあんたの娘《むすめ》なんだろ」

『……誰《だれ》だそれは？』

「隠《かく》しても無駄《むだ》だぞ。一目見た瞬間《しゅんかん》から分かった。初めてあの子を見た時、思わず息を呑《の》んだよ。あの金の髪《かみ》。目鼻立ち。意志の強そうな表情。間違《まちが》いなくあれはあんたとアンドリューの娘《むすめ》だ。あんたがわざわざ俺《おれ》を七光幼稚園《ななひかりようちえん》に入れたのは、あそこに自分の娘《むすめ》がいたからなんだろ？　わざわざこの通信機を俺《おれ》に渡《わた》していたのも、娘《むすめ》の様子をいつでも俺《おれ》から聞き出せるようにするためなんだろ？　あんたは古くからの友人で信頼《しんらい》している園長《ボス》にあの子を預けているんだ。おそらく、秘密部隊の【テンペスト】の隊長として戦うあんたは、自分の側で娘《むすめ》を育てることが出来なかったから」

『ああ、ちょっと待って。お前が何の話をしているのかさっぱりだ。見当違《けんとうちが》いも甚《はなは》だしいぞ。

私に娘《むすめ》などいない。大体、あり得ないだろ。私が子どもを産めない身体《からだ》だということは、お前も知っているはずだ。……仮にそれが嘘《うそ》だったとしよう。私は【テンペスト】でお前と共にずっと戦っていた。いつ子どもを出産する機会などあった？』

「確かにあんたはいつも俺《おれ》と一緒《いっしょ》に戦って来た。前線にいる俺《おれ》や他の隊員たちに常に指令を飛ばしていた。だが、その間、誰《だれ》とも会わないこともあった。マリアが生まれたのは5年前。それはあの悪魔《あくま》の兵器【クリフハンガー】の破壊《はかい》作戦を行っていた時期と一致《いっち》する。あの頃《ころ》、俺《おれ》やアンドリューは数ヶ月以上、アメリカ本土の土を踏《ふ》まなかったし、あんたの声はほぼ毎日聞いていたが、面と向かうことが一度もなかった。そう、あの作戦中、俺《おれ》とアンドリューはあんたの姿を一度も見ていないんだよ」

『なるほど。それなら私が妊娠《にんしん》していても気付くことが出来なかった、と。辻褄《つじつま》は合うな』

「覚えているか？　あんたはあの日、アンドリューが帰った時のために、ご褒美《ほうび》を用意していると言っていた。そのご褒美《ほうび》っていうのは、サプライズで生まれたばかりの娘《むすめ》の顔をアンドリューに見せてやることだったんじゃないのか？」

モニカは大きなため息をついて力也《りきや》の言葉を止めた。

『……お前、令和のホームズでも目指しているのか？　なかなか素晴《すば》らしい推理じゃないか。しかし、残念ながらその推理は不正解だ。私とアンドリューの間に娘《むすめ》などいない。それが真実であり答えだ』

モニカは決して認めようとはしなかった。マリアは自分の娘《むすめ》などではない。他人の空似である。今話したことは全て力也《りきや》の妄想《もうそう》だと。

確かに明確な証拠《しょうこ》はない。力也《りきや》の思《おも》い込《こ》みの可能性は大いにある。

それでも力也《りきや》には確信があった。

二人の恩人《しんゆう》の面影《おもかげ》を持つあの子が、赤の他人だとは到底《とうてい》思えなかったのだ。

「……何故《なぜ》だ、大佐《たいさ》……。何故《なぜ》、認めてくれない……。あの子はあんたのことを待っているんだ……。あの子はあんたが迎《むか》えに来てくれることをずっと願っているんだ……！　自分の許《もと》にだけ母親が迎《むか》えに来てくれないことで、彼女《かのじょ》は塞《ふさ》ぎ込《こ》んでしまっているんだよ！　あの子の心を救えるのは母親のあんただけなんだ！　少しでいい！　一瞬《いっしゅん》でもいい！　マリアに会ってやってくれ！　頼《たの》む！　あの子を笑顔《えがお》にしてやってくれ！」

力也《りきや》が声を荒《あら》げるのに同調するかのようだった。

『いい加減にしろ……ッ！』

モニカもまた声を荒《あら》げた。

それは滅多《めった》にないことだった。こうも分かりやすくモニカが怒《いか》りを表に出すなんてことは。

だから、力也《りきや》は思わず口をつぐんでしまう。

『……何度も言わせるなよ。私に娘《むすめ》などいない。いいか？　お前はただ死んだアンドリューの面影《おもかげ》を追っているだけなんだ。あの日、アンドリューが死んだのは自分が見捨てたせいだという罪悪感を今でも抱《いだ》いているせいでな。だから、あいつの娘《むすめ》が——あいつの忘れ形見が目の前にいるのだと幻想《げんそう》を抱《いだ》いてしまっているんだよ。アンドリューの娘《むすめ》を救うことが出来ればあの日の贖罪《しょくざい》になる。お前は勝手にそう思《おも》い込《こ》んでいるんだ』

「…………っ！」

モニカの指摘《してき》によって、力也《りきや》の心は大きく動揺《どうよう》する。

果たしてそうなのか。モニカの言う通り、力也《りきや》は自分の都合のいい幻想《げんそう》を見ているのか。

そんなはずがない、とは言い切れなかった。

大切な人たちの娘《むすめ》が——モニカとアンドリューの娘《むすめ》がすぐ側にいる。自分の手の届く場所にいる。

そんな都合のいい展開があるだろうか。

それこそ絵本の世界のように都合が良すぎる。

もしかしたら自分はマリアという少女を利用しているのではないか。モニカの言うように、自分の心を救うために、彼女《かのじょ》が恩人の娘《むすめ》だと信《しん》じ込《こ》もうとしているのではないか。

彼女《かのじょ》を救えば自分の心も救われる。

そんなある種、邪《よこしま》な気持ちであの少女のことを見ているのではないか。

『私ではそのマリアという子に何もしてやることは出来ない。仮に私が母親のフリをして会ってやったところで、何の解決にもならないだろうな。その子の先生はお前だろ？　お前が自分で何とかしろ。私はもうお前の上官でも上司でもないんだ。ましてや子どものことを私なんかに頼《たよ》るな。――二度とな』

そこで通信は切られてしまった。

力也《りきや》はしばらく手の平の上で通信機を見つめた。今の様子だとかけ直してももうモニカは応答してはくれないだろう。

「くそっ……！」

力也《りきや》は日本に来てから片時も放さなかったそのモニカからの贈《おく》り物《もの》を地面に叩《たた》き付けた。

そして、部屋から飛び出した。

力也《りきや》は走った。街中をがむしゃらに走った。自分がどこにいるのか分からなくなるくらい走った。夜明けになるまで走った。

その間、力也《りきや》の頭の中では、走馬灯《そうまとう》のように人々の顔が浮《う》かんでいた。

モニカの。

アンドリューの。

マリアの顔が。

まだ見たことのないマリアの笑顔《えがお》だけは頭の中に浮《う》かぶことがなかった。

※

鷲尾《わしお》ひなたはパトカーの助手席にいた。同僚《どうりょう》の男性警官の運転するパトカーでパトロール中の身だ。

車に揺《ゆ》られながらぼんやりと考えるのは黒柳力也《くろやなぎりきや》のことだった。

かおるからはあの男は間違《まちが》いなく『白』だと報告された。部屋の中には怪《あや》しいものなど何一つなかったというのだ。

それでもひなたは納得《なっとく》していなかった。何とか尻尾《しっぽ》を摑《つか》めないだろうかと日々模索《もさく》している。

「──聞いてる？　鷲尾《わしお》くん？」

「え？　あっ、すみません！　……何の話でしたっけ？」

同僚《どうりょう》警官の言葉によってひなたは我に返る。

「ほら〜、例の報告のことだよ。近隣《きんりん》住民から結構上がってるんだよね。怪《あや》しい黒ずくめの男の情報」

ここ1週間、七光幼稚園《ななひかりようちえん》周辺で不審《ふしん》者の目撃《もくげき》情報が相次いでいる。黒柳力也《くろやなぎりきや》のことも気掛《きが》かりだが、今はそちらの方が重要だろう。その不審《ふしん》者が幼稚園《ようちえん》の中を覗《のぞ》いていたり、園児のことをジロジロと眺《なが》めていたりするのを目撃《もくげき》した人もいるそうだ。

「ただのロリコンだったらいいんだけどねえ〜」

「……いや、良くないでしょ」

同僚《どうりょう》警官の無神経な発言にひなたは棘《とげ》のある声で言う。

「ああ、ゴメン、ゴメン。ほら、アレだよ。もっとヤバイやつだったりしたら嫌《いや》だなってことだよ」

「ヤバイやつ、ですか？」

黒柳力也《くろやなぎりきや》のことを連想してしまうが、さすがにこれとは無関係だろう。昼間、あの男は幼《よう》稚園《ちえん》の中にいるし、不審者《ふしん》が目撃《もくげき》されているのは幼稚園《ようちえん》の外である。

「正確に言えば、ヤバイ〝やつら〟かな。……目撃《もくげき》されてるのってさ、どうも一人じゃないらしいんだよねえ」

「……集団ってことですか？」

「うん。何だか怖《こわ》いよねえ。……何も起こらなければいいんだけど」

同意見だった。

不安に思いながら、ひなたは車の窓から七光幼稚園《ななひかりようちえん》の方向を見つめる。

「――ターゲットを捕捉《ほそく》しました」

黒いサングラスに黒いスーツ姿。

その見るからに怪《あや》しげな黒ずくめの男は、コンクリートの建物の影《かげ》に隠《かく》れながら、携帯《けいたい》電話でどこかに連絡《れんらく》している。

「指示さえいただければ、いつでも始められますよ」

すぐ横にはもう一人、同じような格好の男がいた。彼《かれ》らは二人組だった。背の高い細身の男と、背の低い小太りの男。

さっきから小太りの男の方が周囲を警戒《けいかい》し、背の高い男の方が携帯《けいたい》電話の向こうの『雇《やと》い主《ぬし》』と会話をしている。

『分かっていると思うが、間違《まちが》っても殺すなよ。確実に生《い》け捕《ど》りにしろ』

背の高い男の携帯《けいたい》電話から聞こえて来る声は、機械で変えられた人工音声だった。

「了解《りょうかい》です。こちらもプロですからね。ヘマはしませんよ」

『ああ、くれぐれもしくじるなよ。高い金を払《はら》っているんだ』

「フフッ。ご安心を。簡単な仕事です。あんな小さなガキ一人を連れ去るなんてわけありませんよ」

黒ずくめの男は遠目で『ターゲット』の顔を見ながら、すぐ横にいる相棒に目配せし、ニヤニヤと笑う。

何て簡単で割のいい仕事だ。

そう思いながら。

『――いや、逆だな』

「はい？　逆とはどういう意味です？」

『ガキだからこそ難しいんだよ。ガキの方がいなくなった時、すぐに騒《さわ》ぎになる。ましてや幼《よう》稚園《ちえん》児ならば、確実に親の目があるし、一人で外を出歩くことがない。やるなら建物の中だ。親どもが確実に安全だと思《おも》い込《こ》んでいる場所でやるんだ』

「……安全だと思《おも》い込《こ》んでいる場所、ですか」

『ああ。たとえば幼稚園《ようちえん》の中とかな』

第三章　キンダーガーテン・アーミー

　それは昨年の冬休み。渡日《とにち》したばかりの力也《りきや》が七光幼稚園《ななひかりようちえん》で白雪《しらゆき》園長と初めて会った面接のことであった。

「……すみません、園長《ボス》。一つお話しておきたいことが」

　面接を終え、合格の通知を受けた後。園長室を退出する直前、力也《りきや》はそんなことを言い出した。

　園長の笑顔《えがお》を見ながら、あることを打ち明ける決心をしたからだ。

「採用いただいたことは感謝しております。やるからには自分の持てる力の全てをぶつける所存です。……ですが、やはり俺《おれ》にはこの仕事は務まらないと思うんです」

「なるほど。何か気にかかっていることがあるのですね。どうぞ、私で良ければ何でも話してみて下さい」

　園長は力也《りきや》を安心させるようにして優《やさ》しい笑顔《えがお》で言う。まるで園児に対するそれだった。彼女《かのじょ》の持つ温かさと懐《ふところ》の深さを感じることが出来た。

もしかしたらこの園長なら、力也《りきや》の血に汚《よご》れた過去を聞いても受け入れてくれるかもしれない。だが、部隊にいたことは絶対に秘密だ。【テンペスト】という組織のことは絶対に公《おおやけ》にしてはならない存在。下手をすれば園長が当局から命を狙《ねら》われる可能性すらあるのだ。【テンペスト】の上層部は冷酷《れいこく》だし、一般人《いっぱんじん》であろうとも平気で抹殺《まっさつ》する。だからこそ、園長の友人のモニカも自分の身分を園長にひた隠《かく》しにしている。

しかし、このことはどうやっても隠《かく》せないし、いずれ気付かれてしまう事実だ。偽《にせ》の経歴を作り上げても、警察のデータベースから消しても、隠《かく》すことなんて出来ない。だから力也《りきや》は、このことだけは先に打ち明けておかなければならないと思った。

――この欠陥《けっかん》についてだけは。

「俺《おれ》は、笑うことが、出来ないんです」

黒柳力也《くろやなぎりきや》という男は笑顔《えがお》を作れない。

笑顔《えがお》が下手とかそういう生半可なものではない。

いくらやろうと努めても、笑顔《えがお》を作ることが出来ないのだ。

ＰＴＳＤの一種だと医者には言われた。多くの戦場で多くの死を見て来たことで、力也《りきや》は心に異常をきたしていた。感情が死んでいるわけではない。ギリギリの戦いにスリルを感じることがあるし、戦闘《せんとう》に勝利した時の達成感もある。日常生活においても、何かを見て楽しいと思うこともあるし、何かを聞いておもしろおかしいと思うこともある。

心の中では間違《まちが》いなく笑っている。

だけど、その感情を表に出すことが出来ないのだ。

泣き顔も、怒《いか》り顔も、他の表情ならいくらでも出来る。それなのに、笑顔《えがお》だけは作ることが
どうしても出来ない。

笑顔《えがお》。それは人を殺す機械《マシーン》には必要のないものだった。治す必要のない病。だからずっとそのままにしてこれまで生きて来た。

しかし、【テンペスト】を辞《や》めた今は必要なものだ。殺戮《さつりく》マシーンを辞《や》めて『普通《ふつう》の人間』に戻《もど》ろうとしている今は。

力也《りきや》にはそのためのリハビリが必要だ。

何年かかるか分からない。明日急に笑えるようになるかもしれない。少なくとも、今は無理だ。たった今も、優《やさ》しい笑顔《えがお》の園長に対して、力也《りきや》は笑顔《えがお》を返すことが出来なかった。

戦争によるものであることは伏《ふ》せつつ、力也《りきや》はそのことを園長に打ち明けた。自分が心の病気で笑顔《えがお》を作れない人間であることを。

しばらく驚《おどろ》いた顔をしていた園長ではあったが、すぐにさっきまでと同様の温かい表情へと戻《もど》っていた。

「そうでしたか。辛《つら》いお話をさせてしまいましたね」

「いえ、いいんです」

「あなたの事情は分かりました。ですが、安心して下さい。それでも私はあなたを採用するつもりですから」

「何故《なぜ》ですか……？　笑顔《えがお》の作れない俺《おれ》なんかが、子どもの前に立ってもいいんですか？　こんな俺《おれ》に幼稚園《ようちえん》の教員をやる資格なんてあるんですか？」

園長は迷いなく頷《うなず》いた。

「ええ。もちろんですよ。たとえあなたが笑顔《えがお》になれなくても、子どもたちを笑顔《えがお》にすることは出来ますから。たとえあなたにどんな悲惨《ひさん》な過去があろうとも、子どもたちの未来を創ることは出来ますから」

全てを赦《ゆる》しましょう。

あなたの過去も含《ふく》めて全て。

園長は力也《りきや》が兵士であったことを知らない。大勢の人間の命を奪《うば》って来たことも知らない。

それでもそう彼女《かのじょ》から諭《さと》されたような気がした。

この瞬間《しゅんかん》、黒柳力也《くろやなぎりきや》はこの園長《ボス》の下で働くことを決めるのだった。

※

季節は6月の末。

力也《りきや》が七光幼稚園《ななひかりようちえん》に着任してから2ヶ月が過ぎた。力也《りきや》の周りでは何《なん》の変哲《へんてつ》もない日々が続いていた。

血を見る機会など、園児が転んで膝《ひざ》を擦《す》りむいた時くらい。戦いから遠ざかり、平和な日本へと渡《わた》り、七光幼稚園《ななひかりようちえん》で園児たちに囲まれる日々に対し、いつの頃《ころ》からか充実《じゅうじつ》感を覚えていた。

それでも引《ひ》っ掛《か》かりはあった。

白雪《しらゆき》マリアのことだ。

依然《いぜん》、彼女《かのじょ》は独りぼっちだ。園長以外の誰《だれ》ともかかわろうとしない。それどころか、動物園での一件以来、また登園拒否《きょひ》状態へと陥《おちい》っていた。幼稚園《ようちえん》に顔を出す方が稀《まれ》な状態へと逆戻《ぎゃくもど》りしてしまったのである。

園長は言っていた。時間が解決してくれるかもしれないと。そうかもしれない。少なくとも、今の力也《りきや》では何も出来なかったし、マリアが自らの意志で幼稚園《ようちえん》に来て、自らの意志でみんなと遊ぼうとするのを待ち続けることしか出来なかった。

だから、今は甘《あま》んじてこの何《なん》の変哲《へんてつ》もない日々を堪能《たんのう》していた。園児たちが起こす小さなトラブルに巻《ま》き込《こ》まれながらも、平和な時間を過ごしていた。

その日も力也《りきや》は、何《なん》の変哲《へんてつ》もない朝を迎《むか》えていたわけだが。

力也《りきや》にとって、不覚と言わざるを得ない出来事が起こってしまうのだった。

「すみませんね、先生。わざわざお越《こ》しいただかなくても迎《むか》えに行ったのに……」

「いいえ、大丈夫《だいじょうぶ》です。リョータくんの家は幼稚園《ようちえん》のすぐ近くですからね。自分が送り届けた方が早いと思いまして」

リョータくんの母親は深々と頭を下げて来る。背中でぐったりとしているリョータくんの身体《からだ》を力也《りきや》は母親の腕《うで》にそっと渡《わた》した。

今日、リョータくんは風邪《かぜ》気味なのに無理をして幼稚園《ようちえん》に来ていたのだ。お昼休みに熱を測ってみれば少し高かった。大事を取って家に帰らすことにした力也《りきや》は、一刻も早く母親の許《もと》に届けなければと思い、おんぶして彼《かれ》の家へとやって来た。

「本当にすみません。この子ったら、力也《りきや》先生に会いたいって言って聞かなくて、それで……。この子、先生のことが大好きなんですよ。家でもいつも先生のお話ばっかりするんですから」

「っ……!?　……そうなんですか」

リョータくんの寝顔《ねがお》を見ながら、力也《りきや》は胸が温かくなるのを感じた。

「正直言うと、最初は怖《こわ》い方だなって思ってたんです。けど、誤解でしたね。力也《りきや》先生はとっても素晴《すば》らしい先生なんですね」

リョータくんの母親はそう言って笑った。

「……いえ、自分などまだまだですよ。それでは、任務に戻《もど》らせていただきます」

力也《りきや》は回れ右し、幼稚園《ようちえん》に向けて小走りする。

やはり表情には出せなかったが、力也《りきや》の心は晴れやかだった。先生としてリョータくん親子の役に立つことが出来たと嬉《うれ》しく思った。

そうだ、全ては親切心のつもりだった。

昼休みの自由時間のほんの数分のことだ。幼稚園《ようちえん》にはかおるがいる。そもそもこの平和な日本で大事が起こることなどある訳がない。戦闘《せんとう》とは無縁《むえん》のこの場所では。

そう思《おも》い込《こ》んでしまっていた。

だがそれは、油断でしかなかったのだ。

「む……？」

戻《もど》って来《き》てみると、七光幼稚園《ななひかりようちえん》の門が開いていた。間違《まちが》いなく閉めて出て来たはずの門がだ。

胸騒《むなさわ》ぎを感じた力也《りきや》は駆《か》け込《こ》むようにして幼稚園《ようちえん》の中に入る。

「どうした？　何があったんだ？」

門を通ってすぐの園庭で、かおると何人かの園児たちが集まって騒然《そうぜん》としていた。

ただ事ではない様子なのは一目瞭然《いちもくりょうぜん》だった。

「あ、ああ……。力也《りきや》先生……。え、えりかちゃんが……。えりかちゃんが……」

「えりかがどうしたんだ？」

かおるは大きく取り乱している。なかなかその先の言葉が出てこないようだ。

「あのね、あのね。えりかちゃんがねー。お外に出ていったの」

代弁するかのように足元にいた一人の園児が言った。

今はお昼休みの時間だ。当然、まだ幼稚園《ようちえん》は終わっていない。それなのに、えりかが幼稚園《ようちえん》の外に出てしまったのだとこの園児は言うのだ。

あり得ない。あの子は誰《だれ》よりも真面目なリーダータイプだ。自ら周りの園児たちのお手本になろうと常に行動している。園内でもそうだし、この間の遠足の時だってそうだった。

そう、あの有栖川《ありすがわ》えりかが『幼稚園《ようちえん》の外に勝手に出る』などという最大級の御法度《ごはっと》を犯《おか》すなんてことはあり得ないのだ。

ならば、答えは一つ。

えりかが幼稚園《ようちえん》の外に出たのは自らの意志ではないということ。

「……まさか、誰《だれ》かに連れて行かれたのか？」

「うん、そう」

「さんぐらすかけたお兄さんにつれてかれたのー」

「おくるまにのっていったよ」

動物園でマリアがいなくなった時と同じように、力也《りきや》は大きく動揺《どうよう》する。

何てことだ。

誘拐《ゆうかい》だ。

えりかが白昼堂々、幼稚園《ようちえん》の中に侵入《しんにゅう》した何者かに連れ去られたのだ。

「わ、私のせいです……」

何とかといった様子で再びかおるが口を開いた。

「えりかちゃん、財閥《ざいばつ》のご令嬢《れいじょう》さんだからですよ……。だから、誘拐《ゆうかい》されて……。私のせいです……。私がいながらみすみす……」

「いや、俺《おれ》の責任だっ一瞬《いっしゅん》でも持ち場を離《はな》れてしまった俺《おれ》のな」

今日、こぶたさん組以外の園児たちは親子遠足に出ている。担任の先生たちに加え、白雪《しらゆき》園長も引率《いんそつ》でそれに付いているので幼稚園《ようちえん》から出払《ではら》っている。

つまり、現在、幼稚園《ようちえん》内にいる大人は力也《りきや》とかおるの二人だけなのだ。

園長たち不在のこのタイミング。偶然《ぐうぜん》ではなく、犯人は大人の目が少ない瞬間《しゅんかん》を狙《ねら》ったということなのだろう。

だとすれば、用意周到《しゅうとう》な誘拐《ゆうかい》犯だ。事前調査と入念な下調べの末の犯行である。

そして、つい先ほど、力也《りきや》がリョータくんを連れて幼稚園《ようちえん》の外に出た瞬間《しゅんかん》。

絶好のチャンスとばかりに計画を実行に移したのだ。

かおるによれば、園児たちが門のところで騒《さわ》いでいるので確かめに来てみたところ、既《すで》にえりかは連れ去られた後だったようだ。

おそらく犯人は塀《へい》をよじ登って園内に潜入《せんにゅう》。門を内側から開き、園庭にいたえりかを連れて堂々と門から外に出て行ったのだ。

犯行時、力也《りきや》が園内にいればすぐに侵入《しんにゅう》に気付き、犯人を取《と》り押《お》さえられていただろう。

何という不覚だ。

「かおる先生。君は警察に連絡《れんらく》を。園長《ボス》にも報告するんだ」

だが、悔《く》いていても仕方がない。動物園でマリアがいなくなった時とは状況《じようきよう》が全く違《ちが》う。えりかは自らの意志ではなく悪意ある何者かによって連れ去られたのだ。今回は完全なる事案である。

一刻を争う事態なのだ。

「今は呆《ほう》けている場合ではない！　園児の危機だぞ！　さあ、早く！」

「ッツ!?　わ、分かりました！」

我に返ったかおるは、仕事用の携帯《けいたい》電話をエプロンのポケットから取り出し、警察への通報を始める。

その間、力也《りきや》は他の園児たちの安否を確かめる。さっき家に帰らせたリョータくんを始め、欠席している子以外全員の無事を確認《かくにん》出来た。

みんな不安そうにしている。

その中で特に気になったのは獅子《れお》の様子だった。

「獅子《れお》……？」

獅子《れお》は泣いていた。

こういう時、一番に泣くタイプには思えないのだが、涙《なみだ》を流している。まさか幼稚園《ようちえん》に踏《ふ》み入って来た誘拐《ゆうかい》犯に何かされたのだろうか。いや、特に怪我《けが》はしていないようだ。

「ししょー……。ししょー……」

「どうしたんだ、獅子《れお》？」

「おれ、おれ……。たすけられなかったよ……。あいつのこと……」

「……まさか守ろうとしたのか？　えりかを」

獅子《れお》はパチンコ球とおもちゃのスリングショットを手に持っている。それでえりかを連れ去ろうとする誘拐犯《ゆうかい》に対抗《たいこう》しようとしたのだろう。

えりかとは反りが合わないと思っていた。それなのに獅子《れお》は悪者から身を呈《てい》してえりかを守ろうとしたのだ。

「だって、ししょー、いつも言ってたもん！　おれたちはチームだから守り合わなきゃいけないって！　……でも、おれ……。できなかったよ……。たすけてやれなかった……」

獅子《れお》はポロポロと涙《なみだ》を流し続けている。

「…………」

力也《りきや》は感動した。

目の前の教え子がその小さな身体《からだ》に大きな勇気を宿していたことを。友達のために涙《なみだ》を流していることを。

「……安心しろ。お前は立派な戦士だ。チームメイトのために戦えたんだからな。恥《は》じることなど一つもない。よく頑張《がんば》った。同じチームメイトとして、俺《おれ》はお前を誇《ほこ》りに思う」

力也《りきや》は獅子《れお》の頭を撫《な》でた。

「後は任せろ。——えりかは俺《おれ》が助ける」


その黒いワンボックスカーは、車通りの少ない道を悠々《ゆうゆう》と走っていた。窓に張られたスモークによって車外からは中の様子が窺《うかが》いしれない。

運転をするのは黒服の二人組の内、長身の男の方だった。

「なんなのよ、あなたたち！　えりかを連れてどこにいくのよ！」

後部座席にいるえりかが騒《さわ》ぎ立《た》てている。彼女《かのじょ》は結束バンドで両手を縛《しば》られ、身の自由を奪《うば》われている。

「おい、やかましいぞ！　そのガキを静かにさせろ！」

長身の男は助手席に座《すわ》る小太りの男に言った。

「はいはーい、お嬢《じょう》ちゃーん。ちょっと静かにちまちょうね〜」

小太りの男は、後部座席の方を振《ふ》り返《かえ》り「いないいないばあっ！」とやる。

「ふざけてないでせつめいしなさいよ！　あなたたち大人でしょ！　せつめいせきにんを果たしなさいよ！」

「……兄貴。本当にこの子で良かったんすか？」

小太りの男は、後部座席でふんぞり返る小さなえりかを見ながら、不安そうに長身の男に尋《たず》ねる。

「ああ。あの人からの指令だ。俺《おれ》たちは何も考えずに言われた通りに動けばいいんだ。そうすれば大金は俺《おれ》たちのものだからな」

長身の男はニヤリと笑いながらアクセルを踏《ふ》み込《こ》む。

「はいはい、お金めあてのえーりゆーかいね！　しょーもない、しょーもない！　はやくパパに電話しなさいよ！どうせみのしろきんが目的なんでしょ！」

男たちは何も言わない。むしろ二人ともが、こいつさっきから幼稚園児《ようちえんじ》のくせに難しい言葉を知っているな、とちょっぴり感心していた。

「ほらほら、さっさとかけないさいよ！　なんでパパに電話しないのよ！　あっ！　まさかうちの電話番号知らないの!?　だから電話しないのね！　もうーしょうがないわねー。えりかが教えてあげましょうか？」

「うるせえぞ！　何で率先《そっせん》して連絡先《れんらく》教えようとしてんだよ!?」

厄介《やっかい》なガキだ。恐怖《きょうふ》で泣き喚《わめ》かれる覚悟《かくご》はあったが、これは想定外である。この女の子、癖《くせ》が強すぎる。

「やべえっす！　兄貴、やべえっす！」

どうしたことか、イライラしながらハンドルを動かす長身の男の隣《となり》で、小太りの男がえりかの方を見ながら大声を上げている。

「ああ、もう、お前もうるせえんだよ！　静かにしろ！　運転に集中出来ねえだろうが！　俺《おれ》はペーパードライバーなんだよ！　集中しねえと事故るだろうが！　本当はお前が運転するはずだったのを俺《おれ》が代わってやってることを忘れるなよ！」

「だって、しょうがねえじゃないっすか！　さっき俺《おれ》、酒、飲んじゃったんすから！　飲酒運転は犯罪っすよ！」

「分かってるよ、バーカ！　だから、俺《おれ》が代わりに運転してやってんだろうが！　つーか、何で飲んじゃうかねえ！　もうすぐおっぱじめるから我慢《がまん》しろって俺《おれ》、言ったよねえ⁉」

「いや、そんなことよりっすよ、兄貴！」

「ああん⁉　誤魔化《ごまか》そうとしてんじゃねえぞ！」

「違《ちが》うんすよ！　何か変なのが後ろから近付いて来やす！」

「なにィ⁉　……おいおい、まさか、警察《サツ》じゃあねえだろうな」

通報があるのは想定している。連れて行くのを他の園児たちに見られたし、男の子の一人に邪魔《じゃま》もされた。門のところの監視《かんし》カメラに映像も残っているはずだ。しかし、この女児を連れ去ってからおよそ15分も経《た》っていない。こうも早く嗅《か》ぎ付けるほど日本の警察は優秀《ゆうしゅう》だったか。だとすれば、計画が破たんしてしまう。

長身の男は冷《ひ》や汗《あせ》を額に浮《う》かべながらバックミラーを確認《かくにん》する。小太りの男の言うように、急速にこちらに近付いて来る影《かげ》があった。

違《ちが》う。そもそもサイレンを鳴らしていない。追って来ているのはパトカーではない。いや、それどころか、車ですらなかった。

男だ。

男がとんでもない速さで近付いて来る。

その男は、筋肉質な腕《うで》を生やしたタンクトップの上に可愛《かわい》い絵柄《えがら》のエプロンという異様な出《い》で立《た》ちをしていて、怒《いか》りの形相《ぎょうそう》でこちらを睨《にら》んでいるではないか。

バイクで追って来ているのか。それも違《ちが》う。

男が乗っているのは、小さなスケートボードだった。


他の園児たちの安否を確認《かくにん》した力也《りきや》は、迅速《じんそく》に次の行動を起こしていた。

まず門に設置されている監視《かんし》カメラの映像を遡《さかのぼ》った。防犯装置とは名ばかりの品だ。犯罪抑《よく》止《し》の効果はあるが、常にリアルタイムで誰《だれ》かがカメラの映像を見ているわけではないし、実際に事件が起こった後でそれを確認《かくにん》することしか出来ない。こいつの力で犯罪を防ぐことなど出来ないのだ。やはりもっと本格的な防犯装置を設置するべきだった。前に職員会議で塀《へい》の上に電気の流れる有刺《ゆうし》鉄線《てっせん》の設営を提案したのを却《きゃっ》下《か》されたが、あの時もっと粘《ねば》るべきだったと力也《りきや》は後悔《こうかい》する。

しかし、監視《かんし》カメラが役には立った。時間は今から5分前。園庭にいたえりかが黒服の男に担《かつ》がれて無理やり連れて行かれるのも、門のすぐ横で待機していた車に押《お》し込《こ》まれるところも、えりかを乗せた車が走り去る場面も、カメラはバッチリ捉《とら》えていた。

ただ、犯人も馬鹿《ばか》ではないだろうし、監視《かんし》カメラに映ることは想定済みのはずだ。サングラスと帽子《ぼうし》で顔を隠《かく》していたし、おそらく使っているのは盗難《とうなん》車だ。車のナンバーも映っていたが、どうせ乗り捨てるので記録に残っても関係ないという判断であろう。

こうして園長たち不在の大人の少ない日を狙《ねら》って来たのだ。犯人が突発《とっぱつ》的でなく、計画取りに動いているのは間違《まちが》いない。映像を見た限り、えりかを連れ去る時の手際《てぎわ》もいいし、こういうことに慣れている人間の犯行だ。人攫《ひとさら》いのプロと考えていいだろう。

しかし、いくら相手がプロであろうとも、こればかりは想定出来ていなかっただろう。

この幼稚園《キンダーガーテン》に元最強の兵士《アーミー》が在籍《ざいせき》しているなんてことは。

力也《りきや》はカメラの映像からえりかを乗せた車が走り去った方向を確認《かくにん》し、瞬時《しゅんじ》に犯人の逃走《とうそう》経路を分析《ぶんせき》した。車が走って行った方向はしばらく一通の道。そこを抜《ぬ》けた後は、なるべく通行人や車通りの少ない道を移動しようとするはずだ。

警察への通報はしているが、この元最強の兵士は既《すで》に決意していた。

自らの手で大切な教え子を救い出すことを。

一刻を争う。早く追走しなければ追い付けなくなる。市外に出られれば、逃走《とうそう》ルートの予測が付かなくなる。しかし、移動手段はどうする。乗り物を取りに行く時間が惜《お》しい。

その時、力也《りきや》は園庭の中央に注目した。お片付けを疎《おろそ》かにした園児がいたようだ。一台のスケートボードが放置されていたのだ。園児用のものなので小さいが、大人でもギリギリ乗って移動の出来る代物《しろもの》。

——これしかない。

力也《りきや》は躊躇《ちゅうちょ》なくそのスケートボードに足を掛《か》けた。

「力也《りきや》先生……?」

警察への通報と園長への報告を終えたかおるが、こんな時に何をやっているんだという顔で見て来た。

「警察が来たら説明しておいてくれ。——行って来る」

「え……? り、力也《りきや》先生っ⁉」

小さなスケートボードに乗って幼稚園《ようちえん》の外へ走り出すと。

力也《りきや》は風になった。

そのまま猛《もう》スピードで道路を滑走《かっそう》する。

スケートボードのスピードの世界記録は時速100キロを優に超《こ》える。たとえ競技用のものでなくても、力也《りきや》の身体能力を以《もっ》てすればそれに近い数値を叩《たた》き出《だ》せた。誘拐《ゆうかい》犯は目立った動してているはずだ。

きを避《さ》けたいはずだ。白バイに止められないよう、法定速度は大幅《おおはば》に超《こ》えないスピードで逃走《とうそう》しているはずだ。

それなら十分に追い付ける。

力也《りきや》はまるでロケットのように車と車の間を高速で走《はし》り抜《ぬ》ける。車の通れない細い道も何のその。時にはガードレールを飛《と》び越《こ》える。あまりのスピードにすれ違《ちが》った通行人は、一陣《いちじん》の強い風が吹《ふ》いた、くらいにしか認識《にんしき》出来ていなかった。

そして、力也《りきや》は見付けた。

追い付いた。

犯人の車に。

間違《まちが》いない。前方を走るあれは、監視《かんし》カメラの映像に映っていた車種とナンバーだ。

力也《りきや》は足で思い切り地面を蹴《け》ってボードを加速。火花を散らせながらその車に横並びになる。

窓はスモークを張って隠《かく》しており、中の様子は見えなかった。

力也《りきや》はさらにスケートボードを加速させ、そのまま車を追《お》い越《こ》した。

そうやって走りながら車の正面に位置取り、振《ふ》り向《む》いてスモークの薄《うす》いフロントガラスから中の様子を窺《うかが》う。

運転席にいたのは、監視《かんし》カメラに映っていた黒服の長身の男だ。運転中だからだろうか、今はサングラスを外しており、力也《りきや》を見て驚愕《きょうがく》の表情をしている。隣《となり》の助手席には似たような恰好《かっこう》の小太りの男が座《すわ》っている。犯人の一味だろう。

力也《りきや》は目を凝《こ》らし、二人の男の間を見通し、後部座席の方に視線を送る。

えりかだ。

えりかがそこに座《すわ》っていた。

それを確認《かくにん》した瞬間《しゅんかん》、力也《りきや》は次の行動を起こした。


「何だこいつ⁉」

車内の黒ずくめの二人は、エプロン姿の屈強《くっきょう》な男の登場にたじろいでいた。驚《おどろ》くのも無理はない。その異様な見た目の男が小さなスケートボードで走行中の車と並走《へいそう》しているのだ。

後部座席のえりかも、黒ずくめの男たちと同様、目を白黒させて驚《おどろ》いていた。

「せんせーっ⁉」

「はあ⁉　先生だと⁉」

男たちはえりかの発言に耳を疑う。この厳《いか》つい男が幼稚園《ようちえん》の先生だと。しかも、幼稚園《ようちえん》の先生が何でスケートボードに乗って追いかけて来るんだよ。

いや、それはそうか。自分のとこの園児が連れ去られたとなっては必死で助けようとするか。

それはそうか、おかしな話ではないな。

いや、待て待て、おかしいだろ⁉　追い付けるわけがない。何であんなチンケなスケートボードで車のスピードに追い付けるんだよ。

「せんせーっ！　せんせーっ！」

えりかは窓越《ご》しに外にいる力也《りきや》に声をかけるが、スモークのせいで力也《りきや》は中にいるえりかに気付かない。走行中ということもあり声も車外には届いていないようだ。

どうしたことか、力也《りきや》はスケートボードを加速させて、車の前方へと向かっている。それを見てえりかは落胆《らくたん》する。自分に気付かずに力也《りきや》がこのまま行ってしまうと思ったからだ。

と、思いきや、力也《りきや》はえりかの乗る車の前でこちらを振《ふ》り返《かえ》った。

「兄貴！　やべぇっすって！　あいつ、めっちゃこっち睨《にら》んでますよ！」

車の前方に割《わ》り込《こ》んだ力也《りきや》は、スケートボードを走らせながら、首だけを後ろに向けて鋭《するど》い眼光を運転席の男たちへ放っている。

そのあまりの迫力《はくりょく》に男たちは恐怖《きょうふ》した。こいつ、完全に人殺しの眼《め》だ。力也《りきや》が有無《うむ》を言わさず首を掻《か》っ切《き》って来る姿を男たちは幻視《げんし》した。

「あ、兄貴！　轢《ひ》いちまいましょうぜ！」

「アホか！　恐《おそ》ろしいことを言うな！　ていうか、そんなことしたら事故るだろうが！　ペーパードライバーの俺《おれ》にそんなドライブ技術を要求するんじゃねえよ！」

「でも、このままじゃ、こっちが殺されますって！　あいつぜってぇやべえやつですもん！」

「落ち着け！　相手はどう見ても丸腰《まるごし》だ！　この状況《じょうきょう》でどうやってあいつが俺《おれ》たちを殺すって言うんだ⁉」

などと黒服たちが揉《も》めあっていると。

前方にいた力也《りきや》がスケートボードからジャンプした。

「うわあああああああああああああっ⁉」

後部座席にいるえりかの姿を確認《かくにん》した力也《りきや》は、すぐに次の行動を起こした。

スケートボードから車に向かって大きくジャンプ。空中で両腕《りょううで》をクロスさせ、そのまま犯人の車に飛《と》び込《こ》んだのだ。

安全だと思っていた聖域《しゃない》に、突然《とつぜん》、怪物《モンスター》が現れた。それも、簡単に寝首《ねくび》を掻《か》けるような位置にいきなり現れたものだから、助手席にいた小太りの男は、恐怖《きょうふ》のあまり泡《あわ》を噴《ふ》き出《だ》しそのまま気を失ってしまった。

力也《りきや》は意識を失った小太りの男の身体《からだ》を掻《か》き分《わ》け、隣《となり》の運転席の男に向き直る。

「今すぐ車を停車させろ」

「うわあああああああああああああああっ⁉」

運転席の男はパニックになっている。今、自分のすぐ真横に恐《おそ》ろしい形相の力也《りきや》がいるということ。さらに隣《となり》にいた相棒が力也《りきや》に何かされたと思《おも》い込《こ》んでいるのも原因のようだ。力也《りきや》の登場以来、車は激しく蛇行《だこう》している。このままではスピードに乗ったままどこかにぶつかってしまう。

仕方ないとばかりに、力也《りきや》は横から無理やり長身の男のハンドルを奪《うば》い去《さ》り、ブレーキを踏《ふ》み付《つ》ける。

そして、車を道沿いに停車させた。

フロントガラスの大穴から隙間風《すきまかぜ》が吹《ふ》き込《こ》んで来る以外、車に異常はない。運転席の長身の男はホッと胸を撫《な》で下《お》ろしている。

「ふぅー……。いや〜、あんたのお蔭《かげ》で助かっ——。いや、何なんだ！　何なんだお前はぁあ⁉」

運転席の男が武器を持っていないのを確認《かくにん》した力也《りきや》は、喚《わめ》き立《た》てるその男を無視してえりかのいる後部座席へと移動した。

「大丈夫《だいじょうぶ》か⁉　怪我《けが》はないか⁉」

えりかの身体《からだ》を隈《くま》なく観察する。乱暴された形跡《けいせき》はない。見た限り手を結束バンドで縛《しば》られているくらいだった。力也《りきや》はいつもエプロンのポケットに入れている小型のハサミを取り出してそれで外してあげた。

「えりかのこと、助けにきたの……？」

「ああ。そうだ」

力也《りきや》がそう言って頷《うなず》くと、えりかはいつものようにツンとした表情でそっぽを向く。

「ふ、ふーんだ。頼《たの》んでもないのによけーなことしないでよねー。せんせいがこなくても、どうせパパが助けてくれてたしー」

えりかはもう一度、力也《りきや》の方を見ると、ハッとした表情で指を差した。

指差す先を見てみると、力也《りきや》の腕《うで》に薄《うっす》らと切り傷があった。どうやら車に飛《と》び込《こ》んだ際に、割れた窓ガラスで切ってしまったようだ。

「けが……、したの？」

「こんなのかすり傷だ。俺《おれ》のことはいい。そんなことより、君が無事で何よりだ。大切な君に何かあったら俺《おれ》は……。本当に良かった……」

そう言って力也《りきや》は、えりかを抱《だ》きしめて優《やさ》しく頭を撫《な》でた。

「…………っっっ」

いつものえりかなら力也《りきや》のことを拒絶《きょぜつ》して突《つ》き飛《と》ばして来そうなものだが、何故《なぜ》か今は顔を赤くして身を許していた。

力也《りきや》はそのままえりかをお姫様抱《ひめさまだ》っこして車から出してやった。

「さあ、幼稚園《ようちえん》に戻《もど》ろう。みんなが心配している」

力也《りきや》の腕《うで》の中でえりかはボーっとした顔をしながら黙《だま》って頷《うなず》いている。

「っと、その前に。──待て。どこへ行く」

運転席にいた長身の男がそろりそろりと車から離《はな》れようとしているのに力也《りきや》は気付いていた。

力也《りきや》に声をかけられた途端《とたん》、長身の男は震《ふる》えながらその場で立ち止まる。

「あああああぁぁぁ！　た、助けて下さいぃぃぃ！　御慈悲《ごじひ》を！　どうか命だけは！　どうか命だけはお助けをぉぉ！」

何も言っていないのに男は両手を上げている。力也《りきや》が銃《じゅう》を構えているわけでもないのにホールドアップの姿勢だ。男の方も武器を持っていないのは確認《かくにん》したし、戦意の欠片《かけら》もないのでこちらに危害は加えて来ないだろう。

そう判断した力也《りきや》はえりかを地面に下ろし、男に近付いた。

「犯人はお前たちだけか？　仲間が別にいるんじゃないのか？」

助手席で伸《の》びたままの小太りの男を見ながら力也《りきや》が尋《たず》ねる。下調べや準備が入念だったし、大掛《おお》かりな犯行だ。犯人グループがこの二人だけではないと力也《りきや》は疑っていた。

長身の男は両手を上げたまま黙《だま》り込《こ》んでいる。

「いるな。沈黙《ちんもく》がその答えだ。いないのならいないとすぐに答えられる質問だ」

力也《りきや》は男に見せ付けるようにして手をバキバキと鳴らす。

「他の仲間はどこだ？　どうする？　答えないのなら拷問《ごうもん》でもされてみるか？」

戦いのエキスパートである力也《りきや》だが、捕虜《ほりょ》やスパイへの拷問《ごうもん》方法も熟知している。水責め、爪剝《つめは》ぎ、エトセトラ。今まで力也《りきや》の拷問《ごうもん》を受けて吐《は》かなかった人間は一人もいない。今、持っている道具はハサミだけだが、それだけを使ったものでも10パターンはすぐに思いついた。

「ま、待ってくれ！　仲間はいない！　クライアントだよ、クライアントがいるんだ！　俺《おれ》たちは頼《たの》まれてやっただけなんだよ！」

胸倉《むなぐら》を摑《つか》まれた長身の男は力也《りきや》の迫力《はくりょく》に圧《お》され、あっさりとゲロッた。こいつはヤバイ。下手に抵抗《ていこう》してはいけない。力也《りきや》がさきほどアクション映画さながらの芸当をやってのけたこともあり、この男はそう直感しているようだった。

「頼《たの》まれた？　誰《だれ》にだ？」

「知らねえよ！　匿名《とくめい》の依頼《いらい》だ！　誰《だれ》でもいいからあの幼稚園《ようちえん》の園児を連れて行けって頼《たの》まれたんだよ！」

力也《りきや》は今の発言に耳を疑う。

「……誰でもいい、だと？」

「そうだよ！　どっかで隠《かく》れて見てたんだろうな！　たまたま門の近くにいたその子でいいから連れ出せって電話で命令されたんだよ！」

つい今まで力也《りきや》は、財閥《ざいばつ》の令嬢《れいじょう》であるえりかを狙《ねら》った営利誘拐《ゆうかい》だとばかり思っていた。

しかし、大きな勘違《かんちが》いだった。

これは、あえてえりかを狙《ねら》った誘拐《ゆうかい》ではなかったのだ。

「何のためにそんなことをした？」

男が黙《だま》り込《こ》むと、力也《りきや》は胸倉《むなぐら》を摑《つか》んでいないもう片方の手をバキバキと鳴らす。

「マ、マジで知らねえんだって！　あの幼稚園《ようちえん》にいる子どもを誰《だれ》でもいいから適当に連れ回すだけでいいって言われたんだ！　前金だけでもとんでもない額だったんだよ！　別に身代金《みのしろきん》を要求するつもりもなかったし、怪我《けが》をさせたりもするつもりもなかった！　最悪、警察に捕《つか》まってもそれ以上の見返りが約束されてたんだ！　何でわざわざ俺《おれ》たちにこんなことをさせたのかは知らねえし、興味もねえ！　本当だって！　信じてくれよ！」

さっきから男は力也《りきや》への恐怖《きょうふ》心から汗《あせ》を滝《たき》のように流しガクガクと震《ふる》えている。力也《りきや》自身、別にこの男に何かするつもりはない。拷問《ごうもん》などと言ってはみたが、園児《えりか》の前だし恐《おそ》ろしいことをするつもりは端《はな》からなかった。

何にせよこの男たちは警察には突《つ》き出《だ》さなければならない。かおるが通報済みだし、この男たちの事後処理は警察に任せることにしよう。

それにしても。

えりかは救出出来たが、この犯人は雇《やと》われただけの者たちだった。しかも、あえてえりかを狙《ねら》った犯行ではなかった。男の様子からして嘘《うそ》はついていないだろう。

分かったことは、黒幕が別にいるということだけ。どこの誰《だれ》なのか、目的も不明。

一体、何が狙《ねら》いだったのだ。いくら考えても答えが全く見えて来ないので、せっかく大切な園児を救い出せたというのに力也《りきや》はモヤモヤした感情で支配されていた。

「――とうとう、本性《ほんしょう》を見せたようね」

その時だった。

力也《りきや》に誰《だれ》かが声をかけて来た。

声の方を振《ふ》り向《む》いてみると、そこに立っていたのは一人の制服姿の婦警だった。もう通報を聞いて駆《か》け付《つ》けたのだろうか。ちょうどいい。さっさと誘拐《こいつ》犯の身柄《みがら》を引《ひ》き渡《わた》そう。

「ん？　君は確か……」

力也《りきや》はその婦警に見覚えがあった。

そうだ、かおるの幼《おさな》馴染《じみ》の女性だ。

名前は確か、鷲尾《わしお》ひなただったか。

「動かないで！」

ひなたは拳銃《けんじゅう》を構えている。

その銃口《じゅうこう》は力也《りきや》に向けられていた。


やはり自分の直感は正しかったとひなたは確信していた。この男はいつか〝やらかす〟とは思っていたが、ついに行動に移したようだ。

ほんの数分前のことだ。ひなたが交通整備をしていると、高速でその横を突《つ》っ切《き》る物体があった。

動体視力には自信がある。目の錯覚《さっかく》ではない。

それはスケートボードの上に乗った黒柳《くろやなぎ》力也《りきや》だった。

何故《なぜ》、あの男がスケートボードで車道を走っているのか。幼稚園《ようちえん》の時間なのに仕事もせず何をやっているのか。色んな疑問はあったが、一番の問題は公道をあんなスピードで突《つ》っ走《ぱし》っては危険極《きわ》まりないということだった。

慌《あわ》ててひなたは停車させていたパトカーに乗《の》り込《こ》み、力也《りきや》を止めようと後を追った。

力也《りきや》を追って来てみれば、フロントガラスが破壊《はかい》された車が道路脇《わき》に停車していた。

そして驚《おどろ》くことに、その車のすぐ脇《わき》で力也《りきや》が男性の胸倉《むなぐら》を掴《つか》んで凄《すご》んでいたのだ。

「今すぐその人を解放しなさい！」

パトカーを降りたひなたは、力也《りきや》に向けて拳銃《けんじゅう》を構えた。今まさにこの男によって犯罪行為《こうい》が行われている。善良な市民が襲《おそ》われているのだ。

「……こいつを解放するだって？　悪いがそれは出来ない」

力也《りきや》はそう答えた。

「なんですって……？」

拳銃《けんじゅう》を向けられているというのに、ひなたの指示に従わないどころか、力也《りきや》は慌《あわ》てる素振《そぶ》りすら見せなかったのだ。

何なんだこの男は。あくまで威嚇《いかく》のためで発砲《はっぽう》する気なんてないが、銃《じゅう》の一つや二つなど意に介《かい》さないという態度ではないか。

やはり普通《ふつう》ではない。

「あ、あなたを逮捕《たいほ》します！」

ついにひなたは決断した。

これ以上この男を野放しには出来ない。間違《まちが》いなくこの男は危険人物だ。

手錠《てじょう》を取り出し、ひなたは力也《りきや》へと歩み寄る。

「やめなさいよ！」

ところが、ひなたの足元で小さな女の子の声が聞こえて来た。

七光幼稚園《ななひかりようちえん》の園児だった。黒いワゴンの陰《かげ》に隠《かく》れていて、今まで存在に気付けなかった。

どうしてここに幼稚園児《ようちえんじ》が。

まさか、この男、とうとう園児にまで危害を。

「あんたバッカじゃないの！　力也《りきや》せんせーはね！　えりかをそのゆーかいはんからたすけてくれたのよ！」

※

力也《りきや》がえりかと共に七光《ななひかり》幼稚園《ようちえん》に戻《もど》ると、かおるの通報を聞いてやって来たのだろう、多くの警察官たちが詰《つ》めかけていた。連絡《れんらく》を受けて自分の子どもを迎《むか》えに来た保護者の姿もある。えりかの家の使用人たちも集まっていた。有栖川《ありすがわ》家総動員で捜索《そうさく》隊を派遣《はけん》する打ち合わせもされる手前だったようだが、その必要はもうなくなっていた。えりかの姿を見て全員が安堵《あんど》の表情を浮《う》かべ、喜びの咆哮《ほうこう》を上げる者さえいた。

心配していた園児たちもえりかを囲んでその無事を祝福している。

「せんせいすごかったのよ！　ヒーローよ！　仮面セイバーみたいだったわ！」

えりかは夢中になって園児や周りの保護者、自分の使用人たちに力也《りきや》の活躍《かつやく》を語った。子どもたちに人気の特撮《とくさつ》ヒーロー、仮面セイバーにたとえてだ。

警察官たちはにわかには信じられないという様子だった。力也《りきや》と園児たちによるイタズラではないかと疑っていたが、後々、監視《かんし》カメラの映像や近隣《きんりん》住民の証言で全て事実だったのを知ることになるのだった。

力也《りきや》はえりかの使用人たちから是非《ぜひ》とも謝礼がしたいと詰《つ》め寄《よ》られ、園児たちも力也《りきや》の活躍《かつやく》を聞いて園内は大盛り上がりである。

今でこそヒーローの扱《あつか》いを受けている力也《りきや》だが、幼稚園《ここ》に無事戻《もど》って来《こ》られたのは、えりかが庇《かば》ってくれたお蔭《かげ》である。力也《りきや》はあわやひなたに逮捕《たいほ》されてしまうところだった。

ずっと力也《りきや》に対し、横柄《おうへい》な態度を取って来ていたえりかだが、今は一転している。ここに戻《もど》って来《く》る間、デレデレした顔でずっと力也《りきや》に抱《だ》き付《つ》いていた。これまでえりかは力也《りきや》がみんなの人気者であることが気に食わなかったようだが、誘拐《ゆうかい》犯から助けて貰《もら》ったことで、ようやく認めてくれたということなのだろうか。

「獅子《れお》くんも、ありがとね！」

「……なにが？」

獅子《れお》は浮《う》かない顔でえりかから顔を背《そむ》ける。

「えりかのこと、ゆーかいはんから守ろうとしてくれたでしょ？」

「はあ!?　別におめーのためじゃねーし！　わるものをやっつけようとしただけだし！」

そう言って獅子《れお》はえりかから逃《に》げるように走って行った。その顔は真っ赤であった。

こちらはこちらでなかなか素直《すなお》になれないようだ。幼稚園《ようちえん》児は幼稚園《ようちえん》児で、色々と複雑な思いを持っているようである。

それは大人と変わらないのかもしれない。

ひなたは幼い子どもたちの中心にいる力也《りきや》を複雑な心境で眺《なが》めていた。

「二人を幼稚園《ようちえん》まで送ってくれてありがとうね、ひなた」

そんなひなたに声をかけて来たのは、一通りの事情聴取《ちょうしゅ》を終えたかおるだった。ひなたのパトカーの中から力也《りきや》とえりかが顔を見せた時、彼女《かのじょ》は涙《なみだ》を浮《う》かべて喜んでいた。

「どうかしたの、ひなた？　ため息なんてついちゃって」

「……あの子にめちゃくちゃ怒《おこ》られたわ。力也《りきや》先生を逮捕《たいほ》しないでって」

えりかを見ながらひなたは言った。

「あの人はあの子を助けるために必死だったのね……」

誘拐《ゆうかい》犯に詰《つ》め寄《よ》る力也《りきや》の顔を思い出す。あの鬼気迫《ききせま》る表情を見てつい勘違《かんちが》いしてしまったが、あれは園児を攫《さら》った誘拐《ゆうかい》犯への怒《いか》りの表情だったのだ。

「力也《りきや》先生はいつだって全力だよ。園児のためならこういう無茶をしちゃう人なの。車に飛《と》び込《こ》んだり、幼稚園《ようちえん》の中にトラップを仕掛《しか》けようとしたり。どうかと思うことも多いけど、少なくともひなたが思うような悪い人なんかじゃないよ」

「……ええ、そうかもね」

身を呈《てい》して園児を誘拐《ゆうかい》犯から救い出したこと。

それは確かに素晴《すば》らしいことだ。それは否定することは出来ない。

しかしだ。

「……確かに黒柳《くろやなぎ》力也《りきや》は『いい人』なのかもしれない。でも、やっぱりあの人は何かを隠《かく》している。『普通《ふつう》の人』じゃないのは間違《まちが》いないんだから」

スケートボードで車に追い付き、窓から飛《と》び込《こ》んで救出するなど、普通《ふつう》の人間に出来るわけがない。並の身体能力では不可能だ。相当の訓練を積んだ人間である証拠《しょうこ》。

それに、あの時の表情。

拳銃《けんじゅう》を向けられても、力也《りきや》は表情一つ変えなかった。

まるで拳銃《それ》が見慣れたもののようであった。

「……うん。ひなたの言う通り、あの人には何か秘密があるんだと思うよ。何かをずっと隠《かく》している。ひなたよりも一緒《いっしょ》にいる私の方がそんなの分かってるよ」

かおるはまるで達観したような言い方だった。

「だったら、かおるは気にならないの？　あの人が何者なのか。過去にどこで何をしていたのか」

「気にはなるけど、別に知りたいとは思わないよ。過去なんてどうでもいいじゃない」

「……え？」

「大事なのは今だよ。黒柳力也《くろやなぎりきや》という人は、今はここの先生なの。七光幼稚園《ななひかりようちえん》のこぶたさん組の先生。それでいいんだよ」

「かおる……」

かおるは笑顔《えがお》の園児たちに囲まれる力也《りきや》を見ながら微笑《ほほえ》んでいた。

幼馴染《かおる》のその顔を見ていたら、何だかそれでいいような気もして来た。

えりかを攫《さら》った黒服の男たちは、ひなたが無線で呼んだ警察に連行されて行った。えりかは怪我《けが》一つなく無事に七光幼稚園《ななひかりようちえん》に戻《もど》って来《き》た。

力也《りきや》を除く皆《みな》が、これで一件落着だと思っている。財閥《ざいばつ》の令嬢《れいじょう》・有栖川《ありすがわ》えりかを狙《ねら》った営利誘拐《ゆうかい》。犯人たちは捕《つか》まったしこれで全て解決。そう思っているのだ。

だが、実際はそうではない。

実行犯の黒服の男たちはただ雇《やと》われただけの連中で、彼《かれ》らを裏で操《あやつ》っていた真犯人の目的は不明。単なる愉快《ゆかい》犯だったのか。あるいは、悪意を以《もっ》て七光幼稚園《ななひかりようちえん》自体に危害を加えようとしたのか。

これから取り調べが行われるが、おそらく警察では黒幕には辿《たど》り着《つ》けないだろう。黒服の男たちは指示がある際は一方的に非通知の連絡《れんらく》を受けるだけで、黒幕は完全に自分の痕跡《こんせき》を消しているようだった。

果たして黒幕の真の狙《ねら》いは何なのだ。真犯人の目的と正体を特定しなければ、また同じようなことが起こる可能性がある。また園児の誰《だれ》かに危害が加えられるかもしれない。

力也《りきや》はそう考えながら、改めて周囲の園児たちを見回す。

誘拐《ゆうかい》犯を追って出た時よりも、園内にいる園児の数は減っている。かおるから事件の連絡《れんらく》を受けてやって来た保護者に連れられて家に帰った子が既《すで》にいるからだ。

それらの子や、元々、病気等で欠席している子以外は、こぶたさん組全員が園庭に集まっているのが確認《かくにん》出来た。

少なくとも、この子たちは全員無事だ。

そう、今、ここにいる全員は無事だ——。

ふと力也《りきや》は。

大きな違和《いわ》感《かん》を抱《だ》いた。

「……まさ……か……」

そして、その違和《いわ》感《かん》の正体にすぐに気付けた。

「あっ！　園長先生っ！　力也《りきや》先生、園長先生が戻《もど》られましたよ！」

その時、年少組の親子遠足に同伴《どうはん》していた白雪《しらゆき》園長が幼稚園《ようちえん》に戻《もど》って来《き》た。かおるからの報告を聞いて予定を急遽《きゅうきょ》変更《へんこう》し、年少組の園児たちは保護者と共に現地解散。園長だけが慌《あわ》てて幼稚園《ようちえん》に戻《もど》って来《き》たのである。

「あらあら、力也《りきや》先生！　ご苦労様です。お話はもう伺《うかが》っていますよ」

力也《りきや》の姿を見た園長は、力也《りきや》に労《ねぎら》いの言葉をかけようと口を開くのだが、力也《りきや》はそれを遮《さえぎ》るようにして言った。

「園長《ボス》！　今すぐに自宅に戻《もど》って下さい！　あなたに確かめていただきたいことがあるんです！」

※

「――ターゲットは確保した。予定通り、今からそちらに向かう」

浅黒い肌《はだ》をした彫りの深い強面《こわもて》の男は車を運転しながら、耳にはワイヤレスのイヤホンを装着していて、ハンズフリーで誰《だれ》かと会話しているところだった。

「暫《しばら》くは感付かれない。周りの大人たちはフェイクのガキの方で手《て》一杯《いっぱい》だろう。――ああ、そうだ。ガキの面倒《めんどう》を見ているババアのいないタイミングを狙《ねら》ったからな。家にもガキがいないことに後々気付くだろう。――馬鹿《ばか》か。どうせあの女や上層部と通じているだろうし、殺せばすぐに足が着くだろうが。重要なのは少しでも発覚を遅《おく》らせることだ。大事なガキがいなくなったことをな」

車は高速に乗って市外を走り出す。

既《すで》に先ほどまでこの男がいた七光幼稚園《ななひかりようちえん》は遙《はる》か遠方だ。

「ああ。当然、やつらからの追跡《ついせき》の心配はない。予定通りの場所で合流するぞ。お前はヘリの準備をしておけ」

通信の相手と喋《しゃべ》りながらバックミラーで男は度々確認《たびたびかくにん》する。

後部座席にいる金髪《きんぱつ》の幼女が横になってぐったりとしているのを。

「こんな回りくどいやり方をしてお前は俺《おれ》が臆病者《おくびようもの》だと思うか？　念には念を、だよ。戦場じゃあ懸念《けねん》は持ち過ぎるくらいでいいんだ。じゃなきゃ死ぬぜ？　俺《おれ》もお前も。俺《おれ》たちが相手しようとしているのは、それくらいヤバイ連中の集まりなんだ。俺《おれ》はずっとあいつらといたんだ。よーく知っている。度が過ぎるくらい慎重《しんちよう》でいい。いや、慎重《しんちよう》こそがいい」

男のすぐ脇《わき》にはタブレット端末《たんまつ》が置いてある。

そのディスプレイには、七光幼稚園《ななひかりようちえん》の見取り図。それに、在籍《ざいせき》している園児や教職員の名《めい》簿《ぼ》などの資料が映し出されていた。

「特に今回は胸騒《むなさわ》ぎがしてな。よく似ているやつがいるんだよ。こんなところにいるわけがないのに、その人のことを思い出してしまった。——ああ。話したことがあるだろ。元同僚《もとどうりよう》だよ。俺《おれ》たちの憧《あこが》れだった。誰《だれ》しもがあの人を目指し、誰《だれ》しもがあの人を妬《ねた》みもした。持っていたのは力だけじゃない。あの人は神に愛されていたんだ。どんな苛酷《かこく》な任務も絶対にこなし、どんな戦場からでも絶対に帰還《きかん》してみせた。正に俺《おれ》たちの英雄《ヒーロー》だった」

その名簿《めいぼ》に書かれた名前。

『黒柳力也《くろやなぎりきや》』を見ながら、男は苦悶《くもん》の表情で呟《つぶや》いていた。

※

「マリアを見かけなかったか?」

その質問に誰《だれ》しもが首を横に振《ふ》った。その度に力也《りきや》は焦燥《しょうそう》感に駆《か》られた。

力也《りきや》が皆《みな》の集まる園庭で感じた違和感《いわかん》。

――マリアがどこにもいない。

その違和感《いわかん》の正体に気付いた力也《りきや》は、居ても立っても居られないという様子で幼稚園《ようちえん》中を見て回った。園児が隠《かく》れられそうな狭《せま》い場所も一つひとつ全部調べたし、屋根の上や床下《ゆかした》までありとあらゆる場所を確認《かくにん》した。

今日、間違《まちが》いなくマリアは幼稚園《ようちえん》にいた。今朝、園長と手を繋《つな》いでやって来ていたのを力也《りきや》は目撃《もくげき》している。年少組の親子遠足に同伴《どうはん》するため園長が幼稚園《ようちえん》の外に出掛《でか》けて行った後は、いつものように隠《かく》れるようにして誰《だれ》もいないお部屋で絵本を読んでいたのを確認《かくにん》したし、えりかを救うために力也《りきや》が幼稚園《ようちえん》から出発する前もそうしていた。

それなのにマリアが幼稚園《ようちえん》の中にいない。事件の知らせを聞いた保護者が連れ帰った子もいるが、マリアはそうではない。保護者である園長が迎《むか》えに来ることは出来なかった。

まさか、一人で家に帰ったのか。

幼稚園《ようちえん》から園長の自宅とは目と鼻の先だ。かおるによると、前にマリアが勝手に一人で幼稚《ようち》園《えん》から家に帰っていたことがあって騒《さわ》ぎになったことがあるらしい。園長がしっかりと言い付けてからは二度とそんなことはしなくなったそうだが。

園長に確認《かくにん》して貰《もら》ったが、マリアは園長の自宅にも戻《もど》っていなかった。

結局、えりか誘拐《ゆうかい》の騒《さわ》ぎがあってから、マリアの姿を見た人間は一人もいなかったのだ。

力也《りきや》は改めて監視《かんし》カメラの映像を洗いざらい調べた。えりかが連れ去られるシーンは映っていたが、それ以外の怪《あや》しい影《かげ》はどこにもなかった。マリアが一人だろうと、誰《だれ》かと一緒《いっしょ》だろうと、幼稚園《ようちえん》から出て行く姿はどこにも映っていなかったのである。

つまり、マリアは幼稚園《ようちえん》の中でいずこかへと忽然《こつぜん》と消えたのだ。

これでは神隠《かみかく》しだ。下手をすればそう片付けられる案件だ。

もちろん、そんな訳はないし、力也《りきや》には確信があった。

——この事件の黒幕の本当の目的はマリアだったのだ。

えりかの誘拐騒動《ゆうかいそうどう》は陽動に過ぎなかった。真犯人は確実にマリアを連れ去るためあの騒《さわ》ぎを黒服の男たちに起こさせた。彼《かれ》らは使い捨ての駒《こま》に過ぎなかったのである。マジックでよく使われるトリック。ミスリードだ。大袈裟《おおげさ》に事を起こして意識をそちらに向けさせ、その間に別のものを隠《かく》す。黒服の男たちが監視《かんし》カメラに映って痕跡《こんせき》を残したのは意図的なこと。逆に真犯人はカメラにも映らないどこからか園内に忍《しの》び込《こ》み、密《ひそ》かにマリアを攫《さら》って行ったのだ。

実際、その作戦は功を奏したようだ。前回の動物園の時や、えりかの誘拐《ゆうかい》とは違《ちが》い、何一つ手掛《てが》かりが存在しないのである。これでは力也《りきや》でも追跡《ついせき》は不可能だった。

力也《りきや》から失踪《しっそう》の事実を告げられた園長は、すぐに警察にマリアの捜索願《そうさく》を出した。

こんな園長の姿は初めて見た。いつも笑顔《えがお》を絶やさず何事にも動じないはずの園長が、初めて力也《りきや》の目の前でうろたえていたのだ。

——あの子の身に何かあれば、あの子のママに顔向けが出来ない。

園長は笑顔《えがお》をなくし、そう吐露《とろ》していた。

ついさっきあんな事件が起こったところだ。これ以上、園児たちに精神的負担を与《あた》えたくないと、今日のところはマリアがいなくなったことは力也《りきや》たち先生だけがあずかり知ることとなった。えりかの誘拐《ゆうかい》事件の影響《えいきょう》もあって、幼稚園《ようちえん》はいつもより早く終わらせ、園児たちは全員家へと帰らせた。教職員一同も早めの解散となった。

夕暮れのガランとした園内。

いつもなら最後まで教室に残っているあの子の姿が今日はなかった。

力也《りきや》はアパートの自室へと戻《もど》っていた。

その頃《ころ》にはすっかり日が堕《お》ちていた。昼間から何も飲み食いしていないが、そんなことはこれっぽちも気にはならなかった。気になるのはマリアの安否だけだった。さっきまで当てもなく街中を走り回ったが、当然、何の手掛《てが》かりもないので見付けることは出来なかった。

彼女《かのじょ》は無事なのか。きっとどこかで恐怖《きょうふ》と戦っているはずだ。小さな身体《からだ》を震《ふる》わせているはずだ。いや、そんなことすら出来ないもっと差《さ》し迫《せま》った状況《じょうきょう》かもしれない。

一刻も早くマリアを救わなければ。

大切な園児を魔《ま》の手から救わなければ。

しかし、どうやって？

手掛《てが》かりがどこにある？

力也《りきや》は自室の真ん中で立《た》ち尽《つ》くす。

「…………」

やがて力也《りきや》は険しい表情をしながら、部屋の隅《すみ》っこに放置していたそれを拾い上げた。

いつも御守《おまも》りのようにして身に付けていた、それ。

この間、やり切れない思いからつい部屋の床《ゆか》に投げ捨ててしまっていた、それ。

力也《りきや》はそれを使って。

モニカ・ケネシスに再び通信を入れた。

前のことがあったので出てくれないのではという不安があったが、モニカはすぐに力也《りきや》からの通信に応えた。現在、通信機は通話状態となっている。

ホッとするのも束《つか》の間《ま》、力也《りきや》は開口一番に言った。

「白雪《しらゆき》マリアが攫《さら》われた」

対して、モニカは無言だった。

「犯人の目的も、正体も不明。別の誘拐《ゆうかい》事件を起こし、騒《さわ》ぎを起こした犯人は、誰《だれ》にも気付かれずに七光幼稚園《ななひかりようちえん》からマリアを連れ去った。あまりに用意周到《しゅうとう》だ。犯人は確実にマリアを連れ去る必要があったんだ。誰《だれ》にも見られずに確実に……。痕跡《こんせき》を何一つ残さずに……。彼女《かのじょ》がどこに連れ去られたのか、誰《だれ》が何のために連れ去ったのか、手掛《てが》かりが欲《ほ》しい」

やはり反応はない。

それでもモニカなら何か知っていると、力也《りきや》は確信めいたものを持っていたので続ける。

「マリアは普通《ふつう》の女の子だ。財閥《ざいばつ》の令嬢《れいじょう》であるえりかなら、身代金狙《みのしろきんねら》いの誘拐《ゆうかい》の対象にもなり得る。ところが、そのえりかはオトリに過ぎなかった。つまり、犯人の狙《ねら》いは金ではない。金でないのなら、他にマリアが狙《ねら》われる理由があるとすれば何だ？　おそらく、親が関係しているだろう。ならば、園長《ボス》を狙《ねら》った怨恨《えんこん》だろうか？　だが、彼女《かのじょ》には実子がいるし、孫もいる。それなのにわざわざ養子であるマリアを狙《ねら》ったというのはどこか腑《ふ》に落ちない。だとすれば、狙《ねら》いはマリアの実の親だと推測が出来る」

『ああ、そうだな』

通信機の向こうでモニカがようやく声を上げた。

『犯人の狙《ねら》いは、マリアの実の母親である私だろうな』

力也《りきや》は思わず驚《おどろ》いた顔を作った。

「……つまり、認めるというわけか。マリアが自分の娘《むすめ》であることを」

『ああ。もはや隠《かく》す必要もなくなったからな。お前が思っている通り、あの子は私とアンドリューの娘《むすめ》だ』

やはり力也《りきや》は間違《まちが》っていなかった。

あの子はアンドリューの忘れ形見。

あの日、散ってしまった戦友《とも》がこの世に遺《のこ》していた命。

しかし、いまは感涙《かんるい》にむせんでいる場合ではない。色々と確認《かくにん》しなければならないことがある。マリアがモニカの実の娘《むすめ》だとして、疑問点が多すぎる。

それに答えるようにして、モニカが語り始める。

『医者からは私が子どもを宿したのは奇跡《きせき》だと言われたよ。12年前、前線で戦っていた私は戦場で被爆《ひばく》し、身体《からだ》の中身をボロボロにされた。現代の整形医術を以《もっ》てすれば、外面に見える身体《からだ》の傷を消すことは出来たが、女性としての機能を取《と》り戻《もど》すことは絶望的だと診断《しんだん》されていた。しかし、5年前、奇跡《きせき》が起きた。私はアンドリューとの間に命を授《さず》かったのだ。おそらくもう二度とこんな機会はないだろう。私はアンドリューと相談し、部隊には内密に子どもを出産することにした。そして生まれたのがあの子――マリアだ』

力也《りきや》の見立て通り、5年前のあの作戦中、モニカのお腹は密かに大きくなっていた。妊婦《にんぷ》でありながら、前線の力也《りきや》たちに隊長として作戦指示やサポートを行い続けた。そして力也《りきや》や他の隊員たちに気付かれないどこかのタイミングでマリアを出産していたのだ。

『ほぼ、お前の推理通りだ。【テンペスト】で戦う私の手では、娘《むすめ》を育てることが出来なかったし、あの子の存在は絶対に隠《かく》し通さなければならなかった。だから、軍とは全く無関係な誰《だれ》かに預けて育てて貰《もら》う必要があった。そんな私の願いをママ——いや、白雪《しらゆき》園長が聞き入れてくれた。軍や【テンペスト】のことは秘密にしているが、あの人は私が訳ありの人間であることは理解してくれている。もちろん、何度も会いに来るように叱《しか》られはしたがな。けれど、それはどうしても出来ないと断り続けた。日本に会いに行ってしまえば、私に娘《むすめ》がいることが誰《だれ》かに気付かれる恐《おそ》れがあったから』

「……待て。どうしてそこまでして娘《むすめ》の存在を隠《かく》さなければならない？　確かにあんたは秘密部隊の人間だが、家族を持つこと自体は禁じられてはいない。現に、部隊内でアンドリューと結婚《けっこん》していた。それに、さっき隠《かく》す必要がなくなったと言ったな。それはどういう意味だ？　どうして今になって急に本当のことを言う気になったんだ？」

『ターゲットが餌《えさ》に食い付いたからだ』

ターゲット。

餌《えさ》。

予期せぬ単語の登場に力也《りきや》は困惑《こんわく》する。

『あの子は──白雪《しらゆき》マリアは、ターゲットを釣《つ》るための餌《えさ》なのだ。覚えているだろ？　3年前、巨大《きょだい》な犯罪組織を我々【テンペスト】が倒《たお》した。【道化師《クラウン》】と呼ばれるあの組織は、本来ならもっと早期に壊滅《かいめつ》出来ているはずだった』

今は亡《な》き【道化師《クラウン》】という組織は、国境なき犯罪集団だった。武器や法外な薬を世界中にバラ撒《ま》き、テロリストたちに支援《しえん》をし、多額の利益を巻き上げていた。彼《かれ》らは【テンペスト】と同じく、秘密裏《り》に立ち回っており、詳《くわ》しい実態は長い間、謎《なぞ》とされていた。

3年前、そんな【道化師《クラウン》】を壊滅《かいめつ》すべく行われたアジトへの突入《とつにゅう》作戦。その作戦には力也《りきや》も参加していた。長い時間を掛《か》けた調査の末に、ようやく見付けられたアジト。突入《とつにゅう》は成功し、リーダーを捕縛《ほばく》することも出来たのだが──。

『何故《なぜ》、リーダーの潜伏《せんぷく》先の特定にあそこまでの時間を要したか。その答えは、我々の動きがやつらに筒抜《つつぬ》けになっていたからだ。そのせいで何年もやつらとイタチごっこを演じるハメになったのだ。上層部と共に、私は一つの答えに行き着いた。【テンペスト】の中に【道化師《クラウン》】と通じている者がいると』

「……【テンペスト】の中に裏切り者がいたというのか？」

『そうだ。何者かが【テンペスト】内部から【道化師《クラウン》】に情報を送っていたのだ。【道化師《クラウン》】が潰《つぶ》された今も、その裏切り者は何食わぬ顔で【テンペスト】の兵士として活動している。容疑者は数名まで絞《しぼ》り込《こ》めていたが、物的証拠《しょうこ》がなかった。──そこで、私と上層部は罠《わな》を張ることにしたのだ』

「罠《わな》……だと……？」

『お前も知っての通り【テンペスト】の人間は素性《すじょう》を隠《かく》しているものがほとんどだ。たとえ、仲間同士でもな。過去の職歴。学歴。所属していた団体。家族構成。現住所。信じる宗教。病歴。アレルギー。現在投与《とうよ》している薬。──それを、あえて容疑者たちに流したのだ。【テンペスト】の司令官である、私自身の秘密を、な』

「……娘《むすめ》がいるという秘密を、か」

『察しがいいな。そういうことだ。私と上層部は、裏切り者が私の家族を狙《ねら》うだろうと考えた。そして思惑《おもわく》通り、まんまと食い付いた人間がいた。つい3日前だ。【テンペスト】の人間の中で、秘密裏《り》に日本に向かった者が、一人だけいた。ザカリー・トンプソン。お前も知っているはずだ。アフガンでの決死作戦でも行動を共にしていたのだからな』

かつて力也《りきや》が【テンペスト】で『リカルド・フランクリン』として活動していた時の戦友。

ザカリー・トンプソンは南米出身で腕利《うでき》きの兵士だった。図体《ずうたい》の割に慎重《しんちょう》で臆病《おくびょう》な節があったが、格闘《かくとう》術や銃火器《じゅうかき》の扱《あつか》いは間違《まちが》いないものだったし、技術だけでいえば力也《りきや》にも引けを取らない優秀《ゆうしゅう》な戦士だった。本人は「英雄《えいゆう》のあんたには及《およ》ばない」などと謙遜《けんそん》していたが、この男にならば背中を任せられると、当時、力也《りきや》が思わされる場面もあった。

大事な戦友の一人だった。

「つまり、あのトンプソンが裏切り者で、マリアを攫《さら》ったと？」

『そうだ。全ては計画通りなのだ。５年がかりの作戦だった。あえて娘《むすめ》という弱味を作り、これをいつでも利用出来るように準備していた。こうして裏切り者を釣《つ》り上げるまで、娘《むすめ》の存在は誰《だれ》にも知られるわけにはいかなかったんだ。ターゲットが食い付くまで、日本の七光幼稚園《ななひかりようちえん》に隠《かく》し続ける必要があった。隠《かく》せば隠《かく》すほど、発覚した時、大事な存在だとターゲットに思わせられる。そう、白雪《しらゆき》マリアは裏切り者のトンプソンを釣《つ》るために熟成させた餌《えさ》だったということだ』

モニカは娘《むすめ》の名前を呼んではいるが、それはまるで物の名前を呼ぶかのように無機質なものだった。

「……じゃあ、こういうことか。マリアをトンプソンに攫《さら》わせたのは、母親であるあんた自身だった、と」

『そういうことになるな。実際に攫《さら》わせなければ、裏切り者だという明確な証拠《しょうこ》にはならないからな。これでようやくやつを逮捕《たいほ》出来る』

モニカは何の悪びれる様子もなく淡々《たんたん》と言い放った。

「こいつはあんたの考えた作戦か？　娘《むすめ》を危険に晒《さら》すことが」

『もちろんだ。勝利のためには最善を尽《つ》くすのが【テンペスト】総司令としての役目だ。隠《かく》し子《ご》を利用するのも作戦の内だよ』

やはりモニカはさも当然のように淡々《たんたん》と答える。

「……今の俺《おれ》はもう兵士ではない。兵士の俺《おれ》ならあんたのこの作戦を支持していただろう。だが、今の俺《おれ》はこう言う。あんたは最低な人間だと」

力也《りきや》がモニカを貶《けな》す言葉を口にしたのは、これが初めてのことだった。

モニカが戦場で夫を――アンドリューを見捨てる選択《せんたく》を躊躇《ちゅうちょ》なく取った時も、力也《りきや》はそうはしなかった。何があっても、彼女《かのじょ》のことを支持し、持ち上げる言葉しかかけたことはなかった。

力也《りきや》からの罵倒《ばとう》に対し、モニカは特に何の反応もしなかった。

「それで、トンプソンはマリアを攫《さら》ってどうするつもりなんだ。あんたの『弱味』を握《にぎ》って何をしようっていうんだ」

『やつの狙《ねら》いは【道化師《クラウン》】のリーダーの解放だ。マリアはそのための人質《ひとじち》だ』

リーダーが逮捕《たいほ》されたことで【道化師《クラウン》】という組織は壊滅《かいめつ》した。リーダーは終身刑を受け今もアメリカの獄中《ごくちゅう》にいる。

しかし、その残党たちは、今も【道化師《クラウン》】再建のために密《ひそ》かに活動を続けているという。ザカリー・トンプソンは、マリアの身柄《みがら》と交換《こうかん》でリーダーの解放を迫《せま》ろうとしているのだ。それによって【道化師《クラウン》】の再建を謀《はか》ろうというのだろう。

『もちろん、そんな交換《こうかん》には応じない。【道化師《クラウン》】のリーダーを解放することは、たとえどんな司法取引が行われようともあり得ない』

「なら、マリアはどうなる？」

『裏切り者の捕縛《ほばく》が優先される。娘《むすめ》の保護は可能であれば、だ』

「あんたはそれを受け入れているのか？」

『ああ。それが任務成功に繋《つな》がるのならばな』

モニカは相変わらず他人事《ひとごと》のように言う。その態度に対し、さっきから力也《りきや》は青筋を立てているが、何とかギリギリのところで気を静める。

『トンプソンの後を追うようにして、既《すで》に日本へ【テンペスト】の隊員を数名送らせている。トンプソンの日本での潜伏《せんぷく》先も掌握《しょうあく》済みだ。指示を出せばすぐにでもトンプソンへの攻撃《こうげき》を行える。私の隠《かく》し子《ご》を攫《さら》ったという明確な証拠《しょうこ》を突《つ》き付けてな』

「なるほど。それで、あんた自身はいつも通り安全な場所で、身の危険を冒《おか》すこともなく、その命令を下すってわけか」

『ああ。私はアメリカ本国から一歩も出ることなく、世界中にいる【テンペスト】の兵隊を動かすことが出来る。そういう立場にある』

かつての力也《りきや》もそうだった。司令官のモニカから下される命令は絶対だった。あらゆる国・地域に赴《おもむ》き、あらゆる任務を確実にこなして来た。どんな理不尽《りふじん》な命令であろうとも歯向かったことは一度もない。

そう。

兵士の時ならば。

「そうか。なら、今回は初めてあんたの邪魔《じゃま》をすることになるな」

『……なに？』

「今の俺《おれ》にとっては【テンペスト】がどうとか、裏切り者が誰《だれ》だとか、全く興味がない。そもそも、あんたが一番よく知っているだろ？　あんた自身が与《あた》えた身分なんだからな。今の俺《おれ》は七光幼稚園《ななひかりようちえん》の教員だ。【テンペスト】の兵士ではない。俺《おれ》はマリアの担任として、俺《おれ》個人の意志で彼女《かのじょ》を救い出すつもりだ」

『……許すと思うのか？　娘《むすめ》の命よりも裏切り者を捕《と》らえることが優先される。勝手な真似《まね》をしてトンプソンにこちらの動きを摑《つか》まれ、逃《に》げられてしまうことが最もあってはならないことなのだ。おそらくトンプソンは、これから【道化師《クラウン》】の残党の者と接触《せっしょく》するだろう。それまでは、やつを泳がせなくてはならない。最悪、その場面さえ抑《おさ》えられれば、娘《むすめ》の身はどうなっても構わない』

「目的を達成するためならば罪のない一般人《いっぱんじん》を巻《ま》き添《ぞ》えにしても構わないと、あんたはそう言うのか？　……ましてやあんたは、他の誰《だれ》でもない、自分の娘《むすめ》を犠牲《ぎせい》にしようと言うのか？」

『ああ、そうだ。私は軍人だ。何よりも任務の成功を優先する。たとえ家族の命を犠牲《ぎせい》にしようがな。だから、実の娘《むすめ》も利用するよ。〝あれ〟はそのための娘《むすめ》だ』

モニカは【テンペスト】の司令官として、【道化師《クラウン》】の残党たちの要求に応じるわけにはいかない。軍人としては娘《むすめ》を見捨てなければならない。

アンドリューを見捨てたあの時のように。

「……じゃあ、あんたは、この作戦に利用するためだけに娘《むすめ》を生んだっていうのか？　そこに愛はなかったのか？」

『そうだ』

「本当か？　娘《むすめ》のことはどうだっていいのか？　殺されたって構わないのか？」

『ああ、構わない。私は何よりも任務を優先する冷酷《れいこく》な兵士だ』

力也《りきや》はイラつきながら頭を掻《か》き毟《むし》る。

何とか抑《おさ》えようとしていたが、段々と辛抱堪《しんぼうたま》らなくなっていた。

モニカの『嘘《うそ》』に対して。

「……ほう。何よりも任務を優先するねえ。だったら何で俺《おれ》は今こうして生きている？」

『………なんだと？』

「俺《おれ》は本来なら【テンペスト】の上層部に殺されているはずだった。何も知らずにこの世から消されているはずだった。だが、あんたはやつらの命令に反し、俺《おれ》を守った。俺《おれ》が死んだことにし、新しい身分を用意してくれた。だから俺《おれ》はこうして生きているんだ。新しい人生を送れているんだ」

モニカ・ケネシスは軍人だ。勝利のため、作戦成功のため、表情も変えずに平気で対象を抹《まっ》殺《さつ》するような人間だ。

しかし、根っ子の部分は情のある女《ひと》なのだ。情を優先し、力也《りきや》を救うために上層部の命令に反してしまうような女《ひと》。

そんな人間が実の娘《むすめ》のことをどうでもいいと思っているわけがない。

力也《りきや》からの指摘《してき》に対し、モニカは黙《だま》り込《こ》む。当然、通信機の向こうの表情は窺《うかが》い知れない。

「なあ、大佐《たいさ》。俺《おれ》が何年あんたと一緒《いっしょ》に戦って来たと思っているんだ。こんなのはあんたの作戦じゃない。どうせ非情な上層部どもが考えた作戦だろう。さっきあんたは『あえて娘《むすめ》という弱味を作った』と言ったな？　そんなはずがない。自分で言っていただろ。『子どもを宿したのは奇跡《きせき》だった』と。あんたとアンドリューが部隊に秘密で子どもを生んだのは、上層部から隠《かく》すためだったんだ。万が一にでも、上層部に子どもの存在を利用されないためだ。だが、結局、上層部はマリアの存在を知り、今回の作戦に利用してしまった。マリアの身を盾《たて》に取られたあんたは、上層部の命令に従うしかなかった。……違《ちが》うか？」

表情は分からない。肯定《こうてい》も否定も返って来ない。

だが、彼女《かのじょ》がほんの少し息を呑《の》む音が聞こえた。

「答えてくれ、大佐《たいさ》。わざわざ俺《おれ》を七光幼稚園《ななひかりようちえん》に寄こしたのも、今、全てを語ってみせたのも、本当は俺《おれ》にマリアを救って欲《ほ》しいからじゃないのか？　上層部やテロ組織の陰謀《いんぼう》とは無関係な幼い命を、愛するアンドリューの遺《のこ》した大切な命を、この俺《おれ》に救って欲《ほ》しいからなんじゃないのか？　……どうなんだ？　……答えろよ」

『……私は……』

初めてモニカの動揺《どうよう》する声が聞こえて来た。

力也《りきや》は何もかも察していた。モニカの秘めた思いを。モニカが力也《りきや》のことを深く理解しているように、力也《りきや》もモニカのことを深く理解しているからだ。

「大佐《たいさ》。前に俺《おれ》に、俺《おれ》がアンドリューの幻影《げんえい》を追っていると言っていたな？　それはあんた自身のことじゃないのか？　アンドリューを見殺しにしたことをあんたは今もずっと悔《く》いているんだ。あの時は自分の気持ちを殺して任務のために夫を見捨てたくせに、娘《むすめ》を助けるというのは死んだアンドリューに申し訳が立たないと思っているんだ。だから、あの時のように『氷の女王』を演じようとしているんだ」

5年前の【クリフハンガー】破壊《はかい》作戦。アンドリューが犠牲《ぎせい》になったあの日。作戦成功のため、モニカがあっさりと夫であるアンドリューを見捨てたことを非難する者もいた。モニカのことを『氷の女王』と呼ぶ者ような者もいた。

「……だが、そうじゃない。あの場にいた俺《おれ》が一番よく知っている。あんたはただ冷酷《れいこく》に任務を優先したわけじゃない。……あの人を愛していた。愛していたからこそ、あの人の『願い』を優先したんだ」

あの作戦の日、力也《りきや》とアンドリューは敵の基地の中で複数の兵士に囲まれた。僅《わず》かな兵装で二人だけでの迎撃《げいげき》を余儀《よぎ》なくされた。

その時、アンドリューは咄嗟《とっさ》に力也《りきや》を敵の銃弾《じゅうだん》から庇《かば》った。力也《りきや》が頼《たの》んだわけではない。モニカが命令したわけではない。それはアンドリュー自身の判断だった。この作戦に必要なのは自分ではなく力也《りきや》だ。だから、力也《りきや》を生き残らせるために自分の身を差し出した。銃弾《じゅうだん》による傷で息を荒《あら》げながら、彼《かれ》はそう語っていた。

作戦成功のために命を投げ出すこと。それは軍人としての誇《ほこ》りだった。

夫のその誇《ほこ》りをモニカも尊重した。

結果、モニカは力也《りきや》に命じた。

アンドリューを置いて先に進めと。

「あんたは『氷の女王』なんかじゃない。5年前、あんたはアンドリューの『願い』を叶《かな》えた。ただそれだけなんだ」

力也《りきや》の記憶《きおく》には鮮明《せんめい》にあの日の光景が残っている。

今度は自分が戦友《とも》の『願い』を叶《かな》える番だ――。

※

前方には、たった今、力也《りきや》が迎撃《げいげき》した敵兵の亡骸《なきがら》が並んでいる。

基地内にはまだ何人もの警備の兵が残っている。早くこの場所を離《はな》れなければ増援《ぞうえん》が押《お》し寄《よ》せてくるだろう。

「…………」

後ろを振《ふ》り返《かえ》る。

力也《りきや》のすぐ傍《かたわ》らで、自ら流した血に染められたアンドリューが壁《かべ》にもたれ掛《か》かっている。目は虚《うつ》ろで呼吸も浅い。いつ絶命してもおかしくない状態だ。

だが、このまま彼《かれ》の最期《さいご》を見送ることを、力也《りきや》には許されない。

行かねばならないのだ。【クリフハンガー】を破壊《はかい》しなければ。

任務のために。世界のために。

走り出す直前だった。

最後に力也《りきや》はそれを目撃《もくげき》していた。

もはやアンドリューは言葉を発することも出来なかった。だから、それしか方法がなかった。

それしか意思を伝える方法がなかった。

それは血で書かれたメッセージだった。

力也《りきや》に宛《あ》てた最後の『願い』だった。

『――俺《おれ》たちの子どもを守ってくれ』

※

「――俺《おれ》はマリアを守る。戦友《とも》の大切な子どもを。大切な教え子を。たとえそれが国の不利益になろうとも、巨大《きょだい》な組織や国家を敵に回そうともな」

通信機の向こうのモニカに力也《りきや》は断固として言い放った。

アンドリューは自らの意志で戦いに挑《いど》んでいた。常に死を覚悟《かくご》して戦っていた。しかし、マリアは何も知らない無垢《むく》な女の子だ。その命を利用することが許されるはずがない。たとえそれが軍上層部や大統領の命令であろうとも。

今の力也《りきや》はそう考える。

七光幼稚園《ななひかりようちえん》で沢山《たくさん》の子どもたちの笑顔《えがお》を見て来た現在《いま》の力也《りきや》はそう考える。

「……あんたはどうなんだ、大佐《たいさ》。あんた自身の気持ちを教えて欲《ほ》しい。【テンペスト】の隊長ではない。あんた自身の――モニカ・ケネシスの気持ちを」

『私自身の……気持ち……？』

「そうだ……。俺《おれ》にどうして欲《ほ》しいんだよ……？　……言ってくれ、大佐《たいさ》……！　あんたの本当の気持ちを！　あんたは俺《おれ》に娘《むすめ》をどうして欲《ほ》しいんだよ!?」

力也《りきや》は熱く叫《さけ》んだ。

「言ってくれ！　モニカ・ケネシスッ！　あんた自身の『願い』をッ！」

見えない氷を解かすかのように。

すると。

『助けて……くれ……』

通信機の向こうのモニカは言った。

さっきまでの彼女《かのじょ》とは違《ちが》う。

他人事《ひとごと》でも、無関心でもない。

取《と》り繕《つくろ》った見《み》せ掛《か》けの言葉でもない。

『助けてくれ……。マリアを……。頼《たの》む、私とアンドリューの大切な娘《むすめ》を……』

聞こえて来るのは、震《ふる》える声だった。


『マリアを助けてくれッッッ！』


涙《なみだ》ながらの訴《うった》えだった。

心からの言葉だった。

もしも、笑顔《えがお》を作れたなら、今、力也《りきや》は間違《まちが》いなく笑っていただろう。

「分かりました、お母さん、い、い――」

力也《りきや》は部屋の押《お》し入《い》れの前に立った。

襖《ふすま》を開けると、大量のプリプリプリティ☆プリンセスのグッズが目に飛《と》び込《こ》んで来る。並べられたフィギュアをズラしていくと、小さな窪《くぼ》みが出て来た。それを押《お》し込《こ》みスライドさせると、押《お》し入《い》れの奥《おく》に小さな空間が現れる。

その中から力也《りきや》が取り出したのは。

拳銃《けんじゅう》とホルスターだった。

「――お子さんは責任を以《もっ》て自分が迎《むか》えに行きます」

力也《りきや》はそれを腰《こし》に装着しながら、通信機に向かって言った。

『力也《りきや》……？　行ってくれるのか……？』

「もちろん、行くなと言われても行くつもりだ。しかし、勘違《かんちが》いするなよ。あんたや上層部どもの兵士として行くんじゃない。幼稚園《ようちえん》の先生としてだ。マリアの担任として、俺《おれ》は彼女《かのじょ》を救うんだ。あんたはサポートを頼《たの》む。隊長ではなく、あの子の母親としてな」

『…………ッ！』

「トンプソンの潜伏《せんぷく》先を掌握《しょうあく》していると言っていたな。場所を教えろ」

『……分かった！　ならば、上層部に感付かれる前にマリアを救い出してくれ！　タイムリミットは夜明けまでだ！　それまでにトンプソンへの攻撃《こうげき》を行う段取りとなっている！　私が勝手な行動を取っていることが感付かれれば、上層部自ら【テンペスト】の兵たちに攻撃《こうげき》を命じるだろう！　そうなれば、マリアの身の保証はない！』

「それだけ時間があれば十分だ」

『足はあるのか⁉』

「ああ。大丈夫《だいじょうぶ》だ。俺《おれ》が『車』を取りに行く間にあんたは最短のルートを導き出してくれ」

『了解《りょうかい》した！』

約半年振《ぶ》りに、力也《りきや》とモニカがチームを組んで作戦を行う。

だが、誰《だれ》からの命令でもない。他に仲間はいない。

『保護者』と『先生』だ。

一人の園児を救うためのたった二人の作戦だ。


かおるはショックを受けていた。

えりかが誘拐《ゆうかい》犯から助けられたというのに、今度はマリアがいなくなってしまったのだ。

そのことは何よりもショックだが、かおるは今日、マリアが幼稚園《ようちえん》に来ているのを自分が知らなかったこともショックだった。いつものようにお休みなのだと思《おも》い込《こ》んでしまっていたのだ。そのせいでマリアがいなくなったことが発覚するのも遅《おそ》くなってしまった。

それに比べて力也《りきや》はマリアが幼稚園《ようちえん》に来ていることをきちんと把握《はあく》していたし、いち早くマリアの失踪《しっそう》にも気付いた。自分よりもよっぽど園児のことを見ているではないか。先輩《せんぱい》として恥《は》ずかしかったし、マリアに対して申し訳ない気持ちで一杯《ぱい》だった。

幼稚園《ようちえん》を出た後、ひなたに励《はげ》まされながら、一緒《いっしょ》に街中を探し回った。だが、マリアを見付けることは出来なかった。

暗くなり、ひなたから「今日のところは帰ろう」と説得され、かおるは自宅のアパートの方へと戻《もど》って来《き》た。

——マリアちゃん。どうか、無事でいて。

力ない足取りでアパートの前に辿《たど》り着《つ》く。

「……え？」

その時だった。

目の前のアパートから男が飛び出して来た。

「力也《りきや》先生⁉」

外灯で照らされたその顔は、かおるの見知った顔だった。

「すまない、急ぎの用事なんだ」

力也《りきや》は差《さ》し迫《せま》った様子だ。こんな時間からどこに出掛《でか》けようというのだろう。

「ちょっと園児を迎《むか》えに行って来る——」

「はい⁉」

呼び止める暇《ひま》もなく、そのまま力也《りきや》は夜の街を物凄《ものすご》い速さで走って行った。

※

月夜の空の下。打ち捨てられた廃屋《はいおく》。

埃《ほこり》を被《かぶ》った広々とした室内に巨漢《きょかん》が立っていた。

彼《かれ》の名は、ザカリー・トンプソン。

秘密部隊【テンペスト】に属する現役《げんえき》の隊員だが、犯罪組織【道化師《クラウン》】と裏で繋《つな》がっていた裏切り者。彼《かれ》が【テンペスト】の内部情報を横流しすることによって【道化師《クラウン》】のリーダーは長らく逮捕《たいほ》から逃《のが》れて来た過去がある。

そんなトンプソンの腕《うで》の中で、小さなマリアが眠《ねむ》っている。彼女《かのじょ》は、えりか誘拐騒動《ゆうかいそうどう》の折に、密《ひそ》かに侵入《しんにゅう》していたトンプソンに七光幼稚園《ななひかりようちえん》内で捕獲《ほかく》された後、薬品で眠《ねむ》らされたのだ。

マリアを抱《かか》えるトンプソンの目の前には、パイロットスーツを着た黒人の男がいた。

「……準備は出来たのか？」

「ああ。いつでも飛べるぜ、トンプソンの旦那《だんな》」

トンプソンはこれから国外に逃《に》げる算段なのだ。パイロットスーツの男は【道化師《クラウン》】の残党の者。闇夜《やみよ》に乗じ、トンプソンは彼《かれ》の操縦するヘリで隠《かく》し港へと移動。そこから海を渡《わた》る。

トンプソンは、まるで人形を扱《あつか》うようにして小さなマリアの身体《からだ》をパイロットスーツの男に手渡《てわた》した。子どもの扱《あつか》いに慣れていないのか、煩《わずら》わしそうにパイロットスーツの男は、マリアを小脇に抱えている。

「フッ……。これで我々【道化師《クラウン》】の再興にも光が見えたってところか」

パイロットスーツの男は、意識のないマリアの襟首《えりくび》を摑《つか》みながらニヤリと笑うのだが、それを見ているトンプソンはどこか浮《う》かない顔をしている。

こうして自分の立てた計略が首尾《しゅび》よく行っているというのにだ。

――何かが足りない。

いや、物足りないのだ。味の薄《うす》いスープを飲んだ時のような物足りなさだ。

トンプソンはそう考えていた。【テンペスト】でいつも命を削《けず》りながら戦って来たが、その時に感じていたのは、ある種の充実《じゅうじつ》感だった。達成感があった。だが、今回、それがない。

何一つ障害と言えるものが現れなかった。

こんなものは『戦い』ではない。

至極《しごく》、つまらない。

そんなトンプソンの気持ちに応えるかのようだった。

「……ん?」

タイヤが地面を削《けず》る音がこちらに接近しているのが聞こえて来た。

まさか、と思ったその時には。

「な――」

けたたましい音と振動《しんどう》と共に。

見知らぬ大型の車両が壁《かべ》を突《つ》き破《やぶ》って現れた。

「な、なんだあああああああ⁉」

パイロットスーツの男が叫《さけ》ぶ中、トンプソンは冷静に状況《じょうきょう》を飲《の》み込《こ》もうとする。

どこの部隊の装甲《そうこう》車両だろうか。見たことのない車種だ。独特のデザインをしている。車体はヤケにカラフルで、先端《せんたん》部分に猫《ねこ》の耳を思わせるでっぱりがある。

見覚えのある日本語が書かれているのも確認《かくにん》出来た。

それは『七光幼稚園《ななひかりようちえん》』という文字だった。

トンプソンは目を見開いて驚《おどろ》く。

その車の中から現れたのは。

『黒柳力也《くろやなぎりきや》』だった。


モニカからの情報《サポート》を受けて、力也《りきや》はトンプソンの潜伏先《アジト》に到着《とうちゃく》した。力也《りきや》の自宅からの直線距離《きょり》は約200キロ。10年以上前に所持していた企業《きぎょう》が潰《つぶ》れてそのまま放置されている工場跡《あと》。まるで隠《かく》されるように山奥《やまおく》に建てられたそれに辿《たど》り着《つ》くには、ろくに整備されていない道路を抜《ぬ》ける必要があった。

移動《あし》は、いつも運転している幼稚園《ようちえん》バスを使った。

一見、長距離《ちょうきょり》の高速移動には適さない見た目の幼稚園《ようちえん》バスだが、こいつは普通《ふつう》とは違《ちが》う。かおるには却下《きゃっか》された幼稚園《ようちえん》バスの改造だが、園長に相談したところ「力也《りきや》先生が必要と思うなら」といつものニコニコ顔で快諾《かいだく》して貰《もら》っていたのだ。

外見は以前と変わらないが、幼稚園《ようちえん》バスはほとんど別物へと生まれ変わっていた。窓は全て防弾《ぼうだん》ガラスに張《は》り替《か》え、タイヤや中身のパーツは全て買《か》い替《か》えた。山道も悪路もなんのその。道中、整備されていない法外な道も走《はし》り抜《ぬ》け、最短ルートでこの目的地へとあっという間に辿《たど》り着《つ》けた。

ちなみに費用は全て自腹だ。軍人時代に稼《かせ》いだ金が腐《くさ》るほど残っているし、園児たちのためなら全く惜《お》しくはなかった。ゴールデンウイークの長期休暇《きゅうか》を利用し、他の先生や園児たちにも気付かれないままやってみせた。

やはりいざという時のために準備しておいて正解だったようだ。こうして早速《さっそく》、園児のために役に立ったのだから。たとえ銃弾《じゅうだん》の飛《と》び交《か》う場所でも、たとえ地雷《じらい》原の中であろうとも、園児のピンチとあれば即座《そくざ》に駆《か》け付けられる。

そう、こうやって建物の壁《かべ》を突《つ》き破《やぶ》って登場することなど朝飯前だ。

力也《りきや》は廃屋《はいおく》の壁《かべ》に突《つ》き刺《さ》さった状態の幼稚園《ようちえん》バスから降り、瓦礫《がれき》を掻《か》き分《わ》けながら前進する。

「トンプソンの旦那《だんな》！　誰《だれ》なんだあいつは⁉　追跡《ついせき》の心配はなかったんじゃないのか⁉」

潜伏先《せんぷく》の廃《はい》工場にいた二人の男。

一人は力也《りきや》も知っている男。変わらないその顔にいっそ親近感さえ覚える。

やつがトンプソンだ。

【テンペスト】を裏切った男。

その隣《となり》には見知らぬパイロットスーツの黒人男性が立っていた。

その男の手の中にマリアがいた。

マリアは男にまるで荷物を扱うかのように片手で持ち上げられている。今はただ眠《ねむ》っているだけのようだ。見る限り怪我《けが》はしていないし、無事のようだ。

「おい！　聞いているのか、トンプソンの旦那《だんな》ぁ!?」

横でパイロットスーツの男がさっきから怒鳴《どな》っているが、トンプソンは黙《だま》って力也《りきや》の顔を見て呆然《ぼうぜん》としている。

「まさか……。あり得ない……。そんなことがあるはずが……」

「臆病者《おくびょうもの》のザカリー・トンプソンが大それたことをしたもんだな」

腰《こし》のホルスターから取り出した拳銃《けんじゅう》を構えた力也《りきや》は、久しぶりに見る戦友を見ながら呟《つぶや》いた。

その瞬間《しゅんかん》、トンプソンの表情が変わる。

「リカルドなのか……？　本当にあんたなのか……!?　馬鹿《ばか》な！　あり得ない！　あんたは死んだはずだッ！」

トンプソンは叫《さけ》んだ。

リカルド・フランクリン。かつての力也《りきや》は死亡した——ということになっている。モニカが一計を案じ、偽《にせ》の遺体を用意した葬式《そうしき》を盛大《せいだい》に行い、モニカ以外の隊員たちは力也《りきや》が死んだと思《おも》い込《こ》んでいる。そう、このマリアを餌《えさ》にする作戦を立てた上層部の連中も、さらには大統領さえも欺《あざむ》いてみせたのだ。

英雄《えいゆう》・リカルド・フランクリンは既《すで》に死んでいる。昨年のクリスマスの日に殉職《じゅんしょく》している。それが公《おおやけ》の情報であり、誰《だれ》しもがそうだと思っている。

それなのに、力也《りきや》が——リカルドが目の前にいる。トンプソンはマリアが通う七光幼稚園《ななひかりようちえん》に付いて事前に調べていた際、教職員として在籍《ざいせき》する力也《りきや》のことを他人の空似だとしか思っていなかった。

もし本人なのだとすれば、トンプソンにとっては幽霊《ゆうれい》が現れたのと一緒《いっしょ》なのだから。

「ククッ……。ハハハハハハッ！」

ところがトンプソンはというと、死んだはずの力也《りきや》の登場に対して恐怖《きょうふ》におののくのではなく、逆に笑い出していた。

「そういうことか！　ああ、そうだよなあ⁉　あんたが簡単に死ぬわけないもんな！　すげえよ！　裏切り者の俺《おれ》を殺すために、死んだ振《ふ》りをしてこれまでずっと隠《かく》れてたってわけだ！　やっぱあんたはすげえよ！　間違《まちが》いなく俺《おれ》の憧《あこが》れた英雄《えいゆう》だ！」

拳銃《けんじゅう》を構え、ゆっくりと自分に歩み寄って来る力也《りきや》を見ながら、トンプソンは楽しそうに言った。

「ど、どういうことだよ、トンプソンの旦那《だんな》!?　説明しろ！　何が起こっているんだ!?」

「ククッ……。見れば分かるだろ？　【テンペスト】だよ。もう嗅《か》ぎ付《つ》けやがったんだ。いや、端《はな》からこういう筋書きだったのかもな。だとすれば、俺《おれ》たちはまんまとやつらの術中にハマったってわけだ」

「なんだとッ!?」

トンプソンの横にいるパイロットスーツの男は、慌《あわ》てた動作でマリアの首根っこを摑《つか》んで力《りき》也《や》に見せつけて来た。

「くそぉぉッ！　それ以上近寄るな！　ガキを殺すぞ！」

もう片方の手には拳銃《けんじゅう》を握《にぎ》っている。その銃口《じゅうこう》をマリアの頭に向けている。

「武器を捨てろ！　早くしろ！　じゃなきゃ今すぐにこいつを撃《う》ち殺《ころ》すからな！」

力也《りきや》は両手を上げて足を止めた。

「やめろ。子どもに罪はない。解放してやれ。俺《おれ》が代わりに人質《ひとじち》になってやるぞ」

力也《りきや》がそう言うと、トンプソンは再び声を上げて笑い出す。

「ハハッ！　そう言って不意打ちしようって腹だろ？　あんたのやり口は分かっているんだぜ？　何年あんたの背中を追って戦って来たと思っているんだ？」

焦《あせ》った様子のパイロットスーツの男と比べて、トンプソンは余裕《よゆう》のある態度だった。

「……なあ、リカルド。俺《おれ》はあんたに感謝しているんだよ。あんたのお蔭《かげ》で俺《おれ》は昔よりずっと強くなれたんだ。技術面でも、精神面でも、大きくな。俺《おれ》はもう昔のような臆病者《おくびょうもの》じゃない。こんな大それたことが出来たのも、あんたという英雄《えいゆう》がいたからだ。あんたへの憧《あこが》れが俺《おれ》をここまで成長させてくれたんだ」

それどころか、目の前の力也《りきや》がリカルド・フランクリン本人だという確信を持ってから、トンプソンはずっと嬉《うれ》しそうに笑っているのだ。自分のこれまでの計画がご破算だというのに、まるでこの状況《じょうきょう》を楽しんでいるかのようだった。いや、むしろ、力也《りきや》の到来《とうらい》をずっと待ち望んでいたかのようでもある。

現在、トンプソンたちとの距離《きょり》は約20メートル。

力也《りきや》はその場で両ひざを突《つ》いた。

持っていた拳銃《けんじゅう》をトンプソンたちの方に投げ捨てる。

それから、地面に両手と頭を付けた。

「頼《たの》む。その子を放してやってくれ。その代わり俺《おれ》はどうなっても構わない」

隙《すき》だらけの土下座の姿勢である。

それを見た瞬間《しゅんかん》、トンプソンの表情が一転する。

「はあああ!? 何、サガることやってんだよぉぉぉぉ!? 戦おうぜッ！ お前は俺《おれ》と戦いに来たんだろうがッ⁉」

　その表情はさっきまでと打って変わった『怒り《いか》』だった。楽しい玩具《おもちゃ》を急に取り上げられたかのようだった。

「勘違《かんちが》いするなよ。俺《おれ》はここに戦いに来たんじゃない。その子を助けに来たんだ。俺《おれ》はもう兵士のリカルド・フランクリンではない。その子の担任の黒柳力也《くろやなぎりきや》だからな」

「それはただのフェイクだろ！　お前はこのガキの警護をするために素性《すじょう》を隠《かく》し、あの幼稚園《ようちえん》に入《はい》り込《こ》んでいたんだろうが！」

「いいや、違《ちが》う。俺《おれ》は正真正銘《しょうしんしょうめい》、その子の幼稚園《ようちえん》の先生だ」

　トンプソンは『何を言っているんだ、気でも狂《くる》ったのか』と困惑《こんわく》している。

　その時。

　マリアが目を覚ました。

　蒼《あお》い目をパッチリと開き、小さな手で目をこする。

　最初、何が起こっているのか分からないという表情だった。起きたら周りは全く知らない風景なのだから。

「っっ！」

　やがてすぐ、マリアは自分がパイロットスーツの男に襟首《えりくび》を掴《つか》まれていることに気付き、嫌《けん》悪《お》感たっぷりの表情を作る。

知らない男に掴《つか》まれているので当然、マリアは抵抗《ていこう》し、男の手の中で暴れ回る。パイロットスーツの男はそんなことは意に介《かい》さない。力也《りきや》以上に太い腕《うで》だ。力のない幼女が暴れたところで何の影響《えいきょう》もない。

しかし。

「ぬっ……っ⁉　あっ⁉　このガキィイッッ！」

パイロットスーツの男に予期せぬ災難が訪《おとず》れる。

いつだったか、力也《りきや》もやられたアレだ。マリアは男の股間《こかん》をボディーブローでえぐるかのように殴《なぐ》ったのだ。

さすがモニカの娘《むすめ》だ。相手が屈強《くっきょう》な黒人男性であろうとお構いなしだ。泣くのでも叫《さけ》ぶのでもなく、まずは攻撃《こうげき》を仕掛《しか》けるとは。

しかし、それは力也《りきや》にとっても予期せぬ出来事だった。男は怒《いか》りの形相《ぎょうそう》で拳銃《けんじゅう》を持った手をマリアの頭の上で振《ふ》り上《あ》げたのである。

その一瞬《いっしゅん》だった。力也《りきや》は咄嗟《とっさ》にズボンのポケットに手を突《つ》っ込《こ》み。

小さな銀の塊《かたまり》を親指から弾《はじ》き出《だ》した。

その銀の弾丸《だんがん》は、目には追えないスピードでパイロットスーツの男の手に向かって飛ぶ。

「なにいいいいいいいいいいッ⁉」

次の瞬間《しゅんかん》、パイロットスーツの男の拳銃《けんじゅう》が手から弾《はじ》き飛《と》ばされていた。

力也《りきや》が指から弾《はじ》き出《だ》したのは、パチンコ球だった。

それは、昼間、獅子《れお》がえりかを誘拐《ゆうかい》犯から助けようとして使っていたもの。力也《りきや》が回収してズボンのポケットに突《つ》っ込《こ》んで持っていたもの。

銃弾《じゅうだん》のように飛んだそのパチンコ球は、正確に男の手《て》の甲《こう》を捉《とら》えていた。衝撃《しょうげき》と激痛のあまり男は銃《じゅう》を放してしまったのだ。

さらにもう一発放たれたパチンコ球が男の眉間《みけん》にめり込《こ》む。

「ッッッッ！」

パイロットスーツの男は後方に吹《ふ》っ飛《と》び、白目を向いてそのまま動かなくなった。

圧倒的《あっとうてき》だった。たとえ一線から退いても、力也《りきや》の持つ力が失われたわけではない。たった二発のパチンコ球だけで屈強《くっきょう》な男を一人制圧したのである。

パイロットスーツの男の手から解放されたマリアは、その場で尻餅《しりもち》を突《つ》く。

真横で一連のそれを見ていたトンプソンはというと。

「フン……。相変わらず化け物だな、あんたは……」

面白《おもしろ》い見世物《ショー》でも見物していたように鼻で笑っていた。

パイロットスーツの男は倒《たお》せたが、トンプソンは健在だ。まだマリアは、トンプソンが手を伸《の》ばせば届く距離《きょり》にいる。下手な動きは出来ない。予定外にマリアの身に危険が迫《せま》ったのでつい咄嗟《とっさ》にやってしまったが、これで唯一《ゆいいつ》の切り札を消費してしまった。同じ手はもう通用しないだろう。

特に相手は裏切り者とはいえ【テンペスト】の現役《げんえき》隊員なのだ。今倒《たお》したパイロットスーツの男とは実力は大きく違《ちが》う。

今度はそのトンプソンと一対一の睨《にら》み合《あ》いとなる。

「その子を解放しろ……」

力也《りきや》はトンプソンに言う。それ以外に下手な動きは出来なかった。追《お》い詰《つ》められたトンプソンがどんな行動に出るか予想が付かない。

最もあってはならないのは、ヤケになってマリアに襲《おそ》い掛《か》かることだ。

力也《りきや》は緊張《きんちょう》で生唾《なまつば》を呑《の》む。

そして。

次に取ったトンプソンの行動は——。

「ああ。いいぜ。解放してやるよ」

あっさりと力也《りきや》に向かってそう口にすることだった。

続けて懐《ふところ》に隠《かく》し持《も》っていた拳銃《けんじゅう》を地面に投げ捨てる。

ブラフだろうか。武器を捨てて安全だと思わせてから、さらに隠《かく》し持《も》っている別の武器で奇《き》襲《しゅう》を仕《し》掛《か》ける。そういう戦略の可能性がある。今、まさしく力也《りきや》がやったことだ。

ところがマリアをその場に残し、トンプソンは力也《りきや》の方へと近付いて来る。もはやマリアには興味がないと言わんばかりの態度だった。

どんどん力也《りきや》への距離《きょり》を詰《つ》めて来る。

もうマリアには手出し出来ない距離《きょり》まで迫《せま》って来ていた。

「どう考えても俺《おれ》の作戦は失敗だからな。どうせこの場は既《すで》にあんた以外の【テンペスト】の兵たちによって包囲されていることだろう。どう考えても勝ち目はない。だから、ガキは解放してやる。約束しよう」

トンプソンは勘違《かんちが》いしているようだ。力也《りきや》が【テンペスト】としてこの場に駆《か》け付けたのだと。実際はそうではない。【テンペスト】の兵たちが現れる前に、単独でマリアを救出しに来たのだ。あくまで優先するのはマリアの命。力也《りきや》はトンプソンに逃《に》げられても構わないと思っているが、【テンペスト】の連中はその逆だ。マリアが死のうが、トンプソンの逮捕《たいほ》を優先するだろう。

「だが、その代わり——」

力也《りきや》は予想していた。次にトンプソンが『マリアを解放する代わりに自分の身を保障しろ』と言い出すことを。その要求を力也《りきや》は吞《の》むつもりでいた。

しかし、予想は全くの外れだった。

いきなりトンプソンは力也《りきや》に向けてファイティングポーズを取り。

「俺《おれ》と戦えよおおおおおぉぉぉ！」

そう叫《さけ》びながら、丸腰《まるごし》で殴《なぐ》り掛《か》かって来たのだ。

力也《りきや》は咄嗟《とっさ》にガードの姿勢を取ってそれを受け止める。

「何のつもりだ……？」

「俺《おれ》はずっとあんたとサシで戦ってみたかったんだ！　【テンペスト】で戦う俺《おれ》は、あんたが仲間だということに強い安心感を覚えながらも、どこかいつも物足りなさを覚えていた！　密《ひそ》かに【道化師《クラウン》】に寝返《ねがえ》ったのもそれが一番の理由だった！　あんたの敵になり、いつか戦場で戦うことを夢見ていた！　それなのにあんたは死んだ！　俺《おれ》と戦う前に死んだ！」

力也《りきや》はトンプソンの攻撃《こうげき》をいなし続ける。

鋭《するど》く重いパンチだ。少しでも気を緩《ゆる》めたら急所にねじ込《こ》まれる。トンプソンという男の強さを肌《はだ》で実感出来る。

「だけど、こうして生きて会えた！　しかも、敵同士としてなあぁ！　まさに俺《おれ》の待ち望んでいた展開だ！　この奇跡《きせき》、神に感謝するぜえぇぇぇぇぇぇぇ！」

トンプソンは殺すつもりでパンチを打って来ている。力也《りきや》はガードで受け止めているが、一般人《いっぱんじん》なら骨が粉々に粉砕《ふんさい》しているだろう。鍛《きた》えられた力也《りきや》でも頭部にモロに受ければ一発で命を失う威力《いりょく》を持っている。さすが裏切り者とはいえ【テンペスト】の現役《げんえき》隊員だ。

「……こんなことをして何になる？　お前ももう認めているんだろ？　お前はもう既《すで》に敗北している。だったら、これは意味のない戦いだ」

「意味がないだと!?　あんたはいつも戦いに意味を求めているのか!?　あんたが見て来た全ての『死』に意味があったっていうのか!?　あんたは一体いくつの『死』をその目で見て来た!?」

トンプソンの言う通り、力也《りきや》は数えきれないほどの人間の『死』を目の当《ま》たりにして来た。

その中には力也《りきや》自身がもたらしたものさえあった。戦地で小さな村を訪《おとず》れた時、親切な村人たちに匿《かくま》って貰《もら》ったことがあった。村の子どもたちとも仲良くなった。だが、敵兵たちによって村は焼《や》き払《はら》われ、目の前で子どもたちが無惨《むざん》に殺されたことがあった。

あれに意味があったのか。

小さな子どもが殺されたことに意味があったのか。

戦友たちが死んだことは。

アンドリューが死んだことは。

「戦いに意味なんて求めるなよ！　戦い自体だ！　それ自体に意味を見い出せ！　命のやり取りが人間の本質だ！　生きる悦《よろこ》びなんだ！　俺《おれ》はそのために生きているんだ！」

大義名分による敵兵の殺害。兵士の中にはそれを受け止めきれない者がいる。命令だから仕方なくやったとか、殺《や》らなければ自分が殺《や》られていたとか、心の中で必死に言い訳を繕《つくろ》う。

このトンプソンという男もそうだ。

「だから、俺《おれ》と命のやり取りをしろぉぉ！　リカルド・フランクリンッッ！」

自分が誰《だれ》かを殺したこと。客観的に見なければ自我《じが》が壊《こわ》れてしまう。これは自己防衛本能なのだ。任務のためではない。ただ、トンプソンは戦うことを求めている。より強い人間と戦うことが彼《かれ》の見出《みいだ》した『意味』だった。

だから、トンプソンは『最強の英雄《えいゆう》との一戦』を望んでいる。勝利とか、敗北とか、そんなことは二の次なのだ。全てを投げ打ってでも力也《りきや》との殺し合いを求めているのだ。

だが、力也《りきや》はここに戦いに来たのではない。ましてやトンプソンを殺すつもりもない。マリアを救う。そのためだけに来た。だから、トンプソンがもうマリアに手を出さないというのなら、彼《かれ》と戦う『意味』はないのだ。

力也《りきや》はトンプソンの攻撃《こうげき》を一方的に受け続けるしかなかった。

しかしだ。

「せんせー！」

声が聞こえて来た。

「まけないで、せんせー！」

マリアの幼い声援《せいえん》が力也《りきや》の耳に聞こえて来たのだ。

詳《くわ》しい事情は分からないだろうが、マリアの目にはきっと力也《りきや》が悪者に襲《おそ》われているように映っているのだろう。

あるいは、自分のピンチに力也《りきや》がここに颯爽《さっそう》と現れたと思っているのかもしれない。力也《りきや》が正義のヒーローに見えているのかもしれない。

だから、マリアは力也《りきや》を応援《おうえん》している。懸命《けんめい》な表情と声で精一杯《せいいっぱい》応援《おうえん》している。

初めて『先生』と呼んでくれている。

「……………………」

そうだ。

幼稚園《ようちえん》には自分を待っている人たちがいる。

『英雄《えいゆう》』ではなく『先生』の。

だったらこんなところでモタモタしている場合ではない。

そう思った瞬間《しゅんかん》。

「ほう……」

防戦一方だった力也《りきや》が。

トンプソンに向けて拳《こぶし》を突《つ》き出《だ》した。

「……やっとやる気になったか？」

その突然《とつぜん》の力也《りきや》からの反撃《はんげき》をトンプソンはかわしてみせた。やはりこの男も【テンペスト】に選ばれた優秀《ゆうしゅう》な戦士だ。力也《りきや》が本気で当てるつもりで出した全力のパンチを避《さ》ける反射神経を持っている。

「だったら、楽しもうぜぇぇ！　リカルドさんよおぉぉぉぉ！」

トンプソンの声は喜びに打ち震《ふる》えている。エンジンを補給されたかのように攻撃《こうげき》の動作もさっきより機敏《きびん》になっている。

「ああ、そうだな……。楽しもう」

力也《りきや》はトンプソンの攻撃《こうげき》を受け流しながら言った。

「だってこれは、戦闘《せんとう》ごっこ、こなんだからな……！」

「は？」

「ただし、大人のやるバージョンだ！　危ないから良《よ》い子は真似《まね》するんじゃないぞ！」

そうマリアに聞こえるように叫《さけ》びながら、力也《りきや》はトンプソンに向けてワンツーパンチを放つ。

バスの体当たりによって潰《つぶ》れた壁《かべ》から夜空が覗《のぞ》いている。差《さ》し込《こ》む月明かりの中、拳《こぶし》と拳《こぶし》がぶつかり合う音が響《ひび》く。

幼稚園《ようちえん》に就職してからブランクを持つ力也《りきや》。裏切りながらも【テンペスト】の現役《げんえき》として戦場で戦い続けて来たトンプソン。

しかし、そんな差はほとんど意味がなかった。

名実ともに最強の兵士と言われた男に取っては、そんなことはハンデにもならなかったのだ。

「ガハッ……っっっ！」

反撃《はんげき》を始めてからほんの十数秒だ。

軍配は力也《りきや》に上がっていた。

トンプソンのストレートをかわして懐《ふところ》に入《はい》り込《こ》み、力也《りきや》は強烈《きょうれつ》な連打を浴びせた。どんなに強靭《きょうじん》な腹筋を以《もっ》てしても、ライオンすら素手《すで》で倒《たお》す力也《りきや》のパンチには耐《た》えられなかった。トンプソンは苦しそうに喘《あえ》ぎながら地面に片膝《かたひざ》を立てる。

「ハ、ハハッ……。フハハ……！」

そのままトンプソンは崩《くず》れ落《お》ちるように地面に倒《たお》れた。

「つえー……。やっぱつえーよ……」

トンプソンの完全敗北だ。

この後、この場所にモニカの命を受けた【テンペスト】の兵たちが押《お》しかけ、彼《かれ》を拘束《こうそく》するだろう。そして、然《しか》るべき場所で処罰《しょばつ》される。どのような扱《あつか》いを受けるかは分からないが、間《ま》違《ちが》ってもいい状況《じょうきょう》にはならない。

勝負にも負け、これまで築き上げて来た何もかもを失う。

「さすがだ……。さすが、俺《おれ》の憧《あこが》れた英雄《ヒーロー》……だ…………」

それなのに、トンプソンはどこか満足げな顔をしていた。

「――戦う『意味』か」

力也《りきや》はたった今トンプソンを打《う》ち倒《たお》した自分の拳《こぶし》を見つめながら呟《つぶや》いた。

「そうだな。俺《おれ》はかつて戦場で意味もなく戦っていた。戦うことが俺《おれ》にとって当たり前のことだったからだ。戦いしか知らない俺《おれ》は、戦場《あそこ》にしか自分の居場所がないと思《おも》い込《こ》んでいた。気が付けば笑うことすら出来ない、命令を受けるだけの機械《マシーン》に成り下がっていた。……だが、そんな俺《おれ》にも今は戦う意味がある」

マリアの方を見てみる。

彼女《かのじょ》は祈《いの》るようにして手を握《にぎ》り、力也《りきや》のことを見守っていた。

「あの子たちの笑顔《えがお》を守ることだ。たとえ自分が笑顔《えがお》を作れなくても、あの子たちを笑顔《えがお》にしてやることだ。それが俺《おれ》の戦う意味であり、今ここにいる理由だ」

最後まで耳に入っていたのかは分からないが、トンプソンは意識を失っていた。

それを確認《かくにん》した力也《りきや》は、マリアに歩み寄った。

マリアの前に立ち、再び自分の手を見つめる。

——今はこの力に感謝している。

破壊《はかい》することしか使い道のない汚《よご》れた手だと思っていたが、こうして大切なものを救い出すことが出来たのだから。

その大きな手で力也《りきや》は、小さな頭を優《やさ》しく撫《な》でた。

※

白雪《しらゆき》マリアがザカリー・トンプソンに攫《さら》われる711日前。

薄暗《うすぐら》い【テンペスト】のブリーフィングルームには、一人の軍服姿の女性が座《すわ》っていた。今、他の隊員は誰《だれ》もこの場にいない。彼女《かのじょ》一人だ。

「娘《むすめ》を……ですか?」

モニカ・ケネシスは、思わず表情を崩《くず》した。彼女《かのじょ》がじっと見つめている目の前のモニターには何も表示されていない。そこからは音声のみが聞こえて来る。

会話の相手は【テンペスト】の上層部。モニカは【テンペスト】の前身部隊【ストーム】時代から見えない彼《かれ》らの命令を受け続けて来た。

モニカは元々、孤児《こじ》だった。彼女《かのじょ》がまだ『モニカ・ケネシス』になる前、上層部に拾われ、兵士としての訓練を受けさせられた。初めて人を殺したのは10歳《さい》の時。あどけない少女の姿を利用して諜報《ちょうほう》活動を行い、時には国家にとって邪魔《じゃま》な存在を秘密裏《り》に抹殺《まっさつ》して来た。

【ストーム】の兵士として多くの功績を上げて来たモニカだが、とある作戦中に敵の新型核兵《かくへい》器《き》によって被爆《ひばく》してしまう。命は取り留めたものの、後遺症《こういしょう》によって前線での戦いは戦力外となっていた。それでも作戦指揮者としての力量を買われ、【テンペスト】発足《ほっそく》と同時に、モニカにもその席が用意された。後に【クリフハンガー】破壊《はかい》作戦の功績を評価され【テンペスト】総司令官の位を与《あた》えられるに至る。

【テンペスト】の隊員たちを手足のように動かせる立場を得たモニカだったが、上層部の呪縛《じゅばく》から逃《のが》れることは出来なかった。【テンペスト】を影《かげ》で操《あやつ》る上層部からの命令は絶対なのだ。

その日、モニカに告げられた彼《かれ》らからの新たな命令は、絶対に聞きたくないものだったし、聞き間違《まちが》いだと思《おも》い込《こ》みたかった。

それは『日本にいる隠《かく》し子《ご》を利用しろ』というものだった。

彼《かれ》らは、モニカの実の娘《むすめ》、マリアを【テンペスト】内にいる裏切り者を釣り上《あ》げるのに使えというのだ。

「……囮《おとり》にするのであれば、娘《むすめ》ではなく私自身でいいのでは？　私自身の命を狙《ねら》わせれば、それを証拠《しょうこ》に裏切り者を捕縛《ほばく》出来ます」

モニカのその言葉に対する回答は、『万が一にでも、お前の身に何かあってはならない』というものだった。

一見、モニカの身を心配している言葉だが、決して優《やさ》しい言葉ではない。

——子どもの命はどうでもいい。

彼《かれ》らが言っているのはそういうことだ。

モニカは優秀《ゆうしゅう》な兵士だ。モニカを失うことは【テンペスト】にとって損失が大きい。だが、幼いマリアが死んだところで何の影響《えいきょう》もない。そう彼《かれ》らは言っているのだ。

モニカは怒《いか》りを抑《おさ》えようと唇《くちびる》を噛《か》む。ツーッと一筋の血が滴《したた》る。

上層部にマリアのことを感付かれたのは、モニカの最大の失敗《ミス》だった。彼《かれ》らにも【テンペスト】の者たちにも気付かれないように密《ひそ》かに生んだ我《わ》が子。日本へと隠《かく》し、七光幼稚園《ななひかりようちえん》の白《しら》雪《ゆき》園長に預けていた。

白雪《しらゆき》園長はモニカにとって恩人であり『母親《ママ》』でもあった。

彼女《かのじょ》と出会ったのは、モニカが名無しの兵士だった12歳《さい》の時。任務のために日本に潜伏《せんぷく》していた時だった。白雪《しらゆき》園長は見ず知らずのモニカに食事を与《あた》え、寝床《ねどこ》を与《あた》え、身の回りの世話をしてくれた。何の見返りもないのにだ。

上層部の者たちから戦いの方法しか教わって来なかったモニカは、この時に初めて『愛』を学んだ。モニカは日本の『母親《ママ》』である園長を慕《した》い、任務が終わり帰国した後も、彼女《かのじょ》と交流を重ねるようになった。

彼女《かのじょ》になら、大切な一人娘《ひとりむすめ》のマリアを託《たく》せる。自分の代わりに娘《むすめ》にも『愛』を教えてくれる。そんな願いを受けた白雪《しらゆき》園長の許《もと》、マリアは白雪《しらゆき》マリアとして戦いとは無縁《むえん》な日本で暮らし始めていた。

しかし、マリアの存在を上層部に知られてしまった。それどころか、懸念《けねん》していた通り、彼《かれ》らはマリアの存在を任務に利用するように命令して来たのだ。

モニカは軍人だ。上層部の判断には従うしかない。拒否権《きよひ》はない。仮に拒否《きよひ》をしたところで、それこそ彼《かれ》らの思《おも》う壺《つぼ》だ。彼《かれ》らは逆に娘《むすめ》を人質《ひとじち》にするだろう。そうやってモニカを無理やり従わせようとするだろう。

この時から、モニカは大事なマリアを上層部に奪《うば》われた。亡《な》きアンドリューとの命の結晶《けっしょう》を彼《かれ》らに侵《おか》されたのだ。

モニカは願った。

娘《むすめ》を救ってくれる誰《だれ》かが現れることを。

そして、この711日後、モニカのその願いは叶《かな》えられることになる。

その誰《だれ》かは——正義の味方は、意外とすぐ側にいたのだ。

※

トンプソンたちを倒《たお》した力也《りきや》は、アジトの壁《かべ》に車体を突《つ》き刺《さ》したままの幼稚園《ようちえん》バスを移動させた。これからこいつでマリアを送らなければならないのに、そんな状態では乗せることが出来ないからだ。

開けた場所にバスを移動させた力也《りきや》は、マリアをおんぶして連れて行った。

その間、マリアは怖《こわ》がった顔で力也《りきや》の大きな背中にしがみつきながら、周りをきょろきょろと見回していた。まだトンプソンの仲間がいると思っているのだろう。

「大丈夫《だいじょうぶ》だ。悪者は全て追《お》い払《はら》った。もう安心だ」

力也《りきや》は優《やさ》しくそう言って聞かせた。モニカにここにはトンプソンと彼《かれ》を迎《むか》えに来たパイロットスーツの男しかいないことは確認《かくにん》して貰《もら》っている。

モニカが日本に潜伏《せんぷく》させている【テンペスト】の兵士たちがやって来るまでに、急いでここを立ち去らなければならない。力也《りきや》が生きていることが彼《かれ》らにバレてしまうと、また面倒《めんどう》なことになる。取り調べでトンプソンがさっきの出来事を語るかもしれないが、妄言《もうげん》として片付けられるだろう。力也《りきや》──リカルド・フランクリンは死んでいるのだ。それに、きっとモニカが上手《うま》く立ち回ってくれるはずだ。

「さあ。帰ろうか」

この幼稚園《ようちえん》バスにマリアを乗せるのは初めてになるか。そんなことを思いながら、力也《りきや》はマリアに手を差《さ》し伸《の》べる。

「……ありがと」

マリアは力也《りきや》の手を取りながら素直《すなお》にお礼を言った。自分が悪いやつらに連れ去られた『お姫様《ひめ》』だということは認識《にんしき》しているようだ。

「助けに来たのが、君の大好きな絵本の中に出て来るようなカッコイイ王子様じゃなくてすまないな」

マリアは「ううん」と首を横に振《ふ》る。

力也《りきや》は暫《しばら》くマリアを見つめる。

こんな恐《おそ》ろしい目にあったのに、この子は一度も泣かなかった。

とても強い子だ。

結局、泣いたのは、動物園の時のあれだけか。

「……そうだな。俺《おれ》は『王子様』にはなれないが『魔法使《まほうつか》い』にはなれるかもしれないぞ」

マリアが首を傾《かし》げていると、力也《りきや》はパチンと指を鳴らした。

「頑張《がんば》った君に〝ご褒美《ほうび》〟だ」

一陣《いちじん》の風が吹《ふ》いた。

その風に髪《かみ》の毛《け》をなびかせながら、こちらにコツコツとブーツの音を立てて歩いて来る一人の女性。

なびく髪《かみ》の色はマリアとそっくりだった。

力也《りきや》も声は聞いても、その姿は久しぶりに見る。

まさか、前線を退いている彼女《かのじょ》が、自らの足でこの場に現れるとは。

「…………マリア」

彼女《かのじょ》──モニカ・ケネシスは震《ふる》える声で言った。

たった一人の家族《むすめ》に向かって。

トンプソンにだけではない。【テンペスト】上層部によって何年も捕《と》らえられ続けていた愛する者に向かって。

「ママ……？」

マリアは小さな足でゆっくりとモニカに近付いて行く。恐《おそ》る恐《おそ》る確認《かくにん》するようにして。

「ママ……。ママ……っ！」

本能で分かったのだろうか。親子にしか見えない絆《きずな》のようなものがあるのだろか。マリアは

目の前の女性が自分の母親であることを理解している。

その瞬間《しゅんかん》、幼い少女は母親の胸に向かって飛《と》び込《こ》んでいた。

モニカはマリアの身体《からだ》を受け止め、しっかりとその腕《うで》で抱《だ》きしめた。

その光景は、動物園で見た迷子の女の子と母親の姿とそっくりだった。まるで魔法《まほう》をかけられたように、マリアの表情は穏《おだ》やかになって行く。

「ゴメン……。ずっとこうしてあげられなくて……。ゴメン……」

長い付き合いだが、力也《りきや》は初めてモニカの涙《なみだ》を見た。アンドリューが死んだ時も力也《りきや》には見せなかったそれを初めて見せていた。

今の彼女《かのじょ》は兵士ではない。

一人の母親だからだ。

そして。

力也《りきや》はようやくマリアの笑顔《えがお》を見ることが出来た。

終章　スマイル・アゲイン

有栖川《ありすがわ》えりかの誘拐騒動《ゆうかいそうどう》があって暫《しばら》くお休みになっていた七光幼稚園《ななひかりようちえん》だが、園内には園児たちが笑顔《えがお》で遊ぶいつもの姿が戻《もど》っていた。幼い子どもたちにとっては、もうとっくに過去のことのようだ。心配されていた事件による心的外傷もなく、むしろ、力也《りきや》の活躍《かつやく》への盛り上がりの方が大きかった。また早く幼稚園《ようちえん》に行きたいという園児たちの声が圧倒的《あっとうてき》だったので、こうしてすぐに再開されたのであった。

園庭のジャングルジムに腰掛《こしか》けているのは、当の事件の被害者《ひがい》であるえりかだ。彼女《かのじょ》の周りには沢山《たくさん》の友達がいて、その子たちと楽しそうにお喋《しゃべ》りをしている。誘拐《ゆうかい》された彼女自身《かのじょじしん》もあの時のことで塞《ふさ》ぎ込《こ》んだりすることもなく、心配する家の人たちに禁じられることもなく、何事もなかったようにこうして幼稚園《ようちえん》へと来ているのだ。

明るい笑顔《えがお》を浮《う》かべるえりかたち園児。それは以前と同じ光景だった。

しかし、これはちょっと今までとは違《ちが》う光景。

えりかたちの方に、金の髪《かみ》をした一人の女児が歩み寄って行く。

彼女《かのじょ》は小さな足を一歩一歩、恐《おそ》る恐《おそ》る進めて行く。

マリアだ。

園長や先生たちに引っ張られるのでもなく、彼女《かのじょ》は自らの足でえりかたちの許《もと》に近付いて行っているのだ。

そんなことは今年になってから初めてのことだったし、えりかたちは何事かと、お喋《しゃべ》りを止めて、マリアの方に注目する。

そして、マリアは意を決した表情で言った。

「わたしとお友達になって」

こうして彼女《かのじょ》が自ら誰《だれ》かに話しかけるのも、随分《ずいぶん》久しぶりのことだった。

ずっと無視して来た相手にそれを言うのはとても勇気がいることだっただろう。言ってからマリアは緊張《きんちょう》の面持《おもも》ちで園児たちの中心にいるえりかのことを見つめている。

すると、えりかが言った。

「……はあ？　あなた、なに言っているのよ。いまさらなによ」

えりかはため息をついてジト目を浮《う》かべている。

「えりかたち、もともとお友達でしょ？」

肩《かた》を竦《すく》めながら、えりかはそう言ってマリアに笑ってみせた。

それに釣《つ》られるようにして、パアッとマリアの表情が明るくなる。こんな表情、マリアが幼《よう》

稚園《ちえん》の中で見せることはなかった。少なくとも、力也《りきや》が見たことはなかった、

「さあ、いっしょに遊びましょ。マリアちゃん」

えりかはそんなマリアに手を差《さ》し伸《の》べた。

「……うん！」

迷うことなく、マリアはその手を取った。小さな手と手が繋《つな》がられる。えりかに手を引っ張られ、マリアは友達の輪の中に入って行く。

その様子を見届けた力也《りきや》は満足げに頷《うなず》いた。

ずっと待ち望んでいた光景がそこにはあった。幼稚園《ようちえん》の中でみんなと仲良く遊ぶマリア。幼《よう》稚園《ちえん》の中で楽しそうに笑うマリア。

ずっと力也《りきや》の中にあった心の引《ひ》っ掛《か》かりがこれでようやく取《と》っ払《ぱら》えた。

「マリアちゃん、何かあったんでしょうか？　あんな風に急にみんなと遊ぶなんて」

かおるが不思議そうに力也《りきや》に言って来た。久しぶりにみんなと遊ぶマリアの姿を見て喜び半分、戸惑《とまど》い半分といった様子である。

「さあてな。何があったのやら」

力也《りきや》は意味ありげにそう呟《つぶや》いた。

「……あのー。力也《りきや》先生、もしかして何か知ってますー？」

「ん？　そうだな……。秘密だ」

トンプソンにマリアが連れ去られたことは誰《だれ》も知らない。他の先生たちや警察には隣町《となりまち》の公園で見付かったということにした。あの夜、園長の許《もと》へと力也《りきや》が連れ帰り、元気なマリアの姿を見た園長は涙《なみだ》を浮《う》かべて喜んでいた。

そして、今日、再開された幼稚園《ようちえん》にやって来たマリアは、勇気を出して自らみんなに話しかけた。

どうして急にそんなことをしたのか、かおるも周りの園児たちも知らない。

この場でそれを知っているのは力也《りきや》だけである。

※

「――そうか、気付いていたのか。私が【テンペスト】の本部にいないことに」

モニカは夜の公園のベンチに腰掛《こしか》けながら力也《りきや》に言った。

力也《りきや》はモニカとマリアの親子を乗せ、幼稚園《ようちえん》バスでトンプソンのアジトから市内へと戻《もど》った。

幼稚園《ようちえん》バスを七光幼稚園《ななひかりようちえん》の車庫に戻《もど》した後、誰《だれ》もいないこの近所の公園へと訪《おとず》れたのだ。

もう良《よ》い子はとっくに眠《ねむ》る時間だし、今夜はさすがに疲《つか》れたのだろう、マリアは穏《おだ》やかな表情で母親の膝枕《ひざまくら》で眠《ねむ》っているところだ。その小さな身体《からだ》の上にはモニカが羽織っていた上着が掛《か》けられている。

「ああ。少なくとも、大佐《たいさ》が随分《ずいぶん》前からアメリカにいないことは確信していたよ。あんたは世界中にいる【テンペスト】の兵士に命令を下すことが出来る。地球の裏側であろうとも、あんたの一声で隊員たちは招集される。逆に言えば、世界中のどこからでも【テンペスト】の兵士に命令を送ることが出来るからな」

「だが、何故《なぜ》、私がアメリカにいないと確信が出来た？」

「簡単なことだ。時差だよ」

モニカが眉《まゆ》をしかめているので、力也《りきや》は補足するように言う。

「あんたがアメリカにいるのなら時差があったはずだ。ほら、いつだったか、あんたと通信で話している時、あんたはスコッチを飲んでいただろ。声色《こわいろ》で軽く酔《よ》っているのが分かったからな。あんたがスコッチを飲むのは、夕食の時か、寝《ね》る直前のはずだ。まず明るいうちから飲むことはない。俺《おれ》と会話している時、俺《おれ》がいる場所——日本は夜だった。プリプリプリティ☆プリンセスが始まる時間帯だったからな。つまり、大佐《たいさ》と俺《おれ》はそれほど変わらない時差の場所にいるということが、あの日の会話で推測出来た」

「お前、本気で令和のホームズを目指しているんじゃないのか」

モニカはそう言って苦笑いを浮《う》かべる。

「アメリカの本部にいないのだとすれば、俺《おれ》は大佐《たいさ》が日本に潜伏《せんぷく》しているのだろうと予想していた。あんたはずっと、娘《むすめ》の身を案じていたんだ。最悪、自分の身を使ってマリアを救おうとでも思って日本に隠《かく》れていたんだろう」

図星だったのだろう、モニカは気まずそうに視線を逸《そ》らす。

「それとだ。おそらくもっと以前、あんたは隠《かく》れて直接マリアと会ったことがあるんだろ」

今度はモニカは驚《おどろ》いた顔を作る。

「……確かに約2年前、私は一度、ママ——白雪《しらゆき》園長にも内緒《ないしょ》でマリアに会いに行ったことがある。だが、近くで見ていたわけではあるまい。お前はあの頃《ころ》、【テンペスト】の兵士としてずっと戦場にいたはずだ。どうしてそんなことまで分かるんだ？」

「理由は、マリアが母親は生きているという確信を持っていたからだ」

力也《りきや》はマリアの寝顔《ねがお》を見つめながら答える。

「どういう訳か、マリアは死んだと聞かされているはずなのに、いつもあんたが迎《むか》えに来ることを待っていた。初めのうち、俺《おれ》はそれが幼さ故《ゆえ》に死という概念《がいねん》が理解出来ていないからだと思っていたのだが、そうではなかったんだ。何故《なぜ》なら、マリアはパパではなく、ママの迎《むか》えばかりを待っていたからな。この子は父親が——アンドリューが死んでいることはきちんと理解しているんだよ。死んだアンドリューとは絶対に会えないことは分かっているんだ。そして、母親のあんたが生きていることは知っていた。つまり、生きたあんたと一度は会ったことがあるってことになる」

モニカは大きなため息をついた。

「どうやらお前に隠《かく》し事《ごと》は出来ないようだな。末恐《すえおそ》ろしいよ。その通りだ。私はマリアに会いに一度、日本へ訪《おとず》れたことがある。……そのせいで上層部に娘《むすめ》の存在を嗅《か》ぎ付けられてしまったがな」

モニカは日本にいる白雪《しらゆき》園長とは手紙のみでやり取りをしていた。力也《りきや》に渡《わた》している軍用の通信機なら心配がないが、通常の電話機器では盗聴《とうちょう》や傍受《ぼうじゅ》される恐《おそ》れがある。まだ紙の文書の方が、上層部に繋《つな》がりを探《さぐ》られる心配が薄《うす》かった。実際、園長との手紙のやり取りが見付かることは一度もなかった。園長からの手紙によって、モニカは愛娘《まなむすめ》の成長を窺《うかが》い知ることが出来ていた。

しかし、どうしても我慢《がまん》出来なかったモニカは、マリアの顔を見るために日本へと直接訪《おとず》れたことがあった。そこでモニカは少しの間だが、初めてマリアと親子水入らずの時間を過ごすことが出来た。

だが、それは大きな失敗《ミス》だった。その時の行動によって、上層部はモニカに隠《かく》し子《ご》がいることを察知してしまったのだ。

以来、モニカはマリアに自由に会いに行くことが完全に出来なくなってしまった。上層部によって、隠《かく》し子《ご》のマリアが『切り札』として使われることになったからだ。

「なるほど。それで巡《めぐ》り巡《めぐ》って、マリアが今回の作戦に利用されてしまったってことか」

「そうだ……。全ては私の軽率《けいそつ》な行動が原因なのだ……。そのせいでこの子をこんな恐《おそ》ろしい目に遭《あ》わせてしまった……」

そう言って愛おしそうにマリアの髪《かみ》を撫《な》でるモニカの姿は母親そのものだった。

それにしても、こうして並んでいる姿を見ていると、二人の顔は本当によく似ている。

そもそもの話、力也《りきや》が最初から間違《まちが》えるわけがなかったのだ。

この子は、愛する人の実の娘《むすめ》なのだから――。

「力也《りきや》。本当にすまなかった。娘《むすめ》を救うためとはいえ、隠《かく》れてお前を利用するようなことをしてしまって」

モニカが力也《りきや》に七光幼稚園《ななひかりようちえん》へ仕事を紹介《しょうかい》したのは友人としての善意からではあったが、根底には【テンペスト】や上層部に気付かれないように娘《むすめ》を救う可能性を作るためのことだった。

最終的には力也《りきや》に感付かれてしまったが、その思惑《おもわく》をずっと隠《かく》していたことをモニカは詫《わ》びているのだ。

頭を下げるモニカに対して、力也《りきや》は首を横に振《ふ》る。

「気にするな。たとえあんたが俺《おれ》を利用するためだったとしても、俺《おれ》を上層部から守り、七《なな》光幼稚園《ひかりようちえん》という就職先を紹介《しょうかい》してくれて、とても感謝しているんだ」

幼稚園《ようちえん》の教員になれたこと。モニカが取り計らってくれなければ、絶対にあり得ないことだった。そのお蔭《かげ》で手に入れた沢山《たくさん》の園児たちに囲まれる日々。大変なこともあるが、それ以上にとても充実《じゅうじつ》させて貰《もら》っている。

「それに、大佐《たいさ》が自分の娘《むすめ》を大事に思っていることが知れて良かった。やはりあんたは『氷の女王』なんかじゃない。俺《おれ》が知る中で最高の女だよ」

「ドアホ……。私を口説こうとでもしているのか？」

モニカが照れくさそうに笑う。それを見て、力也《りきや》も小恥《は》ずかしくなり顔を背《そむ》ける。

「……だが、この子を置いてまたすぐにアメリカに戻《もど》らなければいけない。今回は、裏切り者を隊長である私自らの手で連行するという建前で日本に潜伏《せんぷく》していたからな。トンプソンの身《み》柄《がら》と共に、これから私は本部へと帰還《きかん》することになる」

「そうか……。そうだな」

力也《りきや》たちがアジトを去った後、モニカの命を受けた【テンペスト】の兵士がトンプソンたちを拘束《こうそく》した。彼《かれ》らは同じ部隊にいてもお互《たが》いのことを知らない者がほとんど。あの場所に駆《か》け付けた者たちは、先に来た別の隊員の誰《だれ》かがトンプソンたちを倒《たお》したと思《おも》い込《こ》んでいる。よもや死んだはずの力也《リカルド》が現れたとは思うわけもない。

「上層部にも、お前のことは適当に誤魔化《ごまか》しておくよ。私の嘘《うそ》を見抜《みぬ》けるのはお前くらいなものだしな」

そう言ってモニカは名残惜《なごりお》しそうにマリアの頭を撫《な》でている。ようやくこうして触《ふ》れ合《あ》えたのに、また二人は引《ひ》き離《はな》されてしまう。

「分かった。目を覚ましたら、マリアには俺《おれ》から説明しておくよ。あんたがまた仕事に戻《もど》ったってな。……その代わり約束して欲《ほ》しい。必ずまたこの子を迎《むか》えに来てやると」

「ああ。約束する。今回の作戦に利用されたことによって、もうこの子の存在を隠《かく》す必要がなくなったからな。そして、もう二度とこんなことにこの子を巻《ま》き込《こ》ませない。今度ここに来る時は、あくまでこの子の母親としてだ」

楽しい夢でも見ているのだろうか。目を瞑《つぶ》ったまま微笑《ほほえ》んでいる我《わ》が子を見ながら、モニカも釣《つ》られるようにして微笑《ほほえ》んで頷《うなず》く。

その様子を見ながら、力也《りきや》も頷《うなず》いた。

「よし、なら、指切りげんまんだな、大佐《たいさ》」

「……なんだそれは？」

「知らないのか？　約束を交《か》わす時にする日本の儀式《ぎしき》だ。園児たちとは必ずやるぞ？　指切りげんまん嘘《うそ》ついたら針千本飲ますというやつだ」

「針千本だと⁉　どこのテロ組織の拷問《ごうもん》方法だそれは⁉　軍の懲罰《ちょうばつ》でもそこまではやらせんぞ⁉　大丈夫《だいじょうぶ》なのか、日本の幼稚園《ようちえん》は⁉」

モニカは慌《あわ》てた表情でマリアを守るようにして抱《だ》きしめている。

「大丈夫《だいじょうぶ》だ。あくまでたとえ話だ」

「そ、そうなのか……？」

力也《りきや》は心の中で笑った。普段《ふだん》は絶対見せないこの慌《あわ》てっぷり。モニカのとても新鮮《しんせん》な姿を見ることが出来た。この人は娘《むすめ》のことが本当に心配なことがよく伝わって来た。

もはやその気持ちを隠《かく》すこともないだろう。

『氷の女王』の心はもう完全に溶《と》かせたようだから。

きっとアンドリューも空の上で笑って見てくれているはずだ。

「ともかく約束するよ、力也《りきや》。近いうちにまたマリアに会いに来ると。必ずな」

モニカのその言葉に嘘《うそ》はない。力也《りきや》には確信が出来た。

「ああ。その代わり、マリアにも約束はきちんと守らせるよ」

マリアが眠《ねむ》るまでの間、力也《りきや》の運転するバスの中で、モニカは色々話をしてやっていた。

その中でモニカとマリアの二人は約束を交《か》わした。

マリアが幼稚園《ようちえん》にいるみんなにちゃんと自分の気持ちを伝えることを。

それを守ったらママがまたすぐに会いに来てくれることを。

モニカは大事な我《わ》が子を起こさないように、ベンチからゆっくりと立ち上がった。

「また、会おう、力也《りきや》。——その時まで」

モニカはそう言い残し、夜の町に消えて行った。

力也《りきや》は挨拶《あいさつ》代わりの敬礼をしなかった。

二人が別《わか》れ際《ぎわ》に交《か》わしたのは、誰《だれ》しもが普通《ふつう》にする握手《あくしゅ》だった。

※

再開された七光幼稚園《ななひかりようちえん》でマリアは早速《さっそく》、母親《モニカ》との約束を守った。

本当は自分もみんなと遊びたい。みんなのお友達になりたい。その素直《すなお》な気持ちを口にして伝えたのだ。

そう、ただそれだけで良かったのだ。

結果、マリアはこうして楽しそうにえりかたちと遊んでいるのだから。


「秘密、ですか……」

力也《りきや》の回答を聞いたかおるは呟《つぶや》くように言った。

そもそもかおるにとって、黒柳力也《くろやなぎりきや》という人は『秘密』が多すぎる。あの夜、アパートを飛び出してどこに向かって走って行ったのかもそうだが、自身の過去に付いても語ろうとしない。ニートだとは聞いているが、その間のことや、それ以前に何をしていたのか、全く話そうとはしない。

ひなたは言っていた。力也《りきや》は何かとんでもない過去を隠《かく》していると。絶対にいつか正体を突《つ》き止《と》めてやると諦《あきら》めてはいない様子だった。

だけど、かおるは思う。誰《だれ》だって人には言えない秘密の一つや二つは抱《かか》えている。それを無理に暴き出すのは野暮《やぼ》というものだ。

大事なのは今、目に見えている部分だ。

彼《かれ》に付いてこれ以上知りたいことがあるとすれば、今の彼《かれ》のことだ。

かおるは意気揚々《いきようよう》と力也《りきや》に近付いて行った。

「あの、力也《りきや》先生。今日、お仕事が終わったあと、良ければ私と――」

「せんせーっ！」

かおるの台詞《せりふ》を遮《さえぎ》るようにして、えりかが力也《りきや》の手を引っ張った。

「なんだ？　どうした、えりか？」

「これからみんなでお絵かきするの！　せんせいもつき合ってくれるわよね⁉」

「ああ、もちろんだ」

「ほら、じゃあ、はやくきてきて！」

ここにも一つ、以前と変わった光景があった。あれだけ力也《りきや》を突《つ》き放《はな》すような態度を取っていたえりかが、やたらと彼《かれ》に絡《から》むようになったのだ。

力也《りきや》の手を引っ張る、その去り際、えりかはかおるに向かって言って来た。

「ふふーん。かおるせんせいにはわたさないんだからね」

そう言いながら、見せ付けるように力也《りきや》の腕《うで》に抱《だ》き付《つ》いている。

「なっ⁉」

それを目の当《ま》たり《あ》したかおるは、顔を真っ赤にする。

——思わぬ強敵《ライバル》の出現だ……！

相手は園児なのにかおるは本気で危機感を覚えるのだった。

そのままえりかに引っ張られて、力也《りきや》はマリアたちと合流する。こぶたさん組のお部屋の中で、女の子たちが各々《おのおの》、画用紙に好きなものを描《か》いて行くのを見守る。

「すごーい！　マリアちゃんってお絵かきじょうずなのね！」

絵本好きなのが影響《えいきょう》しているのか、周りの女児たちの言うように、マリアはクレヨンを器用に使って園児とは思えないほどしっかりとした絵を描《か》いている。褒《ほ》められて照れくさそうにしながらも、一生懸命《いっしょうけんめい》に手を動かして行く。

「えっと、これはマリアちゃんでしょ。こっちは園長せんせい」

「ねー、ねー。これ、これ、だれー？」

尋《たず》ねられたマリアは、嬉《うれ》しそうに答えた。

「……わたしのママ」

ようやく描《か》くことの出来たその人を、自慢《じまん》げにみんなに見せている。

「…………………」

そんなマリアの笑顔《えがお》を見ながら、力也《りきや》は決意を新たにする。

——これからもアンドリューの代わりにこの子を守《まも》り抜《ぬ》いてみせる。

「お疲《つか》れ様《さま》です。力也《りきや》先生」

午後の活動が終わり、園児たちが帰《かえ》り支度《じたく》を始める頃《ころ》、白雪《しらゆき》園長が力也《りきや》に声をかけて来た。

「今回は色々とありがとうございました。お蔭様《かげさま》で園児たちの誰《だれ》にもケガをさせることがありませんでした」

どうやら、マリアのことや、えりかのことをひっくるめて園長は言っているようだ。

「いえ。教員として当然のことをしたまでですよ。園児を守るのも俺《おれ》の仕事ですから」

「そうそう！　モニカちゃんから連絡《れんらく》を貰《もら》いましたよ！　来週、日本に来て、マリアちゃんと会ってくれるんですって」

「何と……！　そうでしたか！」

まだモニカ本人から聞いていない情報だったので、力也《りきや》も手を叩《たた》く勢いで喜ぶ。

【テンペスト】内の裏切り者を釣《つ》り上げるという上層部の計略が終わった今、モニカがマリアと直接会うことに問題はなくなったし、既《すで》に存在を知られている以上、これからは堂々と会いに来られるわけだ。そのことは力也《りきや》にとっても大きな朗報だった。

この先、仮にまたマリアを狙《ねら》うような不届き者が現れたなら、力也《りきや》が全身全霊《ぜんしんぜんれい》で守るだけのことだ。

それがたとえ【テンペスト】の上層部や、大統領だったとしても。

世界を敵に回したとしても。

「ところで、園長《ボス》……」

力也《りきや》は恐《おそ》る恐《おそ》る園長に尋《たず》ねる。

「訊《き》こうとは思わないのですか？　俺《おれ》とたい──モニカさんとの関係や、あの日、何があったのか」

力也《りきや》がマリアを連れ帰って来た時、園長はただ喜ぶだけで、詳《くわ》しいことは力也《りきや》に問い質《ただ》して来なかった。今回の件、力也《りきや》がどう説明するか必死に考えていたのにもかかわらずだ。

「ふふっ。どうせモニカちゃんと同じで、訊《き》いても答えてはくれないのでしょ？」

園長からの問いかけに対し、力也《りきや》は気まずそうに口をつぐむ。

「大丈夫《だいじょうぶ》ですよ。私は過去には拘《こだわ》りません。今のあなたたちの姿が見られればそれでいいのです。力也《りきや》先生。少なくとも、今のあなたが悪い人ではないことは理解していますから。──だって、ほら、見て下さい」

園長に促《うなが》され、力也《りきや》は自分の周囲を見回す。

「悪い人に、こんな風景、作れるわけがありませんよ」

そこには明るい太陽の下、園児たちの輝《かがや》く笑顔《えがお》があった。

「あなたは素晴《すば》らしい先生ですよ。あなた自身が思っている以上に。……けど、あんまり無茶をして園児たちを悲しませるような真似《まね》だけはやめてくださいね。正義のヒーローさん」

力也《りきや》はドキリとする。

園長のニコニコ顔を見ながら、訊《き》かずともこの人は何もかもお見通しなのかもしれないなと力也《りきや》は思った。

「これからもどうぞ園児たちのことをよろしくお願いしますね。力也《りきや》先生」

そう言って、園長は頭を下げる。

そうだ。

これからもこの場所が力也《りきや》にとっての新しい居場所なのだ。

時には傷付くこともあるかもしれない。それでもここには笑顔《えがお》が溢《あふ》れている。戦場のように目の前で小さな子どもが理不尽《りふじん》に殺されることもない。

現に今も、園児たちのはしゃぎ回る楽しげな声が耳に聞こえて来る。

その光景を目の当《ま》たりにして力也《りきや》の心は満たされていた。

「あっ、みてみて!」

力也《りきや》の足元にいる一人の園児が言った。

「どーしたの?」

「いま、力也《りきや》せんせい、笑ったよ!」

これからも力也《りきや》の新しい人生《たたかい》は続く――。

あとがき

本作を全て書き上げてから気付いたことがあります。

この作品、登場人物に一人もティーンエイジャーが存在しないことに。

明言はされていませんが、力也《りきや》やモニカは三十歳《さい》を超《こ》えているでしょうし、かおるたちも成人しています。メインの子どもたちに至ってはみんな五歳以下です。中高生はおろか、小学生すら登場しません。ライトノベルの登場人物って十代の少年少女が多いと思うのですが、この作品にはメインはおろかサブキャラクターすら十代の子が登場しないのです。

ですがそこは懐《ふところ》の深い電撃《でんげき》文庫。そんなのは些細《ささい》なことに過ぎませんでした。読者に楽しんで貰《もら》えれば何でもありなのです。読んでいただいた方にとって、そういう作品になっていましたら幸いです。


イラストをお描《か》きいただきましたスコッティ様。執筆《しっぴつ》におきまして様々な面でサポートいただきました担当編集様。本書のためにお力添《ちからぞ》えいただきありがとうございます。

キャラクターのデザインを全てイラストレーター様と編集様にお任せしている私ですが、蓋《ふた》を開けてみれば素晴《すば》らしいものが出来上がっておりました。素敵《すてき》なイラストのお蔭《かげ》でキャラクターたちに一層愛着が湧《わ》きました。

令和という新しい時代となり、凄惨《せいさん》な事件や未曾有《みぞう》の災害が立て続けに起こっております。何かと暗い気持ちになることが多く、せめて物語の中では明るい気持ちになれればと書き始めました本作。

現実社会も子どもたちにとって明るい未来になることを願いながら、本書の結びの言葉とさせていただきます。

蘇之《その》一行《かずゆき》

◉蘇之一行著作リスト

「マンガの神様」（電撃文庫）
「マンガの神様②」（同）
「マンガの神様③」（同）
「マンガの神様④」（同）
「剣と魔法と裁判所」（同）
「剣と魔法と裁判所２」（同）
「僕と死神の七日間」（同）
「キンダーガーテン・アーミー」（同）

本書に対するご意見、ご感想をお寄せください。

ファンレターあて先
〒102-8584　東京都千代田区富士見1-8-19
電撃文庫編集部
「蘇之一行先生」係
「スコッティ先生」係

本書は書き下ろしです。

電撃文庫

キンダーガーテン・アーミー

蘇之一行《そのかずゆき》

2019年12月10日　初版発行

発行者　郡司 聡
発行　株式会社KADOKAWA
〒102-8177　東京都千代田区富士見2-13-3
0570-06-4008（ナビダイヤル）
装丁者　荻窪裕司（META＋MANIERA）
印刷　旭印刷株式会社
製本　旭印刷株式会社

●お問い合わせ（アスキー・メディアワークス ブランド）
https://www.kadokawa.co.jp/（「お問い合わせ」へお進みください）
※内容によっては、お答えできない場合があります。
※サポートは日本国内のみとさせていただきます。
※ Japanese text only

※定価はカバーに表示してあります。

ISBN978-4-04-912795-9　C0193　Printed in Japan

電撃文庫　https://dengekibunko.jp/

電撃文庫創刊に際して

文庫は、我が国にとどまらず、世界の書籍の流れのなかで〝小さな巨人〟としての地位を築いてきた。古今東西の名著を、廉価で手に入りやすい形で提供してきたからこそ、人は文庫を自分の師として、また青春の想い出として、語りついできたのである。

その源を、文化的にはドイツのレクラム文庫に求めるにせよ、規模の上でイギリスのペンギンブックスに求めるにせよ、いま文庫は知識人の層の多様化に従って、ますますその意義を大きくしていると言ってよい。

文庫出版の意味するものは、激動の現代のみならず将来にわたって、大きくなることはあっても、小さくなることはないだろう。

「電撃文庫」は、そのように多様化した対象に応え、歴史に耐えうる作品を収録するのはもちろん、新しい世紀を迎えるにあたって、既成の枠をこえる新鮮で強烈なアイ・オープナーたりたい。

その特異さ故に、この存在は、かつて文庫がはじめて出版世界に登場したときと、同じ戸惑いを読書人に与えるかもしれない。

しかし、〈Changing Times,Changing Publishing〉時代は変わって、出版も変わる。時を重ねるなかで、精神の糧として、心の一隅を占めるものとして、次なる文化の担い手の若者たちに確かな評価を得られると信じて、ここに「電撃文庫」を出版する。

1993年6月10日
角川歴彦

電撃文庫DIGEST　12月の新刊

発売日2019年12月10日

ソードアート・オンライン23
ユナイタル・リングII

【著】川原 礫　【イラスト】abec

キリトと時を同じくして、シノンもまた謎のゲーム《ユナイタル・リング》に強制コンバートされていた。仲間も装備もなく、《サーストポイント》も残りわずかの窮地に追い込まれたシノンは、生存を懸けた戦いに挑む。

俺を好きなのはお前だけかよ⑬

【著】駱駝　【イラスト】ブリキ

とある冬の日、『ゲンキな焼鳥屋』に集うジョーロ・サンちゃん・フーちゃん・ホースの男4人。およそ「俺好き」らしくない状況で繰り広げられるのは……意外にも恋バナ!?

錆喰いビスコ5
大海獣北海道、食陸す

【著】瘤久保慎司　【イラスト】赤岸K
【世界観イラスト】mocha

突如、謎の大陸に喰らわれた九州。その進行を止めるため戦うのは目つきの悪い赤髪の……子供であった。紅菱・シシの力で、子供にされたビスコ達を襲ったのは花力に操られた大海獣≪北海道≫だったようで——!?

狼と香辛料XXII
Spring LogV

【著】支倉凍砂　【イラスト】文倉 十

再び旅に出た元行商人ロレンスと賢狼ホロ。小銭両替のため訪れた司教領で、懐かしき人物エルサと再会して!?書き下ろし中編は、ホロたちの娘ミューリと、聖職者志望の青年コルの結婚式(!?)のお話を収録。

新フォーチュン・クエストII⑩
ここはまだ旅の途中<上>

【著】深沢美潮　【イラスト】迎 夏生

すべてのエルフが集まるという『山彦の里』へ向かったパステルたち。ルーミィの家族に会えるかも!?　でも、最強最悪の敵がパーティの前に立ち塞がる……!　大・大・大クライマックスの最終章、上巻の登場です!

吸血鬼に天国はない②

【著】周藤 蓮　【イラスト】ニリツ

殺害計画からルーミーを救い出し、無事平穏な生活を手に入れた二人。だがこれ以上人を殺さないことを誓ったルーミーは、激しい吸血衝動と空腹に苛まれる。そんな中、新たなトラブルがシーモアを襲い……。

新作　娘じゃなくて私が好きなの!?

【著】望 公太　【イラスト】ぎうにう

歌枕綾子、3ピー歳。姉夫婦の娘を引き取り早十年。隣の男の子と娘の恋路を応援していたら、なんと彼から「あなたが好きです」告白されてしまい……!?

新作　キンダーガーテン・アーミー

【著】蘇之一行　【イラスト】スコッティ

「緊急事態だ、大佐。……うんこを漏らした」その日、特殊部隊で伝説の英雄と呼ばれた男は日本の幼稚園に居た。教員として働くためだ。幼子の世話など戦場での破壊行為に比べれば容易い。そう思っていたのだが…!?

新作　規格外の錬銀術師、最凶吸血鬼の始祖となる
～蒼はアルケミスト学園と踊らない～

【著】枕木みる太　【イラスト】おっweee

クルーエルと呼ばれる、凶暴な混血の吸血鬼を鎮圧する錬金術師集団『薔薇十字団』。家族をクルーエルに殺されたハギオは、入隊を目指し養成学校へと通っていた。そんなある日、純血の吸血鬼の美少女・九炉が現れ——。

STORY

満員ダンジョンの痴漢疑惑に、武器屋の脱税、はては魔法使いによる密室殺人。論破不能な難事件に挑むのは、捏造、脅迫何でもアリ。無敗の悪徳弁護士キールで!?

電撃文庫